U0041277

大 師 名 作 坊

MASTERPIECE 66

新郎

哈金◎著
金亮◎譯

目錄 CONTENTS

新郎

序

哈金

初來美國讀書時，總是弄不清爲什麼許多作家和批評家說作品要給人帶來樂趣。嚴肅的著作大多是講述人類的苦難嗎？中國人受了那麼多罪，有什麼可樂的？後來，漸漸明白了悲劇和喜劇並不衝突，不論是在生活裡還是在藝術中。我敢說中國人稟性是歡悅的，雖然我們的生活總是瀰漫著悲劇。對小說家來說，最難的是把故事寫得有意思、耐讀；其次才能談得上寓意、風格、形式等等。

熟悉《等待》的讀者會發現《新郎》裡的木基市正是孔林和吳曼娜所在的那個城市。七十年代末和八十年初我在佳木斯和哈爾濱各住過幾年。木基市基本上是以佳木斯爲原型的，但我也把哈爾濱的一些景物融入其中。我很喜歡那些北方的城市，甚至喜愛那白雪覆蓋的冬天。這本集子在寫《等待》之前就動筆了，斷斷續續寫了六、七年。它同《光天化日》在構思上有相同之處，但這是些城市的故事，時間也離我們更近些。雖然這些故事的基調是悲劇的，但它們帶有更多的喜劇成分。我認爲喜劇往往是作家成熟的標誌，因爲它比悲劇更難駕馭。

出一本短篇集子是件傷腦筋的事。對出版商來說，不管書多麼好，銷路總是有限的，所以我眞心地感謝時報出版公司在《光天化日》之後又出這個集子。對作家本人來說，花在一本短篇集子上的功夫要比寫一部長篇大得多，但它的讀者卻要少得多。寫短篇是件非常辛苦的差事，行筆容不得一點鬆散和水分。只要有可能，我總是推推拖拖，不動筆。一想起那勞動量，就有幾分畏怯。從另一方面來看，因爲短篇難寫，工多利少，它往往顯示小說家眞誠的態度。文學史上有的作家僅靠三、五個短篇就確立了他們的重要位置。魯迅的全部小說只不過是《吶喊》和《徬徨》兩個單薄的集子。

我看得出金亮是帶著歡娛之情來譯這些故事的。他的健壯、活潑的譯筆重現了一個熱鬧的世界。願台灣的讀者們從這本書中得到的不光是嘆息，而是更多的微笑。

新郎

獻給麗莎

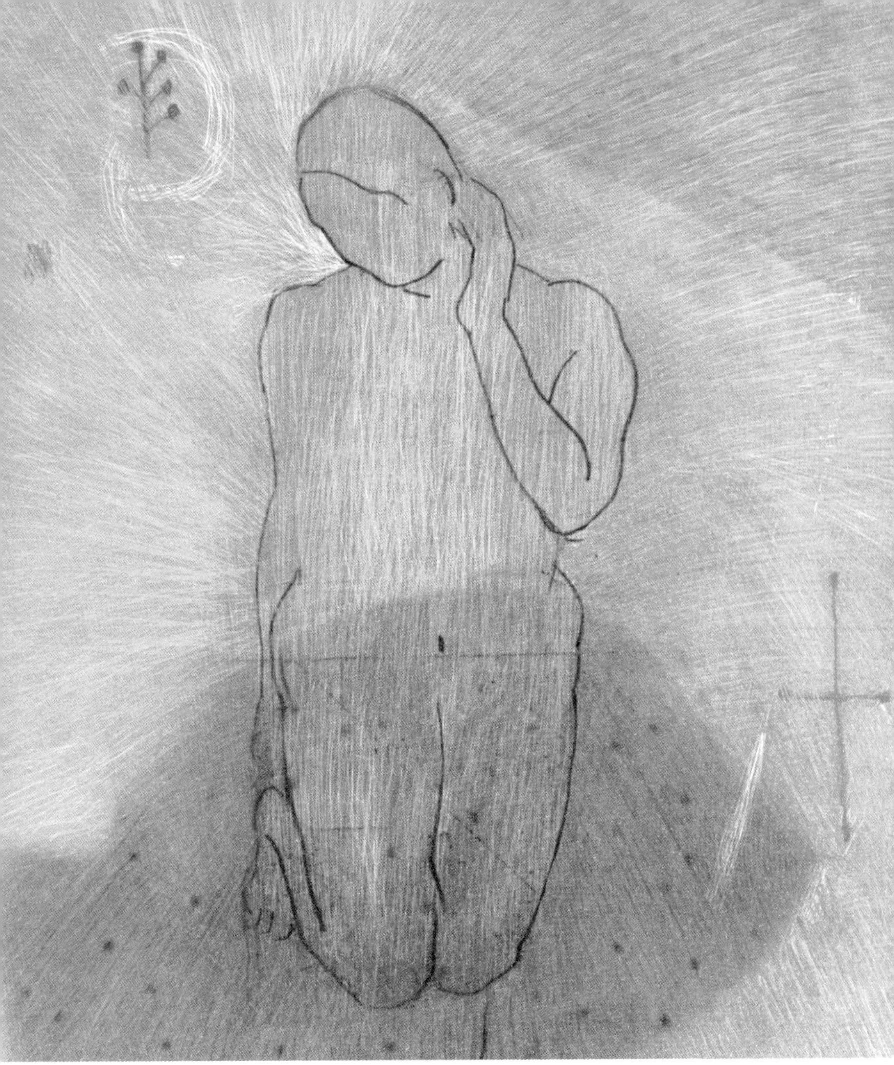

01 破壞份子

丘老師和他的新娘子在木基市火車站前的廣場上吃午飯。他倆臉對臉坐在小吃攤的一張桌子邊，桌上擺著兩瓶冒著褐色泡沫的汽水，兩個紙飯盒裡盛著米飯和黃瓜炒肉片。「吃吧。」他對妻子說，掰開了一雙免洗筷。他撿起一片五花肉送入嘴裡嚼起來，消瘦的下巴上現出幾道皺紋。

在他們右邊的桌子上，兩個鐵路警察正在喝茶談笑。那個五短身材的中年警察好像正在給他的年輕同伴講笑話，把那個身材高大的警察逗得開懷大笑。兩個人不時往丘老師的桌子掃上一眼。

空氣中泛著爛甜瓜的味道。幾隻蒼蠅在這對新婚夫婦的飯菜上飛舞。成百上千的旅客或是擠進月台趕火車，或是從車站裡湧出來，在站前廣場上等公共汽車。賣小吃和水果的小販在懶洋洋地吆喝著。當地旅館派出來到火車站拉客人的十多個年輕婦女舉著紙牌子在廣場上溜達著，牌子上除了開列著房間價錢，還寫有一些拳頭大的黑字，像「早餐免費，有空調」，「靠江邊」之類的話。在廣場的中心矗立著一尊水泥做的毛主席塑像，幾個進城的農民躺在塑像腳下打盹兒。他們背靠著被太陽曬暖的花崗岩基座，臉朝著陽光燦爛的晴空。幾隻鴿子在毛主席揮出的手臂和掌心上「咕咕」地踱來踱去。

米飯和黃瓜的味道不錯，丘老師不緊不慢地吃著。他的灰黃色臉上堆滿倦容，心裡在慶幸新婚蜜月終於結束了，他和妻子就要回哈爾濱去了。在兩個禮拜的假期裡，他一直擔心自己的肝臟，因爲三個月前他得了急性肝炎，很怕旅途勞累會舊病復發。他的肝仍然微大，但是沒有硬化，他也並沒有嚴重不適的症狀。總的來說，他對自己的健康情況還算滿意，這麼勞碌的蜜月旅行居然能夠堅持下來。他的身體的確是在慢慢復原。他看看新娘子，她正摘下金絲邊眼鏡，用指尖按摩著鼻翅，蒼白的臉上佈滿了豆大的汗珠。

「親愛的，你沒事兒吧？」他問。

「頭疼，昨晚上沒睡好。」

「吃片阿斯匹靈。」

「沒那麼嚴重。明天是禮拜天，我可以多睡會兒。你別擔心。」

他們正說著話，鄰桌上那個矮胖警察站起來，把一碗茶水潑在他們這邊的地上，丘老師和新娘子腳上的涼鞋被濺濕了。

「流氓！」她小聲嘟囔了一句。

丘老師站起來大聲說，「民警同志，您為什麼要這樣做？」他抬起右腳亮出了被打濕的涼鞋。

「我幹啥了？」矮胖警察瞪著丘老師粗魯地問。那個年輕警察則在一旁吹著口哨。

「您看，您把茶水都潑我們腳上了。」

「你撒謊，明明是你們自己弄濕了鞋，倒反咬我一口。」

「民警同志，您的職責是維持秩序，現在您卻故意和我們普通公民過不去。您怎麼執法犯法呀？」

丘老師說話的時候，周圍已經圍上來幾十個看熱鬧的人。

矮胖警察朝年輕同伴揮了一下手，說，「把這小子銬起來！」

他們衝上來抓住丘老師的胳膊，「咔嚓」一聲給他戴上了手銬。他大叫，「你們憑什麼這麼做？這是犯法的你們知道不知道？」

「你給我閉嘴！」矮胖警察掏出手槍。「留著吐沫到局子裡說去。」

年輕警察說，「你是個破壞份子，知道不？你在擾亂公共秩序。」

新娘子嚇得連話都說不出來了。她在大學裡學的是美術設計，最近剛剛畢業，從來沒有看見過警察抓人。她只會不停地說，「別、求求、別……」

兩個警察揪著丘老師就走，但是他掙扎著，雙手死死地抓住桌子角，喊叫著，「我們要趕火車，我們買了火車票！」

矮胖警察照著他當胸就是一拳。「少廢話。你有火車票就不能帶你走啦？」他用手槍柄砸丘老師的手，丘老師只好鬆開桌子。兩個警察架起他的兩隻胳膊，拖著他朝派出所的方向走去。

丘老師知道眼下除了跟他們走沒有別的辦法。他扭過頭對新娘子喊：「別在這兒等我。先上火車。要是我明天早上還沒回家，叫個人來把我弄出去。」

她趕忙點頭，用手捂住嘴，怕哭出聲來。

警察抽走了他腰裡繫的皮帶，把丘老師關進鐵路公安局火車站派出所後院的一間小號子裡。屋裡唯一的窗戶上封了六根鋼條。號子前面正對著一個栽著幾棵松樹的大院子。松樹後邊，一個鐵架子上垂下來兩隻秋千，在微風中輕輕擺動。樓裡的什麼地方有人在有節奏地切菜。丘老師想，號子的樓上肯定是公安局的伙房。

他太累了，顧不上擔心在這裡會有什麼樣的遭遇等著他。他躺在小床上閉上了眼睛。他並不害怕。文化大革命已經結束了，最近黨中央號召要健全法制，實行法律面前人人平等。警察應該在執法方面給老百姓作出榜樣。只要他保持冷靜的頭腦，同他們講道理，他們不會把他怎麼樣的。

下午四、五點鐘的光景，他被帶到二樓的審問室。他在上樓梯的時候遇到了那個抓他來的矮胖警察。他衝丘老師齜牙一樂，轉著凸出的眼珠子，兩根手指瞄著丘老師的前胸，彷彿在朝他開槍。王八蛋！丘老師在心裡罵著。

丘老師在審問室裡坐下，打了個嗝。他趕忙用手罩住嘴。他前面擺著長條桌子，桌邊坐著派出所的所長和一個長著一張驢臉的警察。玻璃桌面上攤開著一個卷宗，裡面裝著他的檔案材料。他覺著有點可笑——幾個小時的功夫他們就搜集了這麼些關於他的材料。可是又一想，他懷疑公安局裡是否一直保留著一份他的檔案。這怎麼可能呢？他在哈爾濱生活和工作，以前從來沒有來過木基市。兩個城市隔著三百多公里呢。

派出所所長是一個瘦削的禿頂男人。他的表情安祥，透著幾分知識份子的文氣。他的一雙手細長，翻動卷宗的樣子像個學究。丘老師的左邊坐著一個年輕的文書，膝蓋上放著一個夾子，手裡拿著一枝自來水筆。

「姓名？」所長問，很顯然是從一份表格的第一行念起。

「丘麻光。」

「年齡？」

「三十四歲。」

「職業？」

「講師。」

「工作單位？」

「哈爾濱大學。」

「政治面目？」

「中共黨員。」

所長從表格上抬起頭，開始說話。「你的罪行是擾亂破壞社會秩序，幸好還沒有產生嚴重的後果。因爲你是黨員，就更應該嚴厲處罰。你本來應該是普通群眾的榜樣，但是你……」

「對不起，所長同志，」丘老師打斷了他的話。

「你幹嘛？」

「我並沒做任何違法的事情。你的人才是擾亂破壞社會秩序呢。他們往我和我妻子腳上潑熱茶。從邏輯上講，你如果不懲罰他們的話，起碼也應該批評他們。」

「你這樣說毫無根據。當時有誰看見了，你有啥證人？我爲什麼要相信你呢？」所長完全是一副公事公辦的口氣。

「這就是我的證據。」他抬起右手。「你的人用手槍砸我的手指。」

「這也不能證明你的腳是怎麼弄濕的。再說，興許是你自己傷了手指。」

「我說的都是事實！」丘老師感到非常憤怒。「你們公安局應該向我道歉。我的火車票作廢了，新的皮涼鞋也弄髒了，還耽誤了出席在省會召開的學術討論會。你們必須賠償我的損失。別以爲我是那種聽到你們打噴嚏就嚇得跪下的普通老百姓。我是個學者，是個哲學家，是辯證唯物主義的專家。有必要的話，咱們可以在《東北日報》上辯論誰是誰非，或者到北京的最高人民法院去講理。告訴我，你叫什麼名字？」他習慣了作這種長篇大套的演說，在許多場合都能使他變不利爲有利。他滔滔不絕地慷慨陳詞，有點忘乎所以。

「你他媽的少嚇唬人，」驢臉警察說話了。「你這號的我們見得多了。要證明你犯了法還不容易。瞧瞧吧，這些都是在場的證人寫的證詞。」他把一疊紙衝著丘老師扔過來。

那些五花八門的手書讓丘老師看得眼花撩亂。所有證詞都說他在車站廣場上大聲喧嘩，干擾警察維持秩序。有個證人還注明她是上海江南造船廠的採購員。丘老師的胃裡開始翻酸水，胸口也在隱隱作痛。他發出了一聲輕微的呻吟。

「現在你該承認自己的違法行爲了吧？」所長說。「雖然你的罪行是嚴重的，但是我們並不想怎麼嚴厲地懲治你。你只要寫一份檢討悔過書，保證今後不再擾亂社會秩序就可以了。也就是說，關鍵看你的認罪態度，然後我們才能釋放你。」

「你做夢去吧，」丘老師尖叫著說。「我沒有罪，一個字也不寫！我要求你們給我寫一封道歉信，我好跟學校解釋爲什麼耽誤了開會。」

兩個審問他的人都輕蔑地笑了笑。「我們從來不懂道歉信咋個寫法兒，」所長說，又吐出一口煙。

「那就好好學學吧。」

「沒這個必要。我們非常肯定你會照我們的話去做。」所長把一大口煙噴在了丘老師的臉上。

所長點了一下頭，兩個警察上來抓住了罪犯的胳膊。丘老師一邊走一邊喊：「我要到省政府哪兒去告你們。你們等著瞧吧！你們比日本憲兵還不是東西。」

他們把他拉出了房間。

晚飯是一碗小米粥，一個玉米麵窩頭和一小塊鹹菜疙瘩。丘老師吃完飯就開始發燒，渾身冷得直哆嗦，卻又不停地出汗。他知道是由於憤怒而傷了肝，很可能會重犯急性肝炎。他的手提箱讓妻子拿走了，身邊沒有藥。這個時候在哈爾濱的家裡，正是坐在彩色電視機前，喝著茉莉花茶，看晚間新聞的時候。這裡眞寂寞啊。正對著單人床天棚頂上的那盞桔黃色的燈泡是唯一的光源，門外的看守可以在夜晚監視他的動靜。他在吃飯前跟看守要一份報紙或雜誌，但是沒人理他。

從牢門上的小窗裡能聽到外面噪雜的聲響。好像警察們在隔壁不遠的辦公室裡打牌或下棋，時常會傳來陣陣喊叫和笑聲，夾雜著從大樓的某個遙遠的角落裡傳過來斷斷續續的手風琴聲。下午過堂後警察把他帶回來的時候，給他留下了一疊信紙和一枝原子筆。丘老師看著紙筆發呆，想起了那句老話「秀才遇見兵，有理說不清。」這一切多麼荒謬啊！他把手指插進濃密的頭髮裡，一把一把地使勁揪著。

丘老師的心情壞極了，不住地用手按摩著肚子。實際上，他現在是傷心多於恐懼，因爲他回到哈爾濱後還得加緊完成耽誤的工作——他的一篇論文下個星期就要交付印刷廠排印，秋季開學後他要教的功課還有二十多本書沒有看。

一個人影從門上的小窗裡閃過。丘老師撲到門前從小窗往外喊：「警衛同志，警衛同志！」

「幹什麼？」一個沙啞的嗓子說。

「請你告訴你們的領導，我現在病得很重。我有心臟病和肝炎。如果你們把我關著不放，沒有藥物治療，我會死在這裡的。」

「週末領導不上班。你得等到星期一。」

「你說啥？你是說我還要在這兒待到明天？」

「沒錯。」

「如果我身體出了問題，你們所裡要負全部責任。」

「知道。安生點兒吧，你死不了。」

令人難以理解的是丘老師那天晚上睡得不錯。雖然他頭頂上的電燈開了一宿，塞滿稻草的床鋪又硬又扎，而且還爬滿了跳蚤。他害怕蝨子、蚊子和蟑螂，就是不怕跳蚤和臭蟲。有一次學校的教職工下鄉幫助農民夏收。在一個星期裡，別的同事被跳蚤咬得渾身是包，只有他的身上毫髮無損。大家都開玩笑地說他的肉臭，跳蚤都不吃。

更讓他奇怪的是，自己居然並不怎麼想念新婚妻子。他甚至有些喜歡獨自一人睡覺。也可能是蜜月裡他太累了，缺覺。

星期天的早晨後院裡很安靜。蒼白的陽光穿透松樹的枝椏灑在地上。地上有幾隻蹦跳的麻雀，啄著毛毛蟲和瓢蟲。丘老師手握著鐵窗的欄杆做著深呼吸，空氣中有一股肉的香味。附近肯定是有一個飯鋪或熟肉攤子。他提醒自己要以平常心來對待被拘禁在這間牢房裡。他想起了毛主席當年寫給一個住院治病的朋友的話：「既來之，則安之。」

他想努力放鬆是害怕自己的肝炎惡化。他儘量使自己不要煩惱。但是，他知道肝部已經腫起來了，因爲他的高燒並沒有消退。他在床上躺了一整天，想著如何修改那篇闡述矛盾性質的論文。但是，憤怒像潮水一樣會時時向他襲來。他叫罵著：「一群土匪！」他發誓一旦出去就要寫篇文章來記敘這次經歷。他一定要探明那幾位警察的名字。

由於沒人來打擾他，他這一天過得很平靜。他不斷地安慰自己：學校一定已經派人來救他出去了。他現在要做的事情就是保持鎮定，耐心等待。或早或晚，派出所的警察就得放他出去，但是他們不會想到他可能會拒絕離開這間牢房，除非所長親自給他寫一封道歉信。媽的，這群流氓，一定要讓他們吃不了兜著走！

星期一早晨他醒來的時候天已經亮了。不知從什麼地方傳來一個人的呻吟，好像是從後院裡發出來的。丘老師打了一個長長的哈欠，蹬開了身上蓋的那條破爛的毛毯，下床走到窗戶跟前。在院子中央的松樹上綁著一個年輕人，他的雙手被反銬在樹幹上。他扭動著身體，高聲地叫罵著，但是院子裡一個人也沒有。丘老師看著年輕人，覺著好像在哪兒見過他。

丘老師使勁揉揉眼睛想看清楚。突然，他驚訝地張開了嘴巴：他認出來那個年輕人是馮勁——哈爾濱大學法律系剛畢業的大學生。馮勁兩年前上過丘老師教的辯證唯物主義課程。這個小鬼怎麼會跑到這兒來了？

他突然明白了，一定是他妻子叫馮勁到這兒來的。這女人眞笨啊！書呆子，只會讀外國小說！他原來想讓她和學校保衛處聯繫，讓他們派一個保衛幹部來。馮勁是個平頭百姓，只不過在一家私營的律師事務所裡打雜。那個事務所裡統共只有兩個律師，平時根本沒有什麼打官司的生意，只是給那些懷疑配偶有外遇的男女做點類似偵探的事情。丘老師的心裡別提多窩火了。

他是不是應該喊馮勁一聲，讓他知道自己就在附近？他決定先不這麼做，因爲他並不清楚到底出了什麼事情。馮勁一定是和警察吵架才受到這樣的懲罰。可是，如果馮勁不來這兒來搭救他，也就不會遭這個罪。不管怎麼說，丘老師應該做點什麼。可是他又能做什麼呢？

再過一會兒天氣就會越來越熱了。他可以看到從松樹附近的地面上升騰起的紫色熱氣。警衛送來了早飯。他端起盛著玉米糊糊的飯碗吸溜了一口，咬了口醃芹菜，心想：這個傻小子。

警衛來收走飯碗和筷子的時候，丘老師問他後院裡銬著的人是怎麼回事兒。「他罵我們所長是『土匪』，」警衛說。「他聲稱是啥律師之類的玩意兒。這個狗娘養的太狂了。」

現在很顯然丘老師必須要做點什麼來幫助自己的學生。他還沒想出什麼辦法，就聽到後院裡傳來一聲慘叫。他衝到窗前，看見一個高個子警察站在馮勁面前，地上放著一只水桶。這人就是兩天前在車站廣場上逮捕丘老師的那個年輕警察。警察揪住馮勁的鼻子抬起他的頭，舉起手停了一會兒，然後開始打馮勁的耳光。馮勁尖叫著，警察拎起水桶澆了他一頭水。

「小子，這是怕你中暑。每過一個鐘頭我就給你澆一桶。」警察大聲說。

馮勁閉著眼睛，但是他那扭歪的臉表明他在拚命忍住痛罵那個警察，更可能的是在不出聲地哭。他打了幾個噴嚏，抬起頭來大叫：「我要撒尿。」

「哦，是嗎？」警察咆哮著，「那就尿褲子裡吧！」

丘老師仍舊沒有發出任何聲響。他死死地攥住鐵窗的欄杆，手指尖失去了血色。年輕警察瞥了一眼丘老師牢房的窗戶，他那只插在槍套裡的手槍在陽光下閃著寒光。他從鼻子裡哼了一聲，把菸頭吐在地上，用腳踩在塵土裡。

牢門開了，幾個警衛示意丘老師出來。他們又把他帶進樓上的審問室。

屋子裡還是同樣的人，只不過這一次書記員的面前沒有紙筆，他空著手坐在椅子上。所長看見丘老師進來，揮揮手說，「啊，來了。坐吧。」

丘老師坐下後，所長搧著一把白色的絲綢扇子說，「你可能已經見到了你的律師。這小子年輕，不懂規矩。我們局長指示我們在後院給他辦了個速成班。」

「你們這麼做是犯法的。你們就不怕上報紙嗎？」

「我們不怕。上電視也不怕。你還能咋著呢？你胡謅出來的任何故事我們都不怕。我們說那是捏造。眼下最關鍵的是你必須老實交代，低頭認罪。」

「我要是不認罪呢？」

「那你的律師就在後院的太陽地裡繼續學習。」

丘老師一陣暈眩，差點從椅子上栽下去。他趕忙抓住椅子背。他的胸口感到刺痛、噁心，兩邊的太陽穴在「咚咚」地跳動。他清楚自己的肝炎終於發作了。他怒氣攻心，喉嚨乾澀得說不出話來。

所長又說，「其實你用不著寫檢查，我們已經替你寫好了。你只要簽個字就行了。」

丘老師強壓怒火，說，「讓我看看。」

驢臉警察做了個鬼臉，把一張紙遞給他。上面寫著：

> 我承認於七月十三號在木基市火車站擾亂了公共秩序，還不聽從鐵路民警同志的勸告。我對

於自己被逮捕的行為負完全的責任。在派出所兩天的學習使我意識到我的罪行的嚴重本質。從今起我要重新做人，努力改造自己，絕不再犯同樣的罪行。

丘老師看完肺都要氣炸了。「謊言，謊言！」但是他搖搖頭，克制住了自己。他問所長，「我簽了字，你們就能把我們倆放了嗎？」

「沒問題，我們說話算數。」所長的手指在桌子上的那個藍色的卷宗上敲著——那是他們整理的關於他的材料。

丘老師在紙上簽了字，摁了手印。

「你現在可以走了。」所長微笑著說，遞給他一張紙擦擦手上的油墨。

丘老師支撐著病體，居然沒有從椅子上站起來。第二次他咬著牙終於站住了雙腿。他搖搖晃晃著走出屋去後院找馮勁，甚至忘記了從警察那裡把皮帶要回來。他感到自己的胸膛像要爆炸一樣。他恨不得把派出所炸平，把警察的家人都殺光。但是他知道自己什麼也幹不成。他一邊走一邊盤算著如何報復。

「馮勁，讓你受苦了，眞對不起。」丘老師見到馮勁後說。

「沒關係。他們太野蠻了。」這位律師的手顫抖著，撣著黏在衣服上的泥土。他的褲腳仍然在滴著水。

「咱們走吧。」丘老師說。

他們走出派出所，丘老師首先看到了一個茶水攤。他抓著馮勁的胳膊，走到看攤的老太太跟前。「來兩碗茶。」他遞過去一塊錢。

他倆每人連喝了兩碗，然後就去火車站。還沒走出五十米，丘老師卻說他餓了，非要在一個小吃攤上再喝碗木耳蛋花湯。馮勁只好同意了，對老師說，「您別把我當客人啊。」

「不會，我是自己想吃。」

丘老師好像眞是餓壞了，拽著馮勁在派出所附近的飯館裡出出進進，但是在每家飯館裡他要的飯菜從不超過兩碗。馮勁奇怪他的老師爲什麼不會安生地坐在一家飯館裡吃頓飯。

丘老師從四家飯館裡買了麵條、餛飩、八寶粥和雞湯。他一邊吃一邊從牙縫裡說，「眞恨不得把這些雜種全殺光！」吃到最後一家飯館的時候，他只在湯碗裡喝了兩口，根本沒碰湯裡的雞塊和蘑菇。

馮勁好像不認識自己的這位老師了。他看起來那麼兇殘，還時時神祕地低聲自語。他那張焦黃的臉上出現了幾條黯黑的皺紋。馮勁第一次覺著丘老師的相貌很醜。

在一個月之內，木基市有八百多人感染了急性肝炎。六人死亡，其中包括兩名兒童。沒人知道這個病是如何傳播開的。

02 活著就好

莉雅的信令她的父母左右爲難。她在信裡說，安圖縣的朝陽農業技術學校已經錄取了她，學的是獸醫專業。莉雅的父母倒不是在乎她學什麼專業，而是擔心一張農業技校的畢業證書會把女兒永遠留在農村，當一個有文化的農民。

莉雅的父親童古漢考慮了三天，不知道怎麼給女兒回信。他當然希望她能夠回木基市。如果他能夠在城裡給女兒找到一個工作，他就會寫信告訴她讓農業技校見鬼去。但是，被技校錄取可以使她在農村找個比較像樣的工作，離開那個已經待了三年的養雞場。他應該鼓勵女兒去念農業技校？還是讓她等待機會將來回城？他左右爲難，愁得睡不好覺。

「爸，你咋不能再申請一套新的單元房？」吃午飯的時候兒子亞寧問他。

「還不到時候，」古漢說。「別擔心，要是一切順利的話，我們很快就會分到一套新房。」

「我能等，可不知道人家美麗還能等多久。」亞寧砰的一聲把碗墩在桌子上，臉上的肌肉一抽一抽地顫動。他和美麗已經訂婚四年了，因爲沒有房子，到現在結不了婚。

亞寧的母親劍萍說話了，「亞寧，耐心點兒。去跟美麗說再等幾個月，等你爸爸當上副廠長，他會跟廠裡要房子。當了廠領導還能會沒房子住？」她剝下一片綠汪汪的生菜葉子，蘸蘸盤子裡的炒豆醬，張開大嘴送了進去。

「現在也難說啊。」古漢歎了口氣，用手指捻捻兩撇小鬍子，眯縫著一雙長得過分接近的眼睛看了看亞寧。

他很同情兒子。亞寧患有面肌痙攣的毛病，找個對象不容易。如果他們住的這套一室一廳的房子再大一點，他就可以讓這對年輕人結婚搬進來。但是屋子實在太小，沒有多餘的地方。古漢在東風食品廠的包裝車間當主任，也是個負責幹部。最理想的解決辦法是他再要到一套房子，也就是目前廠區附近剛剛竣工的房子，這樣他就可以把現在這套房子給兒子結婚用。亞寧在一個書店裡工作，單位太小，解決不了職工的住房。但是古漢還不能跟廠裡提房子的事兒，因爲領導正在考慮提拔他當副廠長，他擔心這樣做會破壞他在幹部和工人中的形象，副廠長也就別想當了。李廠長已經明確告訴他，他目前是副廠長的最佳人選，因爲他有大學文憑。

童古漢不是一個有野心的人，對當官沒多大興趣。但是最近他琢磨過來了，如果他是在副廠長的位上，可能早就住進新房子了。他可以理直氣壯地對兒子說，「準備結婚吧！」他可以給在鄉下的女兒寫信，「別學什麼獸醫了，趕快回來，你老子可以給你在城裡上戶口、找工作。」情況是明擺著的：解決兒子女兒的問題全在於他這次能否順利升上副廠長。這些日子，他內心變得很焦躁。他在房前的小院裡種了些花草，有紫羅蘭、美人蕉、玫瑰和仙客來。每天早晨給花澆水的時候，他都在心裡默默地祈願：今天廠領導會正式通知我提拔的決定。

雨後的太陽明晃晃的，樓房、樹幹、電線杆和路邊的涼亭還濕漉漉的閃爍著雨水的光點。昨天夜裡的一場雷陣雨洗滌了這個城市。古漢上班乘坐的電車擠滿了乘客。電車的車身漆成藍色，在江濱大道上晃晃蕩蕩地爬行，好像一條在港灣裡穿行的輪船。陽光從電車窗戶裡斜照進來，灑在乘客的臉上和車座椅的人造革面上。古漢把兩條又瘦又黑的胳膊浸在陽光裡一動不動，心裡憂慮著昨天晚上的雷電會不會擊穿車間裡的大冰櫃。

進了食品廠的大門，迎面遇上了包裝車間的副主任費明。這個身材細長的年輕人最近剛入了黨。「早啊，老童。」費明滿臉是笑地打招呼，圓圓的腦袋歪向一邊。「早上坐車還順嗎？」

「還行吧。」古漢不想和他太熱乎。

「李廠長讓您去他辦公室。」

「知道啥事兒麼？」

「我哪知道。」

古漢很討厭這個副手，太聰明，太滑頭。車間裡都在傳言，古漢一旦調走當副廠長，費明將成爲包裝車間的正主任。費明每次見到古漢表現出的親熱勁兒讓古漢覺得他是等不及了。

李廠長的辦公室在廠區後面的辦公樓裡。李廠長看見古漢走進來，先從一個大號暖瓶裡給他沏了一杯綠茶，說，「老童啊，劉書記和我決定讓你到泰福市走一趟。」

「去幹啥？」

「那裡的煤礦欠咱廠的錢，得你去給要回來。」李廠長眨了眨眼睛。他的眼睛又圓又大，有些工人背地裡叫他「牛眼廠長」。

古漢聽說過這筆債務，也知道自己只有服從的份兒。他說，「沒問題，我去。」

「你這次去就以副廠長的身分代表咱們廠。但願他們別賴帳，要不然咱們明年就沒有周轉資金了。廠裡蓋的這幢宿舍樓是個無底洞，把咱廠的錢都吞下去了。」

「李廠長您放心，我保證盡全力完成任務。」古漢聽到廠長提到他的新頭銜，頓時臉上放光。

「好，祝你馬到成功。老童，對付他們這些人就要纏住不放。」李廠長意味深長地看著古漢，把手裡的香菸在桌上的菸灰缸裡輕輕彈了彈。他右手中指在朝鮮戰爭中被子彈打殘，只剩下一截肉根。

古漢醒悟到這次出差非比尋常，是廠裡對他是否夠格當副廠長的一個考驗。兩年前，泰福市的煤礦從東風食品廠買走了二十四噸罐頭。雖然廠裡每個月都催煤礦還錢，但是到目前一分錢也沒拿到。古漢知道這不是一趟輕鬆的差事，但是他在李廠長面前不敢流露出絲毫的猶豫。他明白自己提拔的關鍵就看這次出差的結果。他暗下決心：如果這次拿不到錢，我就不回來。

當天晚上吃過飯，古漢的妻子在他的褲衩上縫了一個暗兜，盛放出差用的現金和全國糧票。劍萍自從和古漢結婚以後就當家庭婦女，沒有出去工作，這在周圍附近的鄰居中很少見。古漢從來沒有罵過她，連根手指頭也沒動過她，街坊四鄰都為此很尊敬他。劍萍一個勁兒地問他啥時候能回來，時間長了她會不放心。他沒有給她一個確定的日期，只是說，「你放心，我會照顧自己的，完了事就回來。」

七月下旬的一個早晨，古漢經過了十一個小時的火車顛簸，到達了泰福市。當天下午他就去了煤礦。煤礦的辦公樓裡空蕩蕩的，只有幾個辦事員在值班。一條礦井裡發生了坍方，礦領導都趕到救災現場去了。

第二天一早他又來到煤礦的辦公樓。這是一幢兩層建築，黑磚紅瓦，門窗漆成天藍色。大門兩邊種了幾顆向日葵，沉甸甸而吸飽露水的轉蓮頭朝東南方向耷拉著。幾隻野蜂在黃色的鋸齒形花瓣中間嗡嗡翻飛。古漢衝門衛點點頭，人家還記得他，揮揮手讓他進去了。他沿著鐵架子樓梯找到了接待室，任礦長正等著他。任礦長個子矮胖，有一圈肉嘟嘟的雙下巴。他已經聽說了古漢昨天來過，簡單寒暄幾句，就說他們很快會把錢電匯到東風食品廠。

「您說的『很快』是多快？」古漢問，吸了一口迎春牌香菸，另一隻手玩弄著打火機。

「一個禮拜吧。」

「任礦長，您能不能給我寫一個書面的保證，要不我回去交不了差啊。」

任礦長搖了搖頭，歎口氣說，「我們真說不準具體的日期。童廠長，真是對不起了，我也不能給您一個書面的保證。」

「您看，如果您不能很快還錢，我們廠可就只有破產一條路了。我們現在還欠著給廠裡蓋宿舍樓的建築公司三萬塊錢，可廠裡已經沒有周轉的現金了。建築公司已經放話了：如果我們不在一個月內還錢，就跟我們法庭上見。」

「老童，這事兒我一個人也做不了主。礦黨委得開個會研究研究。」

「那好，要是這樣我就在旅社裡等著。您啥時候能通知我礦黨委的決定？」

「哎呀，老童，你就回木基去吧，礦上過幾天就會給你們廠發一封公函。」

「臨來的時候，咱廠的領導交代了讓我不能空著手回去。」

古漢已經對這次要帳的艱難作好了思想準備，所以對任礦長的這套空話並不買賬。臨走，他告訴任礦長他明天還來。任礦長滿臉苦笑，抓撓著耳根子。

第二天下午，古漢又去了煤礦辦公樓的接待室。任礦長不在，到醫院去慰問在坍方中受傷的礦工了。他給任礦長留了個條子，求他珍惜煤礦和食品廠之間的友誼，不要再拖延償還債務。

他拖著沈重的雙腿回到反帝旅社。這裡起碼還是一個讓人舒心放鬆的地方。與此相比，外面礦山上的環境單調乏味——山坡上點綴著礦井的入口，像是張開的黑黢黢的嘴巴；到處都是煤堆、吊車和傳送帶。運煤的火車慢吞吞地爬行，活像一條巨大的蜈蚣。旅社的四所磚房圈出了一個大院子，院子中央有一口小小的水井，上面支著一架轆轤。一條石子小路把院子分割成了兩半，路旁栽了十幾棵蘋果樹。北房的屋檐下掛著一溜用玉米秸編成的蟈蟈籠子，裡面有蟈蟈還有知了。每個籠子的網眼裡插著兩三根蘿蔔纓兒。天黑以後，蟈蟈和知了吃飽了就開始鳴叫，清脆的唧唧聲一直鬧到半夜。

第二天古漢總算逮到了任礦長。這一次任礦長回答得很乾脆：礦上沒錢，只能用煤抵債。「都是最好的無煙煤，價錢給你打八折。」任礦長一邊說，一邊用一個大文件夾當作扇子搧著風，好像雙方已經達成了協定。

對古漢來講這絕對不能接受。食品廠用不著這麼多無煙煤。再說，怎麼能把這些煤運到木基去呢？火車車皮由國家統一調撥，現在根本就搞不到。就算搞到車皮，把煤運回了木基，在食品廠的廠區裡根本沒有地方堆放這六百噸煤。古漢當即拒絕了任礦長的提議。他氣急了，威脅說東風食品廠要和煤礦打官司。

任礦長雙手一攤，說，「那你讓我怎麼說呢？你現在就是打死我，我也給你變不出錢來。我們現在就剩下一副骨頭架子，你怎麼榨也榨不出多少油水。礦上剛出了這麼大的事故，你是知道的。我們的錢都給傷病員付醫藥費了。」

那就破產嘛！古漢在心裡說。

當天晚上，古漢給女兒寫了信，讓她接受朝陽農業技校的錄取。這次出差他不可能完成廠領導交給的任務，因此也不敢肯定他是否能被提拔爲副廠長。他至少應該讓莉雅先離開那個養雞場。至於女兒返回城裡的事兒，將來再找機會吧。

那是個悶熱的夜晚。有幾滴雨水掉落，星星格外地明亮，光芒刺透夜空中的薄霧。儘管熱氣讓人喘不過氣來，古漢還是早早上床睡覺。晚飯的時候他喝了三杯白薯酒，有點頭暈。同房間的另外兩個客人和旅社裡的其他旅客正在院子裡看那口水井，井水奇怪地向上噴湧。有人已經在院子裡挖了一條窄溝，把渾黃的井水排到外面的街上去。古漢上床之前，聽到旅社外面有幾匹受驚的馬「咴咴」地嘶叫，向南邊有火車鐵軌的方向「塌踏」地奔跑。許多旅客走出房間去看熱鬧，古漢卻疲憊地躺倒在床上。他很快就睡著了。

第二天淩晨大約四點鐘，突然，房間開始劇烈地抖動和搖晃。過道裡有個男人拚命地喊叫：「地震了！地震了！」古漢睜開眼睛，看到屋子裡的床鋪衝撞在一起，同屋的一個人被拋起來，猛地撞到東牆，落到水泥地上，立刻沒有聲息了。古漢跳起來，衝向窗戶，但是地板在腳下移動，像是踩在一面前後晃蕩的篩子上面。他的兩條腿像觸了電一樣扭纏發抖，被摔倒在地上。他努力想坐起身來，這時候整個房子像風暴中的小船一樣左右搖盪。屋裡的東西相互撞擊，房頂在「咔咔」地開裂。天棚上的電風扇掉到地上，暖壺、檯燈、衣架、椅子和桌子四處橫飛。他站不起來，就向窗戶爬過去。突然，身下一股巨大的衝力使他的身體向前撲去，把他拋出屋子，狠狠地栽進一個佈滿玻璃碴子的坑裡。此刻，一座煙囪塌倒在房頂上，飛濺的磚石又落向地面。一大塊磚頭正好擊中他的左手腕，腕上的那只海鷗牌手錶被砸得粉碎。「喔！」他叫了一聲，握住了折斷的手腕，向一棵蘋果樹下滾過去。小路旁的蘋果樹像跳開了舞在地上搖擺，樹杈像揮動的掃帚一樣左掃右揚。夜空就像白天一樣亮，五顏六色的閃電劃過黑夜，一會兒鮮紅，一會兒粉紅，一會兒湛藍，一會兒銀白，一會兒藏紅，一會兒又深綠。一條桔黃色的綢帶在空中飛舞，就像是一簇高壓電線著了火一樣耀眼。他被塵霧、爆炸、尖叫、樓房倒塌的聲音所包圍。從地下升騰起可怕的巨響，就像萬頭野牛在怒吼。

他用右手抓住了一棵蘋果樹的樹幹，終於站立起來。周圍的房屋已經成爲一片平地。街道消失了，被瓦礫覆蓋。放眼望去，天地突然間變得十分開闊，更多的樹木這一叢那一簇地顯現出來。殘垣斷壁下面傳出沉悶的呻吟和哭喊。不知從什麼地方冒出一個男人的喊叫：「救命！救救我吧！」

一個被甩出房子的小姑娘在淒厲地哭喊：「媽媽！救救我媽媽！」她的一雙小手奮力朝瓦礫抓撓著。

古漢的周圍落下幾個蘋果。他的手臂仍然死死摟住樹幹。東面，一股股渾濁的泥水像水炮一樣向天空噴射，足有二十多米高。團團火球如同炸彈一樣四散炸開。一陣強風掃過，帶來濃烈的液化石油氣的味道，好像天空也在爆炸燃燒。

古漢只穿了一條褲衩，像傻了一樣一動不動。他的上身骨瘦如柴，條條肋骨清晰可見。他想喊叫，但是嘴裡沒有聲音。餘震正不停地搖撼著大地，他不敢放開摟著的蘋果樹。

很快，他倒下了。他感覺被無邊的黑暗吞沒，沉向深不可測的海底。

下午兩三點鐘的光景，瓦礫叢中出現了幾個解放軍戰士。他們把古漢用毛毯裹起來，把他從樹邊拉開。一個衛生員包紮好他被砸斷的手腕，讓他用水壺喝了點水。一個年輕的軍官問古漢，「你能幫我們給災民分發一些罐頭食品嗎？」

「救命！」他突然尖叫起來。

「你能參加抗震救災嗎？」

「救命！救救我！」

「他瘋了。把他送走吧。」軍官說。

一個戰士把古漢引向一群孩子和受輕傷的大人。二十分鐘後他們分乘三輛南京牌卡車，駛向一個郊外的災民收容所。路上，所有的成年人都沉默不語，時常有人抽泣一兩聲。幾個找不到爹娘的孩子不停地哭。

沿途所見的災後景象令車上的人觸目驚心。目力所及的所有平房和樓房全部倒塌，只有一根水泥煙囪孤伶伶地站立著，像是一枝直指天空的巨炮。一幢倒塌的居民樓從坡上一直滑落到坡底，在一條小河的邊上斷成幾截。另外一幢從中間裂成兩半，在一個被劈開的房間裡，可以看見一條白床單和幾件晾在屋裡的五顏六色的衣服在風中撲噠撲噠地掀動。地上到處是黑洞洞的裂縫，寬得可以橫躺下一個人，卡車也開不過去。戰士們忙著往裂縫裡填石塊和木杆。路上他們常常遇到坍塌的礦井中噴出的水柱。在一塊墳地邊上，一輛帶斗的拖拉機卡在一條裂縫裡，幾乎被土石埋沒了，好像從地下張開的一個大嘴要把它吞下去，又卡在嗓子裡。墳地裡的墓碑已經有一多半從土裡拱出來，躺倒在地上。

一隊草綠色的救護車從古漢他們乘坐的卡車旁邊向城裡駛去。車上坐滿了手握鐵鍬、鋼鎬和標語牌的解放軍戰士。天空中出現了兩架直升飛機，其中一架用高音喇叭反覆廣播著：「請大家遵紀守法，互相幫助。任何趁機進行搶劫者將被就地槍決。」直升飛機上方的高空中，一架飛機斜著翅膀，向地面空投成箱的食品和成捆的毛毯。地面的人們三個一群、五個一夥，搶救埋在瓦礫下的倖存者。

「你的姓名？」兩天以後，在一所戰地醫院裡，一個軍醫問古漢。

「蘋果，」他回答說。

「你家在啥地方？」

「蘋果。」

「你的工作單位在哪兒？」

「果園。」

「啥果園？」

「蘋果。」

「你多大了？」

「蘋果。」

軍醫歎口氣，搖搖頭，對一個護士說，「記憶喪失。但願他還能想起從前的事兒來。」

醫院給他做了簡單的體檢，除了左手腕折斷之外，古漢的身體很健康，只是失去了記憶，想不起來地震以前的任何事情。他身上只有一些藏在褲衩暗兜裡的現金和全國糧票，沒有任何可以證明他身分的東西。在難民堆裡，有爲數不多的一些人是沒有辦法確定身分的。一個男人聲稱他叫文耀，卻記不得自己的姓和家住哪裡。幾個孩子也說不清楚家在哪兒，父母是誰。

人們給古漢起了個名字：田果，分配他在戰地醫院裡收拾垃圾。每天早晨，他和文耀拿著短鍬和柳條筐在醫院的營地內外轉悠，撿撿廢紙、布頭、碎碗和碎瓶子、狗屎和人糞，然後把垃圾攏在一個坑裡燒掉。古漢不喜歡這個活兒，可又不知道除此之外他還能幹點什麼。這裡的每個人都那麼忙、那麼緊張，根本沒有時間去抱怨。醫護人員二十四小時連軸轉地救護傷員病人，伙房通宵開門供應免費三餐。地震中受傷的人多得像馬蜂一樣，來一窩，走一窩。那些不能確定身分的難民留在醫院裡，做點零活兒掙自己的吃食。人們流水般出出進進，醫院卻還是老樣子——一道鐵絲網圍起來二十幾個軍用帳篷。

古漢整天渾渾噩噩啥事不操心，又能隨時進伙房找東西吃，因此很快長胖了。一個月後，當樹葉開始飄落，附近田裡的穀子轉黃等待收割的時候，他已經不是那個骨瘦如柴的古漢了。他現在紅光滿面，身材結實，從前瘦得像搓板一樣的兩肋現在也飽滿了，必須穿大號的舊軍裝。他骨折的左手腕長好了。但是他給人的印象仍然是半癡半呆，一見到女人就傻笑。

入冬之前，戰地醫院必須返回營口市的基地。有人告訴古漢說，推土機在泰福市裡挖了許多大型墓坑，埋葬了成千上萬的屍首。飛機在城市上空噴灑了足夠的殺蟲劑，好消滅成群的蚊蠅。建築工人進入了市區，替換下救災的解放軍戰士。就在戰地醫院撤離之前，古漢和其他沒有身分的難民一道被移交給了泰福市政府。

無家可歸的難民太多，泰福市政府根本照顧不過來，特別是那些老人和孤兒，更是令人頭疼的難題。冬天眼看來了，總不能讓市民們繼續住在簡陋的防震棚裡。大多數難民都分成小組集中居住，每個小組由幾戶缺丁少口的家庭組成。到了十月，泰福市的許多居民去了外地投奔親友，但是留下來這二十五萬人需要妥善安置。眼下，大多數建築施工隊正忙著給學校修建簡易房，孩子們在冬天起碼有臨時教室可以上課。學校蓋好之後，還有商店、飯館、銀行、旅店、公共浴池、公安局。雖然居民住房不是政府優先考慮的問題，但是又關乎著這個城市社會秩序的穩定。於是，泰福市新成立的抗震救災指揮部號召市民進行生產自救，結成互助小組修建過冬的棚屋。除了其他省市捐獻的建築材料外，人們只有從地震的廢墟中去撿磚石和木頭。市城建局建了幾個棚屋作樣板，讓人們參觀。這些棚屋的屋頂用麥秸、蘆席和油氈鋪成，外面看上去十分低矮，裡面還算舒服。到了十月中旬，四萬名解放軍官兵進入泰福市，幫助居民搭蓋棚屋。

與此同時，市政府發動了一場名叫「組成新家庭」的運動。各級領導動員全市三萬在地震中喪偶的市民重新結婚，同時認養那些失去親人的老人和孩子，以此來促進社會秩序的穩定。臨時成立的孤兒院和養老院根本容納不了突然增多的孤老人口。難民中很快流行起一個新口號：「我們要活下去！」這個口號不僅把那些反對讓人們倉促組成家庭的人駁得啞口無言，而且使那些對再婚猶豫不定的喪偶者下定了決心。修建居民棚屋剛告一段落，各級黨組織、團組織和工會紛紛爲喪偶者開辦了婚姻介紹服務。這項工作開展得十分順利。每個週末都有各單位舉辦的集體婚禮。每個婚禮上都至少有十幾個家庭重新組合——糖果、紅棗、柿餅、花生、瓜子和水果用臉盆裝著，分發給賀喜的來賓。每個新家庭至少有三個成員，一般來自三個家庭。

因爲這是應急措施，所以愛情不是主要的考慮因素。只要男女雙方互不討厭，政府就發給結婚證。在這種非常時期，人們應該互相幫助。另外，那些已經習慣過家庭生活的人急切地想恢復有妻子和丈夫、老人和孩子的生活。他們心裡很自然地渴望重組家庭。大家都知道孤獨是什麼滋味兒。立刻結婚還有另外兩大好處：市政府保證將來新的居民樓落成的時候，優先分配給新婚夫婦，同時在分配工作方面她們也比單身者有優先權。於是，成千上萬的市民申請參加這個重組家庭的運動。你只要精神正常、不缺胳膊少腿，你就理應有一個配偶和一兩個孩子，甚至還會有新的老父老母。

古漢已經年過半百，沒有很強的性欲望，但是架不住周圍的人勸他要做好事、幫助別人，於是也登記要求組成新家庭。他現在看起來完全是個正常人。他的字寫得好，又會算帳，就在市自來水廠當個書記員。但是，這並不是一份固定的工作。大家不知道他的來歷，領導也不放心錄用一個家庭背景不清楚的人。所以他做的是計件工作，主要是抄抄寫寫。

新娘很快就找到了。她叫劉珊，是一位不到四十歲的小個子婦女，在地震中失去了丈夫和兩個女兒。兩人在市民政局的一個婚姻介紹所裡見面的時候，她沒有問古漢任何問題，只是注意地看了他一眼。她的圓臉柔軟光滑，纖小的身材讓他想到一顆豎立的子彈，可能是因爲她的溜肩膀和穿了一條厚厚棉褲的緣故。

「你同意和他結婚嗎？」第二天下午當兩個人又到介紹所見面的時候，一個上年紀的女幹部問劉珊。她默默地點點頭。

女幹部轉向古漢，問，「你呢？」

他咧開嘴呵呵笑起來。她說，「你尋思你多走運，對不？看她多年輕，多漂亮。」

他又笑了，兩人的婚姻就這麼定了。女幹部龍飛鳳舞地爲他們填寫了一份閃著亮光的大紅結婚證書。「你們要互敬互愛。」她嚴肅地說，露出嘴裡的兩顆破損的牙齒。「田果同志、劉珊同志，祝你們白頭到老。」

和其他男人相比，古漢是個不錯的選擇：他看起來很文靜，結實，有文化。對他來說呢，劉珊是個好女人。她在市裡的一個百貨商店當會計，一定會理家過日子。她說話輕聲慢語，一定是好脾氣。她手小纖細，一定心靈手巧。她的耳垂肉厚，一看就是有福之人。一句話，從各方面衡量她都是好妻子的材料。政府分配給這對新人一個新建的棚屋和一個名叫苗苗的四歲男孩。因爲有了苗苗，政府額外補助這個家庭二十四元錢。

到了星期六，古漢和劉珊參加了在民政局對面的一個大帳篷裡舉行的集體婚禮。二十一對男女中絕大部分是中年人，當天晚上正式結婚成爲夫妻。帳篷的入口處點燃了兩掛鞭炮，然後司儀一個一個地宣佈著新郎新娘的名字。鑼鼓嗩吶笙管大吹大擂一陣之後，新婚夫婦齊聲高唱〈爹親娘親不如毛主席親〉和〈感謝親人解放軍〉這兩首歌。泰福市的副市長是一位戴金邊眼鏡的瘦小男人。他簡單地講了幾句話，代表市領導祝福新郎新娘。講話之後，他發給每對夫妻一個飯鍋和一隻水壺作爲新婚禮物。

但是，這場婚禮沒有通常應有的歡樂和熱鬧的氣氛。絕大多數的新娘表情嚴肅，有幾個新郎站在那裡抱著肩膀一動不動，好像是來看熱鬧的。有的新郎根本沒有碰用盤子盛著的傳到他們面前的「大前門」香菸。帳篷中的空氣霧濛濛的，令人有些喘不上氣來。幾個氣球懶洋洋地飄動著。只有孩子們看見折疊桌子上擺著那麼多的糖果，興奮地蹦著跳著。

「恭喜恭喜，」副市長大聲對劉珊說。

她的手顫抖著，杯子裡的蘋果酒也灑了出來，染紅了副市長的褲腿，濺在他的皮靴上。

古漢趕緊走上前去抓住她的胳膊，微笑著對副市長說，「市長同志，眞對不起。她是喝多了。」

「我明白，」副市長面無表情地說。

古漢慌忙把他的新娘拉到一邊。在所有的新郎當中，只有他顯得最高興。有些人不由地瞪他兩眼。

一個小時不到，一多半的新婚夫婦已經走了。樂隊成員把樂器收拾起來也準備離開。茶水攤前的一個老頭嘟囔著，「還沒一頓飯的功夫長呢。我的板凳都沒坐熱。」

古漢和劉珊回到他們的棚屋的時候，苗苗已經在他的懷裡睡著了。他們給孩子脫下卡其布的上衣和褲子，把他送到炕上。一個街道居委會的老大媽已經替他們把炕燒熱了。

古漢坐在屋裡唯一的椅子上看著劉珊。她正在屋角放著的一個黃臉盆裡用熱水洗臉。她的頭上冒出幾縷白色的蒸汽，胸膛在紅色的毛衣下面微微起伏著。他默默地站起身，走過去，手掌輕輕撫摸著她的後背，胸口有些發緊。

她用濕毛巾打掉他的手，轉過身來，目光黯淡，幾滴眼淚掛在臉上。「別碰我！」她叫起來。

「這是咋的了？」他吃了一驚。

「我今晚上不能做。」

「做啥啊？」

「你知道。」

「那爲啥？」

「我不能。」

「行了，我可是等了很長時間了。」他不懷好意地笑笑。

「我不能做那事兒。」

他一腳踢開了一個嶄新的搪瓷尿壺，那是街道居委會送來的結婚禮物。「那你幹啥要同意結婚呢？」

她轉身看看熟睡的孩子，苗苗沒有被驚醒。她低下頭，突然抽泣起來。古漢嚇壞了，他一隻胳膊摟住她的肩膀，輕聲地問，「劉珊，你是不是哪兒不舒服？你要不願意，我可以等。別害怕，我不是個混人。」他親吻著她的臉頰，注意到她的睫毛很長，在她的下眼皮上留下一道細微的陰影。

「我不是害怕。」她閉著眼睛哽咽地說，「我就是心裡難受得慌。我家裡人的臉總在我腦子裡打轉。我在你臉上看到他，你說話的聲音也讓我想起他。噢，我想他們啊！可我連他們的一張相片也沒有啊。」

古漢也難過起來，說，「好了，別哭壞身子。你心裡難受就跟我說，我會幫你的。」但是，她的抽泣越來越厲害，停不下來。她趴在孩子旁邊，把臉埋在一個枕頭裡。他想安慰她，可又不知道說啥好。他沉默著坐了幾分鐘，脫了衣服，鑽進被窩，用被子蒙住頭。

她一直哭到深夜。

結婚前，劉珊問了古漢幾個問題，他一個也答不上來。他甚至說不出自己的準確年齡，只是說，「我大概有五十歲吧。」連他以前的家庭他也說不清楚。隔壁住的嚴大嬸對劉珊說，「他該不是用的假名吧？」他只說從前的家裡人都在地震中砸死了，但是從來沒有對失去家庭流露出絲毫的哀傷。更出奇的是，他總是睡得十分香甜。不像其他的新婚夫婦在頭幾天中會哭上幾個鐘頭。興許他根本就沒有失去任何親人，原本就是一個赤條條的光棍，因爲地震倒揀來了老婆孩子。

苗苗一開始就叫古漢叔叔，但是叫劉珊媽媽。他晚上要和媽媽睡覺，把他唯一的玩具——一個小戰鬥機放在枕頭旁邊。他的皮膚挺黑，圓臉蛋肉呼呼的。他的手腳都生了凍瘡，每天晚上劉珊都用溫乎的辣椒水給他洗手洗腳。孩子疼得直哭，但還是繼續讓她洗。很快，苗苗的傷口上結了痂，劉珊叮囑他不要用手去摳，這樣好得快。苗苗的戶口卡上顯示：他的父親是個卡車司機，母親是個紡紗女工，倆口子生前都在一個紡織廠工作。

只要是順口的飯菜，苗苗吃得和古漢一樣多。這樣他們每月的糧食定量就不夠吃了，必須到自由市場上去買高價的玉米麵、大米和高粱米。劉珊每頓飯都讓孩子吃飽。她很會做飯，用半斤肉就能炒出四個菜來。她的毛線活兒也很好，手裡總是拿著毛衣針在織東西——一隻襪子，一頂帽子，或是一雙手套。正像古漢預料的那樣，她是個典型的賢妻良母，對做家務活兒從不抱怨。他覺得娶了她實在是有福氣，但是心裡並不清楚自己是否愛她。有時候，他寧願下班後不回家，在水廠的辦公室裡多待一會兒。劉珊和古漢不像其他的新婚夫妻，那些人在剛結婚的頭幾個月不是打就是吵，或是丈夫罵老婆做惡夢亂踢亂叫，或是妻子罵男人，打孩子，欺負老人。再不就是相互抱怨睡覺咬牙、夢遊、流鼻血、飯量奇大、口臭狐臭等等。古漢兩口子倒很相配，一點也沒有上面說的那些毛病。古漢抽菸、吃飯的時候喜歡喝兩口酒，但是這不算毛病，因爲別的男人都是這樣。

天氣冷了，取暖的煤不夠，他們一家三口就在炕上擠著取暖。每天晚上睡著之前他們都凍得哆嗦一兩個鐘頭。家裡唯一的一個暖水袋掖在苗苗的腳下。

古漢很喜歡這個孩子，但是他很快就想要一個自己的孩子。這可是千載難逢的機會啊：每對夫妻允許生一個自己的孩子。明年夏天泰福市就會出現一個嬰兒出生的高峰，這是明擺著的，因爲許多婦女已經懷孕了。令古漢不高興的是，劉珊拒絕到醫院去拿掉避孕環。她現在剛剛開始適應同古漢行房，但是堅持說她現在還不準備要孩子。「果果，耐心點兒，」有天晚上她說，「我現在身體還弱，明年我們一定要一個。」

「明年我就老得動不了了，」他賭氣說。

「田果，你也替我想想，我還是老想起我那兩個死去的孩子。」她說著眼圈紅了。

「好吧，好吧，別想過去的事兒了。咱們不是還有這個孩子麼，對不？」他把苗苗抱過來坐在腿上。孩子好像明白大人在說什麼，緊緊摟住古漢的脖子。屋子外面，北風呼嘯，房檐上結的冰錐掉到地上。

雖然古漢記不得他的準確年齡，他感覺自己老了，急於想證明他還能傳宗接代。經過幾次勸說劉珊取環無效之後，他也就死心了，只是心裡仍希望政府允許再生一個孩子的政策不會很快就改變。自己有孩子的願望不能實現反倒使他把苗苗像親兒子一樣對待。他給苗苗買炸蠶豆、山楂糕、烤白薯、冰棍和核桃這些小吃，孩子也喜歡騎在他脖子上去商店和露天劇場。晚飯的時候，苗苗也經常喝一口古漢杯子裡的酒。到了十二月中旬的時候，古漢給苗苗買回來一個上發條的玩具魚雷艇，孩子終於叫他爸爸了。古漢高興壞了，連忙保證春節的時候要給他買一掛鞭炮放。

總的來說，這三口人過著平靜的生活。街道上的臨時居委會推選他們一家爲模範家庭。

還有一個星期就是春節了。這個地震後的城市在廢墟上掛起了彩燈、彩帶、彩旗和國旗。一輛接一輛的火車把救援物資源源不斷地運進泰福市。市民們預備過年的魚、肉、水果、雞蛋和香菸反倒比以前更多了。市場上甚至出現了像甘藍菜、蘿蔔、菠菜、竹筍、黃瓜、蒜苗這樣的新鮮蔬菜。政府給每家發了一張酒票，可以買一瓶白酒。啤酒和葡萄酒卻是敞開供應。商店裡的糖果和糕點也很充足。

一天晚上，古漢在回家的路上聞到了一股很熟悉的香味——好像是韭菜餡餃子的味道。入冬這麼久了，韭菜很難見到，所以這香味分外誘人。他吸了吸鼻子，一幅家庭生活的畫面突然進入他的腦海。他看見一家人正高高興興地在桌邊包餃子——一個身形苗條的姑娘在擀皮，一個小夥子把餃子捏擠成形，一個中年婦女在用筷子調和瓷盆裡的餃子餡。他感到有些頭暈眼花，下了自行車，蹲在道旁的雪中。他又用勁吸了幾下空氣中的香氣，那幾個包餃子人的形象逐漸清晰起來。他點起一枝菸，拚命想著畫面中人物的音容。慢慢地他們的談話也可以聽見了。一個男人的聲音響起來，好像是他自己在說話，「坐鍋煮餃子吧。」

這個聲音讓他震驚，因爲他不能想像自己也在畫面裡。「爸，不忙，」姑娘拍拍沾滿麵粉的手說。

他又嚇了一跳。她是在跟我說話嗎？他問自己。嗯，興許是。她幹啥要叫我爸呢？我眞是她爹嗎？他們是誰呢？那個小夥子咋看著那麼像我呢？那個中年女人是誰？難道他們是我的家人？我眞的從前有個家嗎？他們這是在哪兒？這是多久前的事情？

他情不自禁地順著這股香味兒走過去，那是從東面一百多米遠的一個棚屋裡傳出來的。他走近了看見一個牌子掛在這家飯館的門上頭——「鮮餃館」。他加快腳步，腦子裡還在琢磨著那幅畫面。「爸，您應該把餃子這樣擺好，」小夥子一邊碼放著餃子一邊說。這些話撞擊著古漢，他意識到畫面裡的姑娘和小夥子一定是他的孩子。他像根木頭一樣一動不動地立在雪地裡，過會兒轉了下身子，死死攥住了自行車的車把，左肩膀靠在一根在地震後枯死的桑樹幹上。一陣冷風襲來，嗆得他打了個噴嚏，接著劇烈地咳嗽起來。好像這陣咳嗽突然喚醒了他的記憶，他的家庭生活的畫面一個接一個地闖入腦海——亞寧臉上的肌肉痙攣，劍萍醃的蒜茄子，她用麻線衲出來的千層底的布鞋，莉雅甜美的聲音和細細的髮辮，還有他養的那些像蝙蝠大小的熱帶魚。他極力克制住自己的感情，掀開餃子館的門簾，走了進去。

他坐在一個角落裡，要了半斤餃子。一會兒，盛在藍邊白碗裡的餃子端上來了。餃子餡是豬肉、韭菜、白菜，加上香油薑末和蝦仁，是古漢過去經常吃的。他吃著餃子，過去的記憶更加清晰和生動。現在他已經準確地記起那幅畫面的每一個細節。那是兩年前的大年三十晚上，莉雅從鄉下的養雞場回木基市過年，他們全家聚在一塊包餃子。那時候商店裡根本見不到韭菜，他通過後門關係才弄到兩斤。他要包韭菜餡餃子主要是爲了莉雅。孩子在農村待了一年，平日飯菜裡沒有油腥，吃啥都沒了胃口，時常犯血壓低的毛病，越發瘦得可憐。他想到女兒的名字「莉雅」，突然心裡難過得不行，開始抽泣起來，眼淚滴在前面盛醋的小碟子裡。飯館裡的顧客和服務員懶得去安慰他——他們對此情景已經習慣了，每天都有幾個顧客在這裡掉眼淚，特別是那些獨自來的客人。

他從自己的家庭想到了東風食品廠。他記得他在廠裡當車間主任，人們都叫他「老童」。他的名字叫童古漢，不是田果。他是個受人尊敬的幹部，手下管著將近五十個工人，而他現在幹的工作只不過是抄寫人名和數目。更讓他懷念的是，工人們喜歡他，年年評選他爲勞動模範。對妻子和孩子們的想念壓倒了他。他在木基的家多麼溫暖整潔，他在院子裡栽種的花草又是那麼鮮豔漂亮。他恨不得立刻就返回木基，回到食品廠去工作。

他吃完了餃子。這時候他已經回想起了他是如何陷於泰福市的。現在他該怎麼辦呢？想到這兒他困惑起來。他並不怎麼愛劉珊，但是他已經越來越喜歡苗苗。他騎自行車出去的時候，經常把這孩子放在身前的車梁上。他想到偷偷地把苗苗帶回木基，轉念又一想，帶個孩子目標太大，警察會很容易地找到他。再說，苗苗已經快成爲劉珊的心頭肉了，他不能就這樣把她唯一的安慰奪走。他是否應該把他失而復得的記憶告訴劉珊呢？她會相信他嗎？他是否應該把自己的眞名和身分向領導彙報呢？領導會不會就這樣放他回木基，而不進行一番調查呢？不，他們不會的。他們會要他對劉珊和苗苗盡丈夫和父親的責任，至少在他的眞實身分查清楚之前的幾個月裡不會讓他離開泰福市。

他一隻手推著自行車向家裡走去。快進家門的時候，一陣悲哀又一次向他襲來。他蹲在雪地裡，抓起幾把雪抹抹沾滿淚水的臉。他決心要儘快離開這塊傷心之地。

「你回來了。我們都快急死了。」劉珊一見他就站了起來。

「爸爸，我想您了。」苗苗叫著撲過來，一隻胖乎乎的小手拍拍自己的胸口，想讓古漢把他抱起來。

古漢彎下腰，親親孩子的臉，轉身對劉珊說，「我不太舒服。」說著就要上炕。

「你吃了飯沒有？」她問。「我蒸了花卷，還在爐子上熱著呢。」

「我吃過了。」

「你病了？」她過來用手摸摸他的前額。

「沒病，就是累了。」他不敢看她的眼睛。「睡一覺就好了。」他想要哭，趕忙控制住自己。

她又開始給苗苗念一本童話書，是講兩隻兔子智勝大灰狼的故事。古漢最近給苗苗訂了一本《講故事》兒童雜誌。兩個星期前，劉珊開始教苗苗認字和算術。

午夜之後，古漢確信劉珊和苗苗已經睡著了，便輕身下炕，把自行車鑰匙留在桌子上，又把平時積攢的六十塊錢掏出一半放在車鑰匙旁邊。他給苗苗買了一掛炮仗，但是忘記了給他，現在也拿出來放進孩子的衣服口袋裡。他穿上軍大衣，悄悄走出棚屋，在嗥叫的寒風中向火車站走去。

木基市火車站前的廣場上擠滿了等候公共汽車的旅客。許多人都穿著皮大衣。古漢很快就冷得哆嗦起來。他身上的棉大衣擋不住寒氣。幸好他只等了一個鐘頭，就擠上了一輛開往勝利區的汽車。他家就在勝利區。車上人很多，很快他就不覺得冷了。

他走到家門的時候，驚訝地發現門上貼了一張年畫，畫上是一個胖小子睡在漂在河裡的一個豆莢裡。他在門口停了一會兒，不知道這還是不是他的家。

他們還能上哪兒呢？他想。這就是我的家。

他的心狂跳著，敲了敲門。過了一會兒，他兒子走出來，揉著惺忪的睡眼。「你找誰呀？」亞寧問他，左邊的臉頰抽搐著。

「亞寧，我——我是你爸啊。」古漢哽咽著說。

他兒子聽了後退一步，又仔細看了看他的臉。「你真是我爸嗎？你比他胖多了。」

「你再好好看看！」他摘下了氈帽子。早晨的陽光從窗戶裡瀉進來，照亮了他已經禿頂的腦袋，上面汗涔涔的，冒著縷縷熱氣。「我長胖了是因爲我在地震以後病了一場，有段時間失去了記憶。」

亞寧認出了父親，撲了過來，父子倆緊緊擁抱著、抽泣著。亞寧的妻子美麗也走出來，看見公公也哭了起來。她已經懷孕了，穿著深藍色的孕婦裝。古漢的家人認爲他已經死了。食品廠通知他們說古漢在地震中失蹤，五個月前給他開了追悼會。

「你媽媽呢？」古漢問。「在舅舅家住著。」兒子回答完轉身對美麗說，「去告訴媽說爸回來了。」

美麗穿上一件皮大衣，挺著大肚子走出門，費勁地向亞寧舅舅住的高爾基大街走去。

古漢的家人得到他的死訊之後，擔心食品廠會把他們住的房子收回去。亞寧和美麗在開完追悼會的一個星期後結了婚，搬進了這個公寓單元。古漢的「遺孀」劍萍不願意睡在廚房裡，就搬到弟弟家去住。最近，她擱不住親友的勸告，開始尋找再嫁的對象，這樣她可以在不久的將來有自己的地方住。

古漢的家人還作出了一個在當時的情況下看來是明智的決定：莉雅沒有去上農業技校，而是回到了木基市。東風食品廠讓她進廠頂替她父親空出來的名額。現在她已經在實驗室做質量檢驗的工作。

劍萍聽到丈夫回來的消息，幾乎昏了過去。她伸著瘦骨嶙峋的手哭喊著：「老天爺，你咋就這麼不睜眼呢？你咋不讓我知道我那老頭子還活著呢？你咋不讓我死了呢？我這張臉往哪兒擱啊？」

本來，古漢離開泰福市的時候是想給家裡人一個出其不意的驚喜，但是他們見到他的驚喜裡卻摻雜了困惑、羞愧和悲傷。晚上吃飯的時候，莉雅一個勁兒地怪罪自己不應該回到城裡來，亞寧則垂頭喪氣，不知道怎麼來安排父母親。古漢卻很想得開，開導孩子們說一切都會好起來的。因爲這一切都是自然災害造成的，誰也不應該爲此負責。食品廠也許會分給他一套新的住房。他對家裡人說，「我給他們幹了二十多年了，食品廠就是我的家。我生是他們的人，死是他們的鬼。他們會關照我的。別擔心，只要活著就好。」

但是第二天早上，當古漢來到食品廠的時候，發現他的車間主任的位子已經被新入黨的費明占據了。更叫人吃驚的是，市裡從輕工業局已經給他們廠派來了一個副廠長。顯然沒有人再需要古漢了。天吶，才剛剛半年，他已經成了一個多餘的人。好像他眞的死了，回來的只是一個鬼魂。

他的重新出現震動了整個工廠。一些工人和幹部圍在他的身邊，聽他講述著六個月來的故事。他們告訴他，在追悼會上他們哭得多麼傷心，還告訴他在他的遺像兩邊共擺了二十個大花圈。他的妻子在追悼會上哭得手腳直抽筋。誰能想到他還活著呢！有幾個人問：「你眞的是老童嗎？」兩個人甚至摸摸他的膝蓋，想確認他是個活人。

李廠長和牛書記都很同情古漢的遭遇，但是他們說廠裡不可能再讓他重新回來上班，因爲他女兒已經用掉了唯一空出來的名額。因爲食品廠把古漢上報爲革命烈士，所以才能設法給莉雅解決戶口，否則公安局根本就不會幫忙。至於說到房子問題，那更是根本不可能。既然他已經不算廠裡的職工，怎麼可能再享受住房待遇呢？如果他們給他分配了一套住房，怎麼能讓那些等著分房的職工心服口服呢？

廠黨委爲古漢的事開了一次會，最後找到了一個解決辦法：廠裡決定讓他退休，退休金按工齡發給。他沒有別的選擇，只好接受廠領導的安排。由於再過兩天就是春節了，亞寧的舅舅讓姐姐、姐夫住到他家。亞寧哀求父母讓他繼續住在原來的家裡。他說，如果他們把他和懷孕的妻子趕出去，他的婚姻就徹底毀了。古漢和劍萍只好讓兒子繼續住下去。春節過後，他們倆就得再去找房子。

古漢變得沉默寡言，心灰意冷。他禁不住想，他是否應該繼續留在泰福市，留在劉珊和苗苗身邊，讓這裡的人們相信他已經從這個擁擠的世界上消失了。

03 幼兒園裡

邵娜娜閉著眼睛拚命想睡覺。屋外，中午的太陽像火一樣烤人，成群的黃蜂在一棵榆樹的樹蔭裡飛舞，時時會有一隻「砰」地撞到紗窗上，然後是「嗡」的一聲更響的蜂鳴。隔壁房間裡幼兒園的老師沈阿姨的聲音很快就聽得越來越清楚。

「您就行行好吧！」沈阿姨好像哭著在打電話。「三個月之內我一定把錢給您。您已經幫了我那麼多忙，那您就幫到底吧。」

聽了這些話娜娜再也睡不著了。她把頭向牆邊靠靠，想伸長耳朵聽明白。沈阿姨還在電話上央求：「牛大夫，求求您了。我家裡還有一個老娘吶。我們娘倆還得吃飯活命啊……您知道，這個孩子讓我流了太多的血，我怎麼也得吃點雞蛋補回來啊。我現在眞是一分錢也沒有了。您能不能再寬限我一個月？」

娜娜聽不懂，一個小孩子怎麼能傷害了沈阿姨的身體呢？奶奶說過，小寶寶都是從鄉下的南瓜地裡揀來的。聽阿姨的口氣，好像小寶寶是從她身上出來的。她爲啥還會爲小寶寶流血呢？

沈阿姨好像哭得越來越厲害。「求求您了，您、您可千萬別告訴別人我做人工流產的事兒！我、我就是砸鍋賣鐵也會付您錢……對，很快。我去看看能不能從朋友哪兒借點兒。」

啥是人工流產？娜娜還是不明白。是不是能夠抱住小寶寶的什麼東西？那是啥樣子？一定很貴吧？

隔壁的沈阿姨把電話摔下，哭喊了一聲：「老天爺，救救我吧！」然後是一陣寂靜。

娜娜這個時候想睡也睡不著了。她想爸爸媽媽，也開始小聲哭了起來。這是她進幼兒園的第二個星期，還不習慣自己睡覺。她躺的小鐵床也很不舒服，根本比不上家裡那張大大的軟床，他們全家人都可以睡在上面。她忍不住要疑心爸爸媽媽是不是還像從前那樣愛她，因爲三個星期前媽媽剛給她生了一個小弟弟。爸爸這些日子高興得要命，成天嘴裡哼著評戲。

房間裡還有另外七個孩子在睡午覺，有一個孩子的鼻子好像不通氣，張著嘴喝哧喝哧地喘粗氣。兩隻黃銅色的大蛾子被熱氣蒸得筋疲力盡，靜靜地貼在天棚上，過一會兒就掀動好像黏滿粉末的翅膀搧一下。娜娜睏得打了個哈欠，可還是睡不著。

到了兩點半的時候，樓裡的鈴聲響了，所有睡午覺的孩子都爬下了床。沈阿姨把大班的孩子都聚集到了走廊裡，這個班上的孩子都是五六歲。他們兩個人一排，手拉手地站好隊，跟著阿姨到幼兒園後院的蘿蔔地裡去。天氣還是很熱，遠處松花江裡有一艘汽輪扯著汽笛向北開去，兩架解放軍的戰鬥機在高空裡飛升，拉出了兩條筆直的白線。娜娜仰臉看著小得就像鴿子一樣的飛機，眞不明白那裡頭怎麼會坐進人去。空氣中有一股**DDT**的甜味，那是爲了在全市消滅蒼蠅、跳蚤和蚊子而噴灑的。孩子們都很興奮，因爲他們很少被允許走出石牆頭上鑲著茶色玻璃渣的院子到外面去玩耍。別的班級的小朋友都在院子裡作遊戲，沈阿姨要教大班的孩子去揀麻繩菜。孩子們雖然都不知道麻繩菜是啥模樣，但是已經等不及了要到蘿蔔地裡去。

去後院的路上，沈阿姨轉過身來面向他們，揮動著細長的手說，「小朋友們，今天晚上給你們炒麻繩菜吃，好吃極了，你們從來沒吃過這麼好吃的菜。告訴阿姨，你們想不想吃炒麻繩菜啊？」

「想！」幾個孩子扯著嗓子喊。

沈阿姨咂咂嘴，聳了聳被太陽曬黑了的鼻子，嘴角掠過一絲不易察覺的微笑，又轉身向前走了。她身後的兩條辮梢上繫著綠毛線繩的大辮子在屁股上擺來擺去。她是一個高個苗條的年輕女人，有兩道彎彎的眉毛。她喜歡唱歌，嗓音圓潤清澈。但是最近這些日子她的臉色蒼白，也聽不到她的歌聲了。她丈夫因爲貪污被判了十三年的徒刑，聽說她因爲這個在去年夏天和他離了婚。

孩子走到了蘿蔔地，沈阿姨彎腰從兩棵蘿蔔苗中間拔起了一棵麻繩菜。她對圍上來的孩子們說，「看清楚沒有，麻繩菜的葉子很小、很嫩。你們看像不像扁圓形？和你們平常見過的青菜和草葉子是不是不一樣？有時候它還開黃花呢。」她把麻繩菜扔進地上的一個旅行袋裡，接著說，「好了，現在每人一壟，看誰採得多。」

孩子們按照老師的命令走到地頭，在蘿蔔苗之中尋找麻繩菜。

娜娜把自己花格裙子的前襟撩起一點，在身前攏起一個兜兜，然後去找麻繩菜。地裡的蘿蔔苗長得還沒有手掌般大，要找到麻繩菜並不困難。很快，每個孩子的手裡都握著幾棵拔下來的麻繩菜。

「別踩著蘿蔔苗！」看園子的常大叔隔一會兒就衝孩子們喊一嗓子。他坐在一棵槐樹下面，抽著一根帶銅鍋的長煙袋，禿頭上佈滿了汗珠。他的工作就是照料這幾塊菜地和一間破爛不堪的水泵房。

娜娜看見班上的打架大王大濱向她走過來，趕忙低下頭，裝作沒看見。他用胳膊肘捅了她一下說，「你揀了多少了？」大濱也是有名的鼻涕大王，兩道過了河的黑鼻涕剛被他抽回鼻子裡去，一會兒又爬了出來。

她斜了斜身前的裙兜，讓他看看裡面的十幾棵麻繩菜。

他瞇起一隻眼看了看，說，「小丫頭就是不行，你看我的。」他把手裡的帽子伸出來，裡面鼓鼓囊囊的裝滿了麻繩菜。

她有點生氣，沒有理他。他轉身去和別的孩子說話，告訴大家麻繩菜別提有多難吃了。他說有一回他得了痢疾，喝過一碗麻繩菜湯。要不是爹媽捏著他的鼻子灌下去，他絕不會去碰那東西。「那味兒就跟尿一樣，比地瓜秧子還苦。」他恐怕人家不相信。

「你瞎說，」一個叫魏蘭的瘦瘦的女孩子說。「沈阿姨說麻繩菜好吃。」

「你咋就知道？」

「我就是知道。」

「你知道大臭屁！」

「你是臭狗屎，」魏蘭說完衝他伸出舌頭做了個鬼臉。

「你敢再說一遍，臭ㄚ頭！」大濱撲過去，抓住魏蘭的肩膀就把她摔倒在地，狠命地踢她的屁股。魏蘭「哇」地一聲哭起來。

沈阿姨走過來問是誰先動手打架的，娜娜指了指大濱。沈阿姨走到他身邊，伸出手揪住他的耳朵，把娜娜嚇了一跳。沈阿姨從牙縫裡說，「你要是一天不闖禍手就癢癢，對不？走，我帶你去一個沒禍闖的地方。」她揪著大濱的耳朵拖著他走。

「哎呦！」大濱拚命哭喊著。「您把我耳朵揪掉了。」

「揪掉了你不還有一隻嗎？」

走過常大叔身邊的時候，沈阿姨停下腳步讓他看著孩子們一會兒，然後拖著大濱走回幼兒園的院子。

娜娜驚恐地張大了嘴巴。大濱一定是被關「小黑屋」了，等他出來一定會找她的碴子。幼兒園二樓有一間當作儲藏室的舊伙房，裡面的一個角落放著三個床頭櫃。經常有不聽話的男孩子被鎖在裡邊待上幾個小時。有時候，幼兒園的老師到了時間會忘記把孩子放出來，所以那些闖了禍的經常會餓肚子。

大約十分鐘以後，沈阿姨喘著粗氣回來了，好像她剛跑完一百米的衝刺。她數數孩子，看到沒有少一個才放心。

娜娜很快就把大濱忘了，專心在種著蘿蔔苗的壟溝裡找麻繩菜。大多數孩子們從來沒有做過這樣的勞動，更沒有親口嘗過自己從地裡摘下來的瓜菜，所以都特別賣力氣。只要他們的小裙子和帽子裡裝滿了，就趕快跑去把麻繩菜丟在那只旅行袋裡。沈阿姨則忙著把袋子裡混進來的雜草揀出去。一個半小時後，旅行袋已經鼓漲起來，孩子們都高興極了。他們已經把整塊蘿蔔地細細地梳理了一遍。沈阿姨不停地給大夥兒加油，嘴裡一勁兒說：「衆人捧柴火焰高」。

麻繩菜揀完了，孩子們在水泵房後面手拉手排好隊，準備回幼兒園去。走之前，沈阿姨不知道爲啥給了常大叔幾把麻繩菜。十幾雙小眼睛眼巴巴地看著她把他們一小半的收成放到了老人的柳條筐裡，可是誰也不敢吱聲。常大叔微笑著對沈阿姨說，「行了，夠了夠了。剩下的你自己留著吧。」他一張口，吐沫星子就從沒牙的豁縫裡迸出來。

娜娜焦急地盼望著晚飯的到來。她飛快地轉著小腦筋：要是麻繩菜眞的好吃，她就給爸爸媽媽摘點回去。她記得在幼兒園後院那個廢棄的豬圈裡看見過幾棵麻繩菜。

晚飯和平日一樣：棒子麵粥、蒸地瓜和炒蘿蔔條，根本就沒有麻繩菜的影子。大班的小朋友個個垂頭喪氣，有幾個孩子用勺子在粥碗裡狠狠地又敲又攪。娜娜難過地想哭，拚命忍住了眼眶裡的眼淚。她記得沈阿姨回家的時候在自行車後車架上捆著那只鼓漲漲的旅行袋，還以爲裡面裝的是洗換的髒衣服啥的。現在她明白了，老師把他們大家摘的麻繩菜拿回家去了。

娜娜覺得肚子裡氣鼓鼓的，雖然她最喜歡吃地瓜，也因為光生悶氣而只吃了半塊。小朋友們雖然全都哭喪著臉，心裡非常失望，但是大家誰也沒問麻繩菜哪兒去了。飯桌上只有大濱滿臉的不在乎。他被從床頭櫃裡放出來以後就不停地用眼睛瞪著娜娜。她知道這傢伙肯定要報復，那她該咋辦呢？

晚飯後，孩子們都在院子裡玩，娜娜看見了大濱。她叫他的名字，招招手讓他到自己身邊來。他過來了，哼了一聲：「臭丫頭，幹嘛？」

「大濱，你要吃花生嗎？」她張開手掌，現出兩個長著四個仁兒的大花生。兩天前爸爸送她回幼兒園的時候，給了她六個這樣的熟花生。

「嗨──」他大喊大叫著，「你們誰見過有四個仁兒的花生？」他一把奪花生，剝開了就吃。他的眼睛興奮地閃著光，嘴巴的動作活像兔子在嚼東西。

大濱三口兩口就把花生吞到肚裡，又問，「你還有嗎？」

「沒了。」她搖搖頭，眼睛瞥著地下。

他伸手過來插進她的衣兜，空的。娜娜已經把其餘的四顆花生藏在襪子裡。他說，「你從現在起就得聽我的話，有啥好吃的都得給我留著。聽見了嗎？」

她點點頭，還是沒有抬起眼睛看他。

娜娜站在一架滑梯底下，看著大濱撇著兩條羅圈腿跑去找其他的男孩子們。他們在扔著紙疊的飛機，嘴裡模仿著炸彈爆炸的聲音。冬青樹叢的另一邊，在關閉的院門附近，幾個孩子在玩捉迷藏。暮靄中傳來他們的歡笑聲，他們身上的襯衫像白色的影子一樣飄飛。

那天夜裡娜娜沒有睡好。她還是害怕黑屋子。同房間的小夥伴艾莉一直在打呼嚕。屋外有一隻貓頭鷹或是老鷹在不停地叫，聽著好像是一個老人在咳嗽。松花江邊的造船廠裡的汽錘時時在「呯呯」響。娜娜睡不著，就在黑暗裡吃了一個花生，也顧不得幼兒園裡規定小朋友晚上刷牙以後嚴禁吃東西。她小心地把花生殼藏在枕頭底下。她開始想念媽媽那溫暖柔軟的懷抱，又開始哭起來。

第二天早上起來就下雨。到了中午雲彩才散開。孩子們可以到外邊去玩了。院子中央立著一個十米來長的旋轉木馬盤，被漆成了天藍色。幾個男孩子騎在木馬上轉圈，開心地又喊又叫。大濱和斜眼路文也在裡頭，他們抱著木頭做的衝鋒槍瞄準樹、人、鳥、煙囪，嘴裡發出射擊的聲響，見到什麼都「吐吐」一陣。好像木馬轉盤就是坦克車的炮塔，他們也用嘴巴給「坦克」的「轟鳴」伴奏。娜娜不敢坐旋轉木馬，上個禮拜她坐過一回，暈得噁心了兩天。

娜娜和幾個女孩子玩起了「跳房子」遊戲。她們推舉她當娘娘，說她是最漂亮的。四個女孩子作丫鬟伺候她，可是娘娘卻不得不坐在潮濕的地上。魏蘭和艾莉是她的衛兵，手裡拿著兩根削尖的樹枝當長矛。女孩子們想找一個高大健壯的男孩當皇上，可是只有瘦猴願意和她們在一塊兒玩。瘦猴渾身瘦得像一根柴禾棍兒，女孩子都能把他打趴下。他應該當宦官，而不是皇上。很快娜娜就不耐煩作什麼娘娘了，她討厭叫瘦猴「萬歲爺」，更不情願服從他的聖旨。她央求別的女孩子代替她，可是誰都不肯。她從濕地上站起來，叫嚷「我不幹了！」大家玩得正高興，不讓她走，艾莉只好同意作副娘娘，宮廷才沒有散夥。

因爲地濕路滑，許多孩子都弄得滿身是泥。吃午飯的時候，沈阿姨見到他們的髒衣服氣得要命，特別是那些玩甩泥巴打仗的男孩子更是讓她火冒三丈。她說，下次再見到他們玩得跟泥猴似的，誰也別想下午出去玩了。「你們沒一個是好孩子，」她大聲說。「你們想累死我啊？」

吃過午飯，孩子們都在午睡。沈阿姨把他們的髒衣服收拾到一起，拿到水房去洗。她還在生氣，因爲自己又不能睡午覺了。

娜娜累得也不想爸爸媽媽了，她一沾枕頭就睡著了，足足睡了一個半小時。醒來的時候，看見身邊整齊地擺著洗淨烘乾的衣服，她高興極了。但是等她把手伸進衣服口袋裡，不禁吃了一驚──昨天剩下的三個大花生沒了。她又翻開薄毛被，把床單褥子都掀開，也沒有找到。連她藏在枕頭底下的花生殼也不見了。一定是沈阿姨沒收了她的花生，她傷心地哭起來。

下午的時候太陽出來了，濕漉漉的地面又曬乾了。沈阿姨帶著大班的二十四個孩子又去了後院的蘿蔔地。孩子們手拉著手，一邊走一邊唱起了上個星期學的兒歌〈小紅花〉：

小紅花，開不敗，
我們拍手兒唱起來，
高高興興玩遊戲，
好像春天花兒開。

到了蘿蔔地裡，沒有看見常大叔的影子。那架破舊的揚水機在轟隆隆地澆水，細長的水流在一條條壟溝裡閃著白光。

沈阿姨看到地裡有水，不禁猶豫了一會兒。她大聲對孩子們說，「今天下午我們要採更多的麻繩菜。昨天伙房的阿姨沒有給你們炒麻繩菜，因爲咱們交給她太晚了。今天晚上她會給炒給你們吃。只有努力勞動才是好孩子。你們想不想當好孩子啊？」

「想——」孩子們齊聲說。然後，大家又散佈到壟溝裡尋找麻繩菜。

雖然孩子們仍然很興奮，但是地裡的泥水很滑腳，也已經沒有多少麻繩菜了。有幾個孩子摔了屁股墩，衣服上沾滿了泥水。他們的鞋也常常陷在黑泥裡。

娜娜還是把裙子角撩起來攏在身前，一會兒也揀到了幾根細小的麻繩菜。其他孩子也有揀到麻繩菜的，居然又把沈阿姨的那只旅行袋裝得鼓起一點點。娜娜聽著身邊有幾個孩子還在傻傻地說著晚上的炒麻繩菜是啥滋味，她雖然手沒有停，但是心裡很不痛快。

她來到幾簇蒿草前面，蒿草裡還有幾塊褐色的大石頭，上面散落著黃色的乾草。一群蝴蝶落在蒿草上，抖動著帶黑斑點的白翅膀。時常會有一隻蝴蝶斜飛到石頭上。娜娜拔開蒿草尋找麻繩菜，驚起的蝴蝶像天上飄下一片雪花。突然，從草叢中竄出一隻野兔，箭一般地射向前面的幾個女孩子。孩子們都看到了野兔，爆發出一陣歡叫。受驚的野兔掉頭衝向幼兒園的後山牆。沈阿姨看見野兔，立刻大叫起來：「截住！別讓兔子跑了！」

幾個男孩子撒腿就去追兔子，他們看見牠拖著一條斷了的後腿。沈阿姨也在後面追，邊跑邊揮手讓前面的孩子堵截野兔。她的兩條長辮子在身後蕩來蕩去。除了娜娜，所有的孩子都去追兔子了。蘿蔔地裡像開了鍋，成片的蘿蔔苗被踩倒，泥水在孩子們的腳下飛濺。尖叫聲和笑聲在蘿蔔地的西頭響成一片。

娜娜沒有去追兔子是因爲她憋不住尿了。她看看周圍沒有人，蹲在沈阿姨的那只旅行袋上，小心翼翼地把屁股藏在裙子裡，把尿撒在袋裡的麻繩菜上。但是她不敢尿得太多，尿到一半的時候就站起來，用揀來的乾燥一點的麻繩菜蓋在被尿濕的麻繩菜上。她的心緊張得「砰砰」亂跳，也跑去追野兔了。

野兔早跑得看不見了，但是孩子們仍然興奮地嘰嘰喳喳。男孩子們呼哧呼哧地喘著粗氣，吹噓著他們跑得有多快，離野兔子有多近。大濱說，他從涼鞋裡露出的腳趾觸到了野兔毛茸茸的尾巴。斜眼路文說野兔要比家兔好吃得多。他對圍著他的幾個孩子講他舅舅如何在山裡打獵，後來打到了一對野兔子。他舅媽如何把野兔開膛破肚，放上土豆和胡蘿蔔燉。沈阿姨沒有讓他再說下去，她趕快讓孩子們排好隊，帶出了蘿蔔地。她害怕常大叔回來看到被踩壞的蘿蔔苗會罵她。

晚飯前娜娜擔心伙房的阿姨會把被她尿過的麻繩菜炒給大家吃，直到看見飯桌上還是沒有麻繩菜才放下心。她心裡特別高興。來到幼兒園兩個星期，只有今天她才美美地吃了一頓飯——三個地瓜、兩碗棒子麵粥和好幾勺燒茄子。吃完飯以後，她興奮異常，和男孩子們玩起了騎馬打仗。她揮舞著一杆木頭衝鋒槍，好像自己突然間長成了一個大孩子。她覺得從今天開始，夜裡再也不會像個小孩子一樣哭了。

04 武松難尋

省長辦公室寫來的一封信可把我們高興壞了。信裡把我們的電視系列劇《武松打虎》熱情地誇獎了一番。省長特別喜歡看劇中的英雄空手打死猛虎的那段戲。信中說，「我們應該創作出這種類型的英雄形象，使其成爲廣大革命群眾學習的榜樣。你們這些作家、藝術家是人類靈魂的工程師。你們肩負的崇高使命是通過你們的作品加強人民的鬥爭意識，樹立天不怕地不怕的革命精神。」但是信的最後一段指出了我們劇中關鍵情節的一處不足——老虎太假了，不足以構成對英雄的眞正挑戰。省長建議我們修改這段戲，這樣我們省就可以在年底之前把這個電視劇送到北京的中央電視台向全國人民播放。

我們劇組在當天晚上就開會研究，決定重拍打虎的鏡頭。每個人都很激動，因爲如果這個戲能夠送到北京，就意味著我們可以參加明年初的「大衆電視金鷹獎」的評選。我們決定讓王滬平再次扮演武松，因爲省長對他的表演留下了深刻的印象。他可是巴不得能夠再出一次風頭。現在的問題是老虎。首先，弄一隻眞老虎得花一大筆錢。再者，我們怎麼才能把演員同這麼危險的猛獸放在一個場景裡拍攝？

有省長來的信，市政府很順利地特批給我們一筆款子。我們派了四個人去吉林省買一隻剛從長白山捕獲的老虎。依照法律我們不能買賣被保護的動物，但是我們搞到了有關部門的批文，說是我們市動物園需要老虎。一個星期後，這四個人押送著一隻皮毛斑斕的西伯利亞猛虎回到了木基市。

老虎到達的那一天，我們都去看熱鬧。這是一隻雄虎，有三百多斤重，關在我們辦公樓後院的一個籠子裡。牠的眼中放射著冰冷的褐色光芒，舌頭像在血水中泡過一樣鮮紅鮮紅的。虎毛可眞厚啊，閃著金黃色的亮光。老虎搖頭或者伸脖子的時候，虎皮上的黑斑紋就會蕩漾開去。我印象最深的是老虎的耳朵竟然那麼小，不比狗耳朵大多少。老虎身上的味道眞難聞，一股尿臊氣。

老虎一天要吃十斤羊肉，這可是一筆很大的開銷。如果想要老虎不掉膘，我們沒有別的辦法。面對這老虎，王滬平有些膽怯。換了誰也會如此。滬平可是個棒小夥子：高個、寬肩膀、肌肉發達、微笑時眼睛裡閃著夢醚醚的光。他有一個外號叫做「王子」，我認爲他當之無愧——他是我們木基市最帥的小夥子。一個姑娘跟我說，只要他在周圍，她的眼睛就開始淚汪汪的。另一個女孩說，他只要一同她講話，她的心就咚咚直跳，臉紅得像著了火。這些姑娘們說得眞眞假假，我弄不清。

重新拍攝的前幾天，余導演給了滬平一本薄薄的小書讓他讀。人家余導演以前在上海的電影學校裡當過講師，他給滬平的書叫《老人與海》，是個美國作家寫的，可我記不住那人的名字了。

余導對滬平說，「人不是天生的失敗者，不管是鯊魚還是老虎都不能戰勝他。」

「明白了，」滬平說。

我最欣賞滬平的就是這點。他不光英俊，而且還有文化，不是那種中看不中用的繡花枕頭。人家看的是嚴肅的文學書，知識水平高。不像我們只會看畫報和小人書。他如果不喜歡一本小說，就會說

「這根本就不是文學。」另外，他還武藝高超，尤其擅長螳螂拳。去年冬天，有天晚上他回宿舍的路上遇見四個劫道的流氓，他們要他留下錢包，他卻赤手空拳把他們打得人仰馬翻，還把爲首的流氓拖到了附近的民兵治安指揮部。報紙上都登了他的英勇故事，我們一致推選他爲劇團裡的先進個人。

重拍的那天早上有風，天空佈滿了烏雲。兩輛解放牌卡車把我們劇組的全體人馬拉到了城外四公里的一個橡樹林子邊上。我們卸下裝老虎的籠子，把攝像機架好，工作人員搬來幾塊大石頭，佈置著場景，幾個製片助理還拔了一些齊腰高的茅草鋪在地上，使地面顯得平整一些。幾個服裝員和化妝師圍著滬平，給他穿戲服和上妝。虎籠兩邊各站一個馴獸師，手裡端著麻醉槍。

余導演在攝像機後面來回踱步。拍攝這樣的場景是不能重複的，必須一次成功。

劇組的衛生員拿出一個矮粗的酒罈子，裡面是我們本地產的「白焰」老白乾。衛生員倒了滿滿一碗遞給滬平。他一句話沒說，雙手接過酒碗一飲而盡。周圍的人默默地看著。他的臉膛紅撲撲的，在變幻的陽光中看起來特別精神。一隻黑蚊子落在他下顎上他也懶得去趕。

拍攝工作準備就緒。一個馴獸師用麻醉槍在老虎的屁股上刺了一下。余導演舉手在滬平的臉前高聲說，「一定進入角色。記住，在鏡頭前面，你就不是王滬平了。你是打虎英雄武松，是一條頂天立地的好漢。」

「記住了。」滬平說完，右拳狠狠在左掌中一捶。他腳蹬一雙高腰皮靴，背後插一根哨棒。

余導演的目光徐徐掃過人群，大聲命令各就各位。幾個人衝他點點頭。

「開始！」導演一聲令下。

虎籠被打開了，老虎竄了出來，昂然抖抖一身的錦毛。牠張開血盆大口，四顆長長的尖牙閃著寒光。老虎嗅著地面，原地兜著圈子，滬平腳步堅實地朝牠走去。老虎怒吼一聲，躍躍欲撲，但是我們的英雄鎮定從容，從身後抽出哨棒，仍舊腳步不停。當他走到離老虎十幾步遠的地方，這咆哮的畜生突然縱身一躍，向他撲去。滬平縱起平生力氣掄起哨棒狠擊虎頭。老虎晃了晃，又猛撲過去。滬平閃身一旁，一棒又擊在老虎側背。這一下把老虎打得在地上滾出幾步遠。滬平跟了過去，繼續棒打虎背和虎頭。老虎轉身兜回來，眼裡放射凶光。看來他把老虎惹急了，人虎之間要有一場惡鬥。

滬平的哨棒前半截 咔嚓斷裂，他就像故事裡的武松那樣，把手裡的半截棒子一丟。老虎又撲了上來，抓住了他的褲腳，一下把褲子撕開了大口子，然後又躍起來咬滬平的喉嚨。我們的英雄用雙拳連擊虎頭，把老虎打到一旁，但是自己卻失去了重心，踉蹌幾步險些跌倒。「繼續打！」余導演向滬平大叫。

我站在一棵榆樹後面，緊張地揉搓前胸。「推上去，推得再近一點。」導演命令攝影師。

滬平從側面猛踢老虎，老虎掉過頭來又向他撲去。滬平一閃躲過，一拳打中老虎脖子。這時候，麻醉藥開始起作用了，老虎有點搖晃，一下子蹲坐在後腿上。牠還想竭力站起來，但是朝前掙扎了幾下，終於癱倒在地上。我們的英雄一下子躍在虎背上，死命地捶打虎頭。老虎像死了一樣根本沒有反應，只有那條尾巴偶爾在草地上掃動兩下。但是滬平仍然不住地提起虎頭又捺下去，弄得老虎滿牙滿嘴都是土。

「停！」余導演喊了一聲。兩個製片助理走上去從失去知覺的老虎背上把滬平攙下來。余導演走過去對滬平說，「我們這場戲的時間算得不太準確，老虎死得太早了。」

「我打死了老虎！我是眞正的打虎英雄！」滬平像吵架一樣地喊叫著。他雙拳緊握在腰際，沙啞著嗓子放聲大笑，雙腳跺地揚起了細細的塵土。

人們圍上去給他披衣擦汗，想讓他平靜下來，但是滬平好像歇斯底里一樣笑個不停。「我打死了老虎！我打死了老虎！」他喊叫著，雙目閃閃放光。

衛生員倒了一碗水，拿出一片鎮靜藥，讓滬平吃了下去。「好酒，好酒！」滬平喝完水，抬起胳膊擦擦嘴，大聲說。突然，他高聲唱起了革命樣板戲裡的選段，把大家嚇了一跳。

穿林海跨雪原氣衝霄漢，
抒豪情寄壯志面對群山。

一個姑娘吃吃笑起來。兩個小伙子架著滬平的胳膊，把他拉走推進一輛卡車裡。他一路嚷著要去掏虎心，拔虎牙，撕捋老虎的肝肺。

「這傢伙蒙了。」製片主任老馮說。「真不容易啊——換了誰也受不了。」

老虎被抬進了籠子。余導演對這場戲簡直糟心透了。連三歲的孩子都知道武松打虎的故事是怎麼回事兒。打虎時，武松應該騎在虎背上，一手按住虎頭，一手揮拳打上幾百下，直到老虎嚥了氣。剛才拍攝的場景少了這最後打死老虎的鏡頭，所以我們還得重拍。

但是滬平已經有點神志不清了。那天他一會兒仰天大笑，一會兒咯咯傻笑。他看見誰都要衝人家喊：「嘿，知道嗎，我打死了老虎！」我們有些害怕，找了輛三輪車把他送進了醫院去檢查一下。

醫生診斷的結果是輕度的神經分裂症。滬平必須住院治療。

可是我們那場打虎的戲怎麼辦？再找一個武松可是不那麼容易。到哪兒能找得到像我們的王子那樣英俊魁梧的打虎英雄呢？我們大家那幾天的任務就是從電影電視雜誌刊登的照片裡尋找長得像滬平的演員，可是我們看到的那些年輕演員都是小白臉，既沒有打虎英雄的身材，也缺少武松的氣質。

省委宣傳部不知從哪兒聽說了省長對我們這個電視系列劇的關懷，那位副部長大人親自打電話給劇組，要求我們務必儘早完成重拍的任務。眼下已經是九月中旬了，樹已經開始掉葉了。早霜和初雪很快就會改變外景地的色彩，我們就再也不可能複製出同電視劇裡一模一樣的景色了。

既然不可能再找一位演員替換滬平，有些人就主張讓他重新出馬。我們有許多人不同意這個計畫，這簡直是拿滬平的性命開玩笑。我們這些場記、製片助理和演員私下裡都抱怨領導怎麼會選擇改編這樣一本描寫打死老虎的古典小說。當初寫書的那位老先生幹啥要寫這麼一段拍攝起來如此困難的情節呢？任何人都不可能騎在老虎背上赤手空拳打死老虎。這個武松打虎的故事根本就是憑空捏造，毒害了讀者幾百年。作家在紙上寫起來當然容易了，可是在現實生活中我們怎麼能塑造出這樣的英雄？

余導演那幾天裡急得眼睛腫得像爛桃子，眼皮勉強能夠睜開兩條細縫。只要他一出我們的辦公樓，到哪兒都戴著墨鏡。他跟我們說，「咱們必須要把這段戲拍完哪。這可是百年不遇的機會啊！」有天夜裡余導演做夢，竟然夢見他自己把老虎打倒在地上。他在夢裡揮拳，把老婆的胸口都打青了。

我們大家也很擔心。老虎每天要吃十斤羊肉，很快就能把我們單位吃窮了。再說，冬天快來了，我們把這麼大的一隻老虎藏到哪兒去過冬呢？

重拍之後的第二個星期，製片主任老馮召開了一次劇組全體會議。大家在會上討論了目前的困境，也統一了認識——如果我們不能馬上找到替代演員，我們就還得用滬平。贊成這個意見的人理由很充足，終於說服了大家。反對的人也同意：這是目前唯一可行的辦法。

余導演在會議結束的時候強調說，再次重拍的話，所有細節都必須精確地設計和估算。麻醉槍上的麻醉針的劑量要再小一點，這樣老虎就可以多清醒一會兒，我們的打虎英雄就可以在虎背上騎得長久一些。同時，我們還要加強防範措施，以防老虎傷人。

當劇組領導跟滬平說明了我們的計畫之後，他很痛快就答應再打一回老虎，這讓我們所有的人都鬆了一口氣。他說他現在感覺良好，可以隨時投入工作，一定不會辜負大家對他的期望。「別忘了，我是個打虎英雄。」他提醒大家。他的聲音很沙啞，眼裡卻閃閃放光。

「沒錯，你是英雄，」老馮立刻說。「滬平，省裡的領導都在看著你。這次一定要圓滿完成任務。」

「一定。」

我們用卡車又把老虎拉到了上次重拍的外景地。當天的天氣正巧也和上一次差不多：烏雲滿天，陽光時時穿透灰雲，造成移動的光影。我找到了上次摟過的榆樹和打虎的那塊草地。滬平坐在一塊大石頭上，赤裸的上身背後插著一根短粗的哨棒。劇組的衛生員正在給他按摩肩膀。馴獸員向老虎屁股上射了一針，滬平站起來，兩口喝下一大碗「白焰」老白乾。

余導演走過去給滬平下達拍攝提示，「要頭腦清醒。你聽到我喊『騎虎！』立刻就跨到老虎背上去。你先騎一會兒，然後再捺虎頭。只要老虎還在動彈，你就可勁打牠的腦袋。」

「明白了。」滬平點著頭，盯著籠子裡的老虎。遠處的山坡上有幾隻母牛在啃草。西風偶爾吹來牠們「嗚嗚」的叫聲。

老虎被放出來了。牠威風凜凜地踏著虎步，在鐵籠四周轉了一遭，又衝人們挑釁地張開血盆大口。牠開始定睛看著遠處的母牛。「開始！」余導演喊。

滬平剛要往老虎身邊湊過去，老虎咆哮一聲朝他撲過來。我們的打虎英雄好像愣住了。他停住腳步，舉起哨棒，但是老虎已經抓住他，一隻虎掌搭在他肩膀上。滬平發出了一聲撕心裂肺的尖叫，扔掉武器轉身向我們跑過來。老虎緊跟在後面，可能是因爲在籠子裡關久了，追趕的速度不夠快。我們立刻四散逃命，攝影師也扔下機器拔腿就跑。滬平跳起來抓住了一根榆樹杈，三爬兩爬上了樹。老虎躥起來撕掉了他左腳上的皮靴，他的白襪子上立刻浸出一塊血跡。

「救命啊！」他一邊往高處爬，一邊拚命叫喊。老虎在樹下轉著圈子，不時衝樹上發出咆哮。

「快，快打麻醉針！」余導演叫著。

馴獸師馬上又發射出一枚麻醉針，擊中了老虎的肩頭。牠很快搖晃起來，在榆樹下歪歪扭扭地邁著步。

滬平在樹上高喊救命，我們顧不上理他，緊張地注視著越走越慢的老虎。滬平這傢伙眞他媽的稀鬆。

老虎倒下了。余導演怒火衝天，不住嘴地大罵滬平混蛋。兩個馴獸師一聲不響地把虎籠抬到一動不動的老虎旁邊。

「眞是個廢物！」余導演罵著。

衛生員衝著滬平招招手，說，「下來吧，我給你包包腳。」

「不。」

「老虎已經走了，」一個女同志對他說。

「救救我！」他嚷著。

「老虎已經吃不了你了。」

「快開槍打老虎啊！」不管我們說了多少好話，他就是不肯從樹上下來。他蹲在樹枝上哭得像個孩子，褲襠也濕了一大片。

我們總不能這樣等他。老馮氣得臉漲得通紅，表情陰沉地吩咐身邊的一個人，「去，射他一針，藥量不要太強。」

馴獸師從五米開外射了一針，打中了滬平的屁股。

「喔！」他叫喚著。

幾個男同志圍在樹下準備接住他，但是他並沒有一頭栽下來。麻醉藥剛開始起作用，他就抱住樹幹，慢慢地往下滑。過了一會兒，幾個人上來七手八腳地抓住他的胳膊和腿，把他抬走了。

其中一個人說，「哎呦，他渾身好燙啊。一定是在發燒。」

「他媽的，真臊！」另一個說。

我們的英雄變成了狗熊，現在我們可怎麼辦呢？我們總算認識到了：老虎實在太危險，誰也降服不了牠。有人出主意要把老虎騸了，這樣牠就會馴服一點。我們認真考慮了這個建議，甚至跟一個騸豬的人談了，但是他不相信麻醉藥的效力，非要把老虎捆起來才肯給牠下刀子。菁華中藥房不知道從哪兒聽說我們要劁老虎，派了一個上年紀的藥劑師傅要來買老虎的那對卵蛋。這位老師傅說，這兩個虎蛋可是好東西，專治陽痿和早洩。用他的話說，「男人吃了這玩意兒就長了虎威，有使不完的勁兒。」

最終我們意識到：我們的問題是打虎的人，而不是老虎，於是決定不給老虎去勢。如果找不到一個外貌像滬平的演員，我們就是有一隻馴良的老虎也無濟於事。又有人提議找人披一張虎皮裝成老虎，這樣我們可以重拍打虎的後半段戲——讓演員去打一隻假老虎。這個主意聽起來似乎不錯，但是我還是不敢完全放心。作爲一個場記，我的工作是要確保每天攝像機拍攝的所有細節都要和上一次的拍攝完全吻合。我們找來的那張虎皮的花紋顏色同以前眞老虎的虎皮肯定不會一樣。我說完這個疑慮之後，大家沉默了很長時間。

余導演說，「我們把這頭虎殺了，就用牠的皮怎麼樣？」

「這樣興許能行，」在電視劇裡演一個貪官的老閔說。

製片主任老馮擔心滬平能否再次參加重拍。余導演勸他不要擔心，「這應該不會有問題。要是他連一隻死老虎都對付不了，他還算個男人嗎？」

大家聽了哄笑起來。

接下來就是討論具體細節。老虎是受國家法律保護的動物，我們要殺虎可能會有麻煩。余導演叫我們不用擔心，他有個朋友在市政府裡工作，可以找他想辦法。

老閔答應拍攝的時候披上虎皮裝扮假老虎。他最喜歡玩這樣的把戲。

兩天以後，領導批准了我們的計畫。我們找了一個民兵，用半自動步槍打死老虎。我們跟他說千萬不要射擊老虎的頭部，所以他是朝老虎的肚子開的槍。他一共打了六發子彈，但是老虎就是不死——牠蹲坐著，大口喘著氣，舌頭從嘴裡耷拉出來，鮮血從傷口湧出來，流到老虎的前腿上。牠的眼睛半閉著，好像睡著了一樣。直到牠最後倒下去，人們還是等了半天才敢打開籠子。

爲了不讓黑市上的小販從中得利，我們把死老虎賣給了國營的紅箭製藥廠。廠家付給我們四千八百元，比我們當初買活老虎的價格還略高一些。賣掉老虎的當天晚上，我們接到了製藥廠廠長打來的電話，抱怨說老虎的一條後腿不見了。我們向他保證說，死老虎被抬上車往製藥廠送的時候還是四肢俱全的，很顯然有人在路上砍掉一條後腿去剝虎骨。虎骨在中藥裡是値錢的藥材，經常用來強身健體，怯風去疼，還可以治療心悸驚風。不管我們怎麼解釋，製藥廠還是拒絕付全價，除非我們能送還那隻虎腿。我們上哪兒去找啊？老馮把唾沫都說乾了還是沒有用。最後雙方同意減掉五百塊錢了事。

動員滬平重新拍攝打虎的場面倒沒費啥功夫。他一聽說是打假老虎，立刻興奮得恨不能馬上就出發。他大聲宣告：「我還是打虎英雄。我要揍扁了牠！」

因爲這次的拍攝可以重複進行，所以我們也沒有多少準備工作要做。一輛卡車就把我們連人帶物都拉走了。老閔和一個女演員坐在駕駛室裡，因爲她對粉塵過敏，所以戴了個大口罩。滬平一路上衝我們做鬼臉，故意咬牙切齒，從鼻子裡發出「斯斯」的聲音。他的眼睛裡閃著凶光，讓我覺得陰森森的，不敢看著他。

到了外景地下車之後，滬平開始惡狠狠地盯著老閔，臉上一副不共戴天的表情。我看了心裡很難過——滬平過去是多麼和善的人啊，又知禮貌又會體貼人。要不姑娘們咋會叫他「王子」呢。

老閔突然改了主意，不裝扮假老虎了。余導演和老馮勸了他半天，可是怎麼說都沒用。老閔說，「他尋思他是個眞正的打虎英雄，想咋整治我都行。做夢，我不能給他這個機會。」

「求求你了，他絕對不會傷著你的。」余導演就差給他跪下了。「你們看見他那雙眼睛沒有？我看了渾身起雞皮疙瘩。我可不想教他給打死。」

老馮實在沒轍了，只好衝我們大家喊：「誰願意演老虎？」沒有人回答。只有一隻螞蚱鼓動著白色的翅膀，發出「嘟嘟」的鳴叫。一會兒，從遠處山上傳來一聲沉悶的爆炸聲，那是採石場的工人在炸花崗石。

余導演看沒人吱聲，又加了一句：「這是咋的了？很好玩的，機會難得啊。」還是沒人說話，他接著說，「誰要是願意，我請他吃八個碗兒的酒席。」

「在哪兒請啊？」司機小竇問。

「四海園。」

「你說話算數？」

「騙你是孫子。」

「那好，我試試。我可從來沒演過電影啊。」

「你知道武松打虎的故事不？」

「知道。」

「你就想像自己是一隻讓武松騎著打的老虎，這兒爬爬，那兒滾兩下。一定記住要搖晃腦袋，直到我喊：『死』，然後你就開始慢慢地死過去。」

「好吧，我試試。」

滬平已經穿上了武松的行頭，但是這次他沒有帶哨棒。幾個人把虎皮給身材矮小的小竇披上，又在他肚子上繫了幾根繩子。余導演對他說，「別害怕，儘量自然些。武松用拳頭跟你搏鬥。虎皮很厚傷不著你。」

「沒問題。」小竇吐了口唾沫，把虎頭戴在自己腦袋上。余導演的手指夾了根沒有點燃的香菸。他舉起手喊：「開始！」

老虎爬進草叢，搖擺著屁股還挺自在。滬平縱身跳到老虎背上，口裡高喊：「我打死你！」。他左手抓住虎額，右拳狠狠地砸在虎頭上。

「媽耶！」老虎尖叫起來，「他要打死我了。」

滬平一拳比一拳狠，直打得老虎東倒西歪，一頭栽到地上。我們正要上前拉開滬平，余導演止住了我們。老閔笑得前仰後合，雙手捂住肚子，一迭聲地叫喚：「哎呀，哎呀，我的媽呀！」

這時候，滬平猛摑虎臉，又在上面吐唾沫。可憐的畜生尖叫著，「饒命啊！大爺饒命啊！」

「滬平可把人家打壞了，」老馮說。

「不要緊的。」余導演安慰著他，一邊又轉向攝影師說，「拍下去，不要停機。」

我說，「他要是把小寶打殘廢了，咱們可是吃不了兜著走。」

「你他媽的少在這兒盼喪！」導演惡狠狠地瞪我一眼，嚇得我再也不敢吭聲了。

滬平終於從虎背上下來了，老虎已經一動不動。但是他開始瘋狂地踢打老虎的肋骨、頭、脖子。他的大頭皮靴踢得砰砰作響，嘴裡罵著，「踢死你這紙老虎，老子要讓你見閻王！」

這個場面把我們大家都嚇壞了。小寶已經毫無聲息。滬平走到一邊，抓起一塊香瓜大的石頭，念叨著，「老子要砸扁了你這個假貨。」

我們跑過去抓住了他。

「你他媽的還沒完了！」衛生員指著滬平的鼻子罵，「你把小寶的屎都打出來了。」

滬平好像根本沒聽見，還在掙扎著要去砸老虎。五個小夥子才制住了他，從他手裡奪下石頭，把他拖走了。滬平一邊走一邊喊，「我又打死一隻猛虎！我是眞正的打虎英雄！」

「去你媽的吧！」余導演說。「你打不了眞老虎，我們給你個人打打。」

我們趕忙把虎皮從司機的身上剝下來，他已經失去知覺了。他的嘴唇被打破了，嘴和眼睛都在往外淌血。

老閔還在咯咯地笑著，在小竇的臉上噴了點涼水。過了一會兒，小竇睜開了眼睛，呻吟著，「救……救命……」

衛生員給他包紮傷口，要我們立即把他送往醫院。但是誰會開卡車啊？老馮搓著手說，「媽的，全亂套了！」

我們派出一個小夥子去找電話，讓家裡再來一個司機。這時候，小竇的血止住了，已經能夠回答問題了，只是每隔幾秒鐘都會疼得直哼哼。老閔在小竇頭上揮動一根帶葉子的樹枝趕著小咬❶和蒼蠅。滬平一個人坐在駕駛室裡，又累又無聊，開始打起瞌睡。導演和製片主任正躲在灌木叢裡說話，我們大家都懶洋洋地躺在草地上抽菸、喝汽水。

足足等了一個鐘頭，另外一個司機才騎自行車到達。我們一看見他就歡呼「毛主席萬歲！」——雖然咱們的偉大領袖五年前就死了。

到了醫院以後，我們把小竇送進急診室。醫生在給小竇縫傷口的時候，我和衛生員陪著滬平回到他的神經科病房。滬平流著眼淚對我們說，「我向毛主席保證我不知道小竇就是老虎。」

經過精心的剪接，重拍假老虎的場景同其他的重拍鏡頭大致吻合。雖然鏡頭晃動得好像攝像師在打擺子，但是省裡的許多領導審看了修改後的打虎這段戲後都予以表揚。東北地區幾個省市的電視台已經開始重播這個電視劇。我們聽說北京的中央電視台也要播放。大家巴望著這個戲能在全國評獎時得個大獎。余導演保證說，如果我們的《武松打虎》能夠進入決賽，他就請大家吃海鮮，如果它獲獎的話，他還要請求市政府給我們每個人長工資。

司機小竇和滬平還都在醫院裡躺著。領導指派我代表劇組其他成員每個星期到醫院裡看他們一次。醫生說小竇的腦震盪快好了，不久可以出院了。但是滬平的情況不太好。醫院決定一旦精神病院有床位就把他轉過去。

昨天，我吃過午飯後又去醫院探視，手裡提著一網兜的紅玉蘋果。我在醫院的病人娛樂室找到了小竇。他一個人坐在那裡擺弄一盤象棋。他的氣色不錯，上嘴唇縫合的傷口好像還沒好利索，他只要張開嘴就感到疼。

「小竇，今天覺得怎麼樣？」我問。

「還行。多謝你來看我。」他的嗓音比從前好聽了許多，好像是另一個人在說話。

「頭還疼嗎？」

「有時候嗡嗡得像個馬蜂窩。到了夜裡太陽穴就開始疼。」

「醫生說你很快就能出院了。」

「我別的不指望，只要還能開汽車就行。」

我聽了非常可憐他。小寶還不知道另外一個司機剛剛帶了個徒弟，早晚是要取代他的。雖然來之前領導吩咐只能給小寶一半的蘋果，另一半給滬平，我卻把所有的蘋果都留給了他。小寶是個單身漢，在木基市也沒有家人。滬平在城裡還有兩個姐姐。

滬平坐在他的病房裡。他外表看起來沒有問題，可是那種王子的風度消失得無影無蹤了。他剛練完武術回來，還在喘著粗氣。他用一條骯髒的白手巾擦擦臉。他的手背上斑斑點點地散佈著傷疤、瘡痂、裂口，肯定是擊沙袋留下的印記。我告訴他，劇組收到寫給他的三百多封觀眾來信，但是沒有透露這些信大部分都是年輕婦女和女孩子寫來的。她們還有人給他寄來了糖果、巧克力、葡萄乾、書、鋼筆、漂亮的日記本，甚至還有她們自己的照片。我眞不明白，爲啥一個人都快成廢物了，可他在公眾眼裡卻越來越有光彩？

滬平像個傻子一樣衝我笑笑。「這麼說觀眾仍然認爲我是一個打虎英雄？」

「那當然。」我說完趕忙把頭轉到別處。雙層玻璃的窗戶外面，積雪的院子顯得空蕩蕩的。幾個孩子在堆雪人，雪人的脖子上圍了一條桔黃色的頭巾。孩子們的嘴裡噴著熱氣，嘰嘰喳喳得像麻雀。他們敞開著棉襖的扣子，無憂無慮地嬉鬧著。

滬平摸摸鬍子拉差的下巴，又咧嘴笑了。「這個不假，」他說，「我是打虎英雄。」

❶蚊蚋類昆蟲，體型比蚊子更小。

05 破

吃午飯的時候，滿津的同事們又開始議論打字員王婷婷。木基市鐵路局團委書記常伯藩說，「誰知道呢，她興許早就破了。」

「你咋能看出來？」上了年紀的科員舒威問。

「你沒見她走路的樣子？」伯藩的鼻子扁平，手指正在鼻孔裡摳著。他兩眼盯著面前的象棋盤，頭也不抬地說。

「沒注意。你給形容形容。」

「她兩腳總往外撇著，下面還不寬鬆得跟城門似的。」辦公室裡爆發了一陣笑聲。伯藩「啪」的一聲把綠炮拍在對方的紅象跟前。門開了，局黨委組織處的女處長譚娜走了進來，大夥兒的笑聲止住了。她想調看一個團員的檔案，滿津幫她在文件櫃裡找了一會兒。

大家談起婷婷的時候，總會提起鐵路局保衛處的副科長劉本疇。那傢伙沒事兒總愛在婷婷的辦公室裡轉悠。本疇四十出頭，面色黝黑，高大英俊，一點也看不出中年人的樣子。他已經結婚，有了兩個孩子。「老牛想吃嫩草啊，」人們在背後都這樣說他。伯藩和舒威都很討厭他，因爲過去的三年裡他連續加了兩次工資，而他們每個人只升了一級。

沈滿津被提拔到局團委沒多久。他太年輕也太害羞，不敢和別人一起談論女人，但是他又非常想知道關於婷婷的事情。木基市鐵路局有好幾個負責人的兒子都在追求這個漂亮姑娘。但在他看來，這個姑娘身材太單薄，舉止太輕浮，花銷太昂貴。她是那種美麗的花瓶，中看不中用。她每天騎著一輛閃光的鳳凰自行車上下班，手腕上戴著鑲鑽石的手錶。她夏天穿綢，冬天穿毛穿皮。天冷的時候每個星期都要換一條頭巾，有時候乾脆裹著一幅大紅披肩來上班。滿津因爲送需要打字的文件到她辦公室裡去過幾次，她連多餘的一個字都不跟他說。有時候兩人在樓道裡走對面，她稍稍側一下頭，算是打了招呼。

滿津的同事們不是結了婚，就是已經訂婚。他們都在鐵路局的招待所食堂吃飯。這個招待所是安排跑長途的火車司機、司爐、乘警和列車員休息的地方。那裡的飯菜做得好，價錢也不貴。你可以肉、菜分開買，讓一個小炒師傅幾分鐘內給你炒一個熱菜。招待所的領導只對局機關的一部分幹部開放食堂，因爲兩個單位挨得很近。滿津也可以每天到招待所吃飯，但是他寧可每個星期六天走遠路，到鐵路局商場東邊的職工食堂吃飯。他主要是去看在那裡吃飯的姑娘們，特別注意在局籃球隊裡打球的幾個女護士。她們個子高又漂亮，最令他動心的是打中鋒的那個姑娘。她看起來健康活潑，脖子又細又白，頭髮鬈鬈的像是戴著一對耳機。如果他要結婚，一定要找一個高個子的妻子，這樣生下來的孩子就不會像他這麼矮，將來長大了找對象也容易些。

在他被提拔到局團委之前，沒有幾個女孩子對他感興趣。他又矮又胖，其貌不揚，眼睛太小，圓呼呼的臉上長滿了青春痘。但是這些日子，他發現偶爾會有一個姑娘向他拋眼風。當然，那幾個打籃球的女護士根本就沒有注意到他，因爲在食堂裡排隊買飯的時候，他如果正巧站在她們的後面，欠起腳還夠不到人家的肩膀。但是，他最近的提升在某程度上增強了他的信心，也部分應了幾年前老家的一個算命瞎子給他算的一卦：他總有一天會躍居萬人之上。的確，他所在的局團委下轄一百多個團支部，負責全局五千多個男女青年團員的組織生活。目前局團委還沒有副書記。團委書記常伯藩幾次跟他私下講過，「你的前途遠大呀，夥計。好好幹，我這個書記早晚是你來接班。我不可能在這兒待長了。」確實，伯藩已經四十三了，不適合負責青年團的工作了。

伯藩還教導他要把字練好，因爲局政治部經常需要字寫得漂亮的幹部。寫得一手好字會幫助他提拔得更快。滿津很聽書記的話，經常吃完晚飯後在辦公室裡練字。

七月初的一天晚上，滿津在招待所洗了個熱水澡，回到辦公室裡臨摹毛主席詩詞手書。他辦公室的窗戶正對著火車站前的廣場。暮靄被晚霞襯成了紫色，穿過廣場的一些車輛已經打開了前燈。路旁有幾個小吃攤子，小販們搖鈴吆喝著來吸引顧客。

滿津剛剛寫完半頁紙，門就開了。伯藩和舒威帶著四個人闖了進來。其中一個人腰上別著手槍，另外兩人手裡提著木棒。他們每人都拿著一支長長的手電筒。「滿津，」舒威說，「你要不要去？」

「去幹啥？」滿津問。

「現在已經八點了，劉本疇和王婷婷還躲在打字室裡不出來。我敢肯定他倆今兒晚上不幹好事。

我們現在要去捉姦。」舒威悄聲說道。他的嘴巴嘐起來像個豬鼻子，兩撮灰白的小鬍子如同扇子一樣撇成八字。

滿津從書桌的抽屜裡拿出一個手電筒，但是他們並沒有馬上動身，要等待最佳時刻。滿津不明白爲啥婷婷會看上劉本疇，那人結過婚，年紀上都可以當她叔叔了。這個黑不溜秋的傢伙難道比得上那些老子有權有勢的年輕少爺？

門又打開一條縫，組織部的一個身形瘦長的科員躡手躡腳地走進來，臉堆壞笑地報告說，「他們下樓到他辦公室去了。」

兩個人站起來正要出門。「別忙，」伯藩說，「讓他們先暖和暖和肚皮再說。」

他們又等了十分鐘。

所有人都把鞋脫下來拿在手裡，悄悄向本疇的辦公室摸過去。走到門口的時候，他們聽到屋裡傳來一陣壓低了的笑聲。舒威湊到鎖孔上向裡看，裡邊黑洞洞的。過了一會兒，只聽見婷婷的喘息和呻吟。「對，對，就這樣！噢，我的手指頭腳趾頭都麻了。」

「哎呦，妳可眞不賴啊。」本疇哼哼唧唧地說著。他又輕聲笑起來，居然哼起了下流小調〈十八摸〉。

伯藩對舒威和滿津耳語說，「你們倆到後院去，蹲在窗戶底下，別讓他們跑了。」

兩人悄沒聲兒地消失在樓道盡頭。伯藩猛力打著門，吼叫著：「開門，快開門！」

裡面「哐啷」一聲，好像摔碎了什麼東西。伯藩又喊起來：「你們再不開門，我們可就把門撞開了。劉本疇同志、王婷婷同志，你們犯了錯誤，但是你們如果執迷不悟，問題的性質就不同了。」

滿津、舒威和另外幾個人急忙跑出辦公樓，朝著劉本疇辦公室的窗戶衝過去。他們剛到達窗下，就聽見窗戶「砰」地打開了，一個人「窟通」一聲跳了下來，著地之後馬上開始向外爬。「不許動！」舒威喊了一嗓子。

三支手電筒的光柱齊刷刷地照在那個人身上——原來是婷婷。她連滾帶爬地躲在停在附近的一輛黃河牌卡車底下。這時候，劉本疇辦公室裡所有的燈都亮了。滿津聽見伯藩在裡面大聲命令著：「抓住他！把他的褲腰帶解下來。」

婷婷抖成一團，一隻胳膊擋在眼前遮住手電筒的強光，另一隻手在地上撐住上身。她看見舒威手裡的棍子，害怕會挨打。「你自己出來，」他說，「我們不打你。」

「我、我……」她的牙齒「得得」地哆嗦著說不出話來。他們把哭天抹淚的婷婷從車底拖了出來。

「臭破鞋！」一人罵道。

滿津看到婷婷往日的光彩全沒了，燙成的鬈髮沾滿了泥水。她看上去老了很多，像是四十多歲，額頭上出現了五六條皺紋。

他們把她帶回了本疇的辦公室。一個攝影師模樣的人正在忙活著拍照片，他把鋪在水泥地上的揉皺的床單、被子和枕頭一一攝入鏡頭。本疇掉在地上的藍色制帽邊上有一個濕呼呼的避孕套，攝影師也拍了下來。旁邊站著的一個男人手裡的木棒尖上挑著婷婷的褲衩，上面鑲著白色的花邊，繡著幾隻淡紫色的蝴蝶。本疇耷拉著腦袋，雙手提著褲子。他的臉上橫七豎八地佈滿紅色的斑塊，看來挨了不少耳光。舒威用一雙筷子夾起避孕套和幾根陰毛，小心翼翼地放進一個信封裡。伯藩說話了，「好了，我們現在已經捉姦拿雙，人贓俱在。把他倆帶到組織處去。」

這對姦夫和姦婦被分別關進不同的辦公室裡，但是審問並沒有馬上開始。滿津奇怪爲啥伯藩他們這個時候反倒不著急了。他們在另外一間辦公室裡抽菸、看報、喝茶，有三個人還玩起了跳棋。

黨委組織處的處長譚娜過了一個多鐘頭才來。滿津被指定在審問婷婷的時候做筆記。譚娜主審，伯藩和舒威坐在她兩側。

「王婷婷同志，」譚娜的聲音有點沙啞，「你犯了嚴重錯誤，但是不要怕，你還有改正的機會。」

婷婷點點頭，嘴唇沒有半點血色，眼神黯淡呆滯。她低著頭，不敢看任何人。

譚娜接著說，「首先，你要交代你和劉本疇一共性交多少次？」

「不記得了，」她小聲說。

「那就是說一次以上，對嗎？」

婷婷一聲不吭。譚娜又說，「王婷婷，你不要裝糊塗。你兩人兩個鐘頭前還在親熱，現在又說記不清了？」

伯藩看她想頑固到底，霍地站起來，衝她揚了揚手裡一張寫滿了字的紙，說，「妳看看這是什麼？劉本疇已經把什麼都交代了。妳爲啥還要保護他？我們其實根本用不著聽妳說什麼，只是要看妳的態度。」他好像牙疼似的嘬了嘬牙根。他的兩顆門牙鑲了不銹鋼的牙箍。

婷婷渾身開始發抖。她抬起頭，一雙大眼睛從每個人的臉上看過去。滿津看得出來她是被伯藩的話嚇住了。他也感到納悶，因爲另外一組人還沒有開始審問劉本疇。

「沒錯。」譚娜白團團的圓臉上沒有任何表情，她兩隻細長的眼睛死死地盯著婷婷。「我們就是想要看看你的態度。現在說吧，你們總共有幾次？」

「四次。」

「都在什麼地方？」

「在他辦公室裡。」

「都在一個地方？」

「沒有，我們在別的地方還有一次。」

「那是在哪兒？」

「去長春的火車上。」

「你是說在臥鋪席上？」

「嗯。」

「你倆也不怕被人發現？」

「是在半夜裡。」

譚娜用兩隻手指點著她，嚴厲地問：「我是說，在公共場所裡幹這事兒，你們就不感到羞恥？」

婷婷沒有回答，抽抽答答地哭起來。伯藩和舒威相視一笑。譚娜仍然面無表情。她接著問：「在火車上是第一次嗎？」

「不是，第三次。」

「嗯。你現在交代爲啥要和他保持這種不正當關係。你不知道他是結了婚的？你不知道他和你睡覺是非法的嗎？」

「我知道，可是……」她用手背擦著臉上的淚水。

「可是啥？」

「他說他要幫助我見識什麼是男人。」

「他是啥時候說的這話？」

「五月底。」

「在哪兒？」

「他的辦公室。」

「你一個人上他辦公室去幹啥？自己送上門去？」

「不是。那天下午我們在後院拔草。幹完活我去還鋤頭。」

「他就是這樣開始跟你亂搞的？」

「嗯。」

「咋個亂搞法兒？」

「他解釋了爲啥男人的生殖器叫『雞巴』。」

「他是怎麼說的？」

「他說，那東西從根兒上說就不老實，隨時都要挺出來。」

屋子裡一片寂靜。譚娜看了看舒威，他正拚命忍著笑，憋得吭哧吭哧直喘氣。她又把眼光轉回到婷婷身上，問：「說完這話他幹啥了？」

「他、他抱著我，摸我的乳房，後、後來又撩我的裙子。」

「你爲啥不搧他的嘴巴子？」

「我咋能打得過他？您不知道他勁兒有多大。」

伯藩和舒威用手捂住嘴，免得笑出聲來。譚娜又問：「他還說啥了？」

「我當時很害怕。他說他不會弄疼我。我擔心他妻子會知道，他說他很少跟老婆來那事兒。他還說她太冷了，根本就不可能知道。」

「他這話是啥意思？他原話是怎麼說的？」

「他說她、她、下面的那、那塊兒太冷，啥也覺不出來。」

舒威終於忍不住笑出來，看到譚處長瞪了他一眼，馬上又止住了。婷婷的供詞使滿津感到震驚。她幹嘛啥都說出來呢？她不會是有意出賣本疇吧，會嗎？天知道她幹啥要讓本疇倆口子這麼出醜。她這樣做也許是要保護自己，要不就是趁機發洩對他的憤恨。

譚娜又問道：「你倆第一次性交的時候是個啥情況？」

「您是啥意思？」婷婷的大眼睛眨了眨。

「誰在上邊？」

「是他。」

「從前面？」

「嗯。」

「有沒有從後面？」

「有。」

「他進去多深？」

「這個……我也不知道。」她臉紅了，眼睛盯著地面。

「猜個大概吧。」

「也許有四五寸。」

「你感覺咋樣？」

她的回答小聲得幾乎聽不見。「還行吧。」

譚娜「砰」地拍了一下桌面上的玻璃板，站起來指著婷婷的鼻子說，「你的檔案上記得明明白白，我們招工的時候你還是個處女。你這不是在欺騙組織嗎？你那時候已經破了，對不對？」

「沒有，我沒有欺騙組織。他是我的第一個男人，」她哼著說。「我向老天爺起誓我當時是個處女。您不信可以去問他。」她的右手向身後指了一下，好像本疇就站在哪兒似的。

「好吧，」伯藩插進來說，「王婷婷，你看起來還算老實。你明白你錯誤的性質，對吧？」

「是，我明白。」

譚娜說，「我眞不明白你咋會變成這麼個下賤東西。行了，今天晚上就到這兒吧。你回去要作出深刻檢查，把你們四次性交的經過都寫清楚。你要把能記起來的所有細節都寫上，要徹底反省這種不正當關係的資產階級性質。」譚娜的胖臉上已經冒汗了。

「我能請求黨組織的幫助嗎？」婷婷膽怯地問。

「說吧。」

「請組織不要讓我老家村裡的人知道。我妹妹很快就要訂婚了。」

「那要看你改正錯誤的決心和悔改的態度怎麼樣。」

滿津現在對婷婷只感到厭惡。這女人沒腦子，好上鈎，那麼容易就讓一個中年男人給搞到手。難道這就是那個每次見到就讓他臉紅心跳的姑娘嗎？根據她自己的供詞，本疇其實沒費多大勁就睡了她、她咋就那麼賤呢？如果眞是爲了性快樂，她爲啥不從那些追她的幹部子弟中找一個年輕點兒的呢？

對本疇的審問並不順利，因爲他對付這一套很有經驗。不管他們如何費盡心機想誘他招供，他堅持說只睡過婷婷一次。他感謝黨組織和同志們及時把他從錯誤的邊緣拉回來。最後，他們只好把婷婷簽了字、按了手印的供詞拿出來給他看。他頓時出了一身冷汗，唉聲歎氣，破口罵起婷婷來。「唉——」他歎了口氣，雙手揉搓著太陽穴。「我眞應該把這破鞋操出血來。管她娘的什麼處女！她發誓絕不說出去。」

滿津把婷婷的褲衩放進一個大信封裡，封好，和她的交代材料一塊放進她的檔案裡。他替伯藩起草了一份關於這次捉姦行動的詳細報告。五天之內，鐵路局領導作出了對姦夫劉本疇的處理決定。鑑於他的頑固態度，本疇被下放到車站貨運段當了裝卸工。聽說他妻子提出了離婚。這些日子，婷婷辦公室的門總是緊閉著，裡面再也聽不到打字機發出的清脆旋律，而是慢呑呑、破碎斷續的敲擊聲。那些追她的年輕少爺們一個也看不見了。三個星期以後，她從鐵路局轉到了電報所，當了一個收發電報的學徒工。

新來的打字員是個相貌平常的女孩，骨瘦如柴而且嘴巴老大。各科室的人都在說，局領導特意給政治部選了一個不漂亮的打字員來，男同志就不會再犯本疇的錯誤了。這樣一來，關於打字員的那些閒話也就很快消失了。

許多人對婷婷受到的處分並不滿意。從長遠看，電報員比打字員的工作要好得多。電報員在退休之前可以幹三四十年，而當打字員則要靠年輕視力好。常伯藩經常跟他手下的人抱怨，「這不公平。咱們是新社會，講究男女平等——同工同酬也要同罰。」他有時候會暗示婷婷肯定和上面那個領導有不尋常的關係。

和滿津同宿舍的室友經常逼他講婷婷和本疇的風流韻事。他們知道他參加了捉姦和審問。但是他們每次要他開口時，他不是一聲不吭就是轉換話題。建築隊的泥瓦工大虎甚至提出，只要滿津把婷婷的事兒全抖落出來，他就請滿津吃羊肉火鍋。滿津拒絕了，說，「眞沒勁。你他媽的就想知道褲襠裡那點兒事兒。根本就沒你想像的那麼邪乎。」他從心裡看不起這些沒皮沒臉、無知的傢伙。

在職工食堂裡，他發現越來越多的姑娘開始注意他。那位高個子的籃球中鋒甚至還對他微笑了一次。他注意到她飯量不小——無論是米飯、饅頭還是玉米餅子一次都買半斤。不過他還是鼓不起勇氣跟她說話。他欣賞她的長手指、大腳、高聳的胸脯和結實的雙腿。局裡每次有女子籃球比賽，他準到比賽場地觀陣。他喜歡球場裡那些穿藍色短褲和紅色球衫的姑娘們，恨不得她們每個人都能成爲他的女朋友。要是他的個子再高出幾寸就好了。

八月裡的一天，滿津在食堂排隊買飯的時候，聽到身後的幾個護士在談論文革後又重新放映的朝鮮電影《鮮花盛開的村莊》。一個護士向其他姑娘保證說，那電影好看得不得了，鐵路局的劇場裡每天都在放映。其他幾個姑娘說，她們今天晚上也要去看。滿津平時不大看電影，但是那天卻出於好奇，也想晚上去劇場看熱鬧。要是運氣好的話，沒準還能在那裡見到高個子中鋒和她的朋友們。

晚上七點鐘他動身往鐵路劇場走去。暮色中一群蜻蜓四散飛舞著撲捉小咬和蚊子。老年人不耐屋裡的暑氣，坐在房前搧著芭蕉扇子聊天乘涼。人行道上，在楓樹和垂柳的樹蔭裡，一個中年男子扶著一輛永久牌自行車的車座子，在教小女兒學騎車。一連解放軍戰士唱著戰鬥歌曲，步伐整齊地向火車站的方向走去，隊伍後面揚起了一層稀薄的塵土。滿津猜想電影大概會在七點半開始，於是加快了腳步。

在鐵路局醫院的拐角，他看見了王婷婷正好走在前面。她穿一件白色的短袖上衣，下身是一條粉紅色的裙子。從後面看去她瘦多了，兩條長辮子一甩一甩的。她走進劇場的前門就不見了。他聽說她和一個海軍戰士訂了婚。自從那次捉姦以後，每當他在路上碰見婷婷，她總是低頭匆匆而過。

電影已經開演了，劇場裡沒有坐滿觀衆，前排和兩側都有許多空座位。滿津有點遠視，找了個後排的座位坐下。隨著影片劇情的進展，觀衆不時發出開心的笑聲，但是滿津卻覺著這部片子沒多大意思。他四下看了看也沒發現籃球隊的護士們，興味索然地想起身離開。

過了一會兒，他右手邊的空座位上像雲一樣飄來了一個姑娘的身形。她無聲地走近坐在他身邊。他轉過身，卻看不清楚她的臉。她穿著淺顏色的衣服，身上淡淡地發出一股百合霜的香味。奇怪的是，他能清楚地看見前面五六排坐著的一個老頭子脖子上的肉瘤，卻怎麼會看不清這麼近的一個姑娘的面孔。但是他能分辨出這姑娘年輕、苗條。他覺著不舒服，不知道她爲啥要坐在這兒。他這一排的座位中有一半多是空的，爲啥她要和他挨得這麼近？難道她不怕他們後面的人說閒話嗎？

她有些猶豫地把手放到他腿上，遲疑地揉捏著，好像不確定他是否允許她這麼做。他坐著一動不動，心頭狂跳卻迷惑不解，又急切地想知道她到底要幹什麼。

她不停地撫弄著他的大腿，他全身開始扭動回應。她又拿起他的手拉向她那邊，他像中了魔一樣由著她把自己的手拽過去放到她的腿上。她提起他的手腕，使他的手指能夠來回摩挲她大腿柔軟的內側。他明白了她的意思，手開始不老實地向裡面伸。他吃驚地發現她沒穿褲衩。他的呼吸越來越粗重，心臟好像要蹦出胸腔。他從來沒有和一個女人這麼親密過。他感覺頭有些暈眩，太陽穴緊繃繃的，腦子裡一片空白，只覺得手在觸摸她那裡。他多想看看那地方是啥樣子啊！但是他不敢讓周圍的人看出來他的身體在扭動。

他用手指分開她的陰唇，沒想到那裡頭溫暖又濕潤。他不知道她爲啥要出這麼多汗。他的指關節蹭到了一個有些硬硬的肉核，因爲不知道是什麼東西，他用拇指和食指輕輕地擰住它捻了捻。她開始張開嘴喘氣，發出「嚶」的一聲，他趕快鬆開手指。他的手繼續穿越山谷、洞穴和溝渠，探尋著陰唇附近的區域。她的毛眞厚眞多，密實得像小樹林子一樣。能夠有盞燈看清楚這些就好了。能夠伸手把她抱住，親吻她身體的每一部分就好了。但是他的身子一動也不敢動。突然，他眼前的銀幕上所有的人形、水牛和茂密起伏的稻穀開始變幻、重疊，變成了一個巨大的陰戶。它是金黃色的，多毛的，跳動的，冒著熱氣。他肚子裡翻起一股酸水。他把頭抵在前排座椅後面，嘔吐起來。

那個女人被嚇壞了。她趕緊把他的手拽出來，用手絹擦擦。她彎身過來小聲說，「對不起，謝謝了。」然後她站起來，轉身向外面的過道走去，消失在黑暗中。

他嘔吐完了，想起來應該跟上去，弄清楚她是誰，再繼續剛才的好事。他也站起身，向劇場門口走去。

前門入口處站著一個穿白上衣的姑娘，正好背對著他。附近也沒有別的人。她肯定是剛才同他親熱過的女孩，他立刻朝她衝過去。劇場前的廣場上被幾盞水銀燈照得通亮。夜空勾勒出廣場四周榆樹茂密的冠影。榆樹上方是滿天閃亮的星斗。

那姑娘聽到了身後的腳步聲，轉回身，瞪著他，驚訝得張開了嘴巴。她有兩顆突出的小虎牙，使得臉上的五官顯得甜美精緻。也許她還是個大學生呢。他衝過去雙手摟住她的腰，哼唧著說，「寶貝兒，咱們再來一次吧！」

她發出了一聲刺耳的尖叫，差點把他嚇死了。兩個男人從劇場裡跑出來，大叫：「不許動！」

「救命啊！」她叫起來。「抓流氓啊，他要跟我犯壞啊！」

滿津撒腿就跑，雙腿禁不住哆嗦起來。「站住，站住！」那兩個男人衝他喊。他們緊跟著追上來，皮鞋後跟敲打著水泥小路。

滿津拐了兩個彎，前面就是鐵路醫院的圍牆。他翻過牆跳進一個花圃裡，濺起一陣花粉和塵土。他慌忙爬起來繼續向前跑。那兩個人也爬牆過來繼續追，邊追邊衝前面的人喊：「截住他，截住那個流氓！」滿津穿過一片柏樹灌木叢，朝醫院大門口奔去。

他老遠就看見門衛揮舞著一支手槍向他這邊跑過來，滿津趕緊站住，把雙手舉過頭頂。那兩人從後面抓住他，把他按倒在地上。其中一人照他臉上踢了一腳，立刻鼻血長流。「你們弄錯了！」他呻吟著說，「我是看錯人了，我沒想要流氓。大哥，別——別打呀。」

「住嘴！」那個高個的一把掐住他的脖子。「走，咱們到公安局說去。」

滿津知道這個時候哀求也沒用，只好乖乖讓人家從背後用一根鞋帶把他的兩根拇指綁在一起。他努力回想著剛才發生的事情。天哪，他怎麼才能讓警察相信他不是要調戲那姑娘？他生怕到公安局警察可能會把他臭揍一頓。

鐵路公安局裡值班的兩個警察當中幸好有一個人認識滿津，所以他們給他鬆了綁，也沒有像平時逮到了流氓那樣對他拳打腳踢。他們把他鎖在一間不大的辦公室裡，四面牆上掛滿了各類鑲框的獎狀。警察隨後在另外一間屋裡問了那個姑娘和兩個男證人一些問題。滿津看著自己汗衫前襟上的血跡不禁抽泣起來。他在心裡咒罵那個給他招惹這麼多麻煩的陌生女子。要是他不來看這場倒楣的電影就好了。要是他今晚上能夠克服自己的懶惰，待在辦公室裡練字就好了。幾隻蒼蠅嗡嗡地繞著他飛，想舔他胸前的血跡。他揮手轟趕著蒼蠅。儘管他內心充滿對自己的厭惡，但是他不時聞聞手指尖。從指甲上傳出來的是一種特殊的氣味，就像新掰開的核桃仁。

他聽見那個姑娘在隔壁的辦公室裡邊哭邊對警察說他想要強姦或是綁架她。滿津嚇得出了一身冷汗，渾身上下止不住地打哆嗦。他從玻璃窗往外看，有四條沿街的電線從樓外的窗戶底下經過。他是待在三樓的辦公室裡，根本不可能逃跑。

半個小時後門開了，他的頂頭上司常伯藩和三個警察走了進來。一個身材肥胖、挺著啤酒肚的警察。另外一個瘦削禿頂，還有一個滿臉的稚氣，好像是個十幾歲的孩子。他們坐下開始審問滿津。伯藩說，「沈滿津同志，你知道這是嚴重的犯罪行爲。我一向認爲你是個好同志。你一定要老實坦白。如果你犯了罪，只要儘快坦白交代才能爭取寬大處理。」

滿津哇的一聲哭了出來，足足一分鐘說不出話來。禿頂警察從抽屜裡拿出一根皮革做的蒼蠅拍，啪啪地拍打著蒼蠅。

胖警察衝滿津喝道：「行了！你剛摸完人家大姑娘，現在倒沒膽子說話了。」

「不——我不是有意的。」

「別哭了，」伯藩說。「沈滿津，你現在就把事情的經過說說。你要是不能證明你清白無罪，就得下大獄，明白嗎？」

滿津止住了眼淚。他慢慢調整了呼吸，開始講起發生在電影院裡的事情。那個一臉孩子氣的警察在一個大夾子上記下他的口供。滿津講述著，時時被警察們的笑聲打斷。他竭力想使自己的頭腦冷靜，唯恐他們懷疑自己說的不是實話。他爲了證明那個坐在自己身邊的女子更像劇場門口的姑娘，一口咬定她也穿著白上衣，而且看見她慌忙朝前門跑去。他說，「我從後面以爲門口的姑娘就是那個穿白衣服的女人。」三個警察不約而同地搖了搖頭。

「那女人長得啥模樣？」禿頂警察問。

「劇場裡太黑，我沒看清她的臉。」

「你都認不出她，我們咋相信你呢？」

「這話不假，」胖警察插進來說。「強姦未遂起碼要判三年。你說一個女的在公共場所和你幹那事兒，這話誰會信呢？你拿我們當什麼人了？」

「我沒說假話。我眞的是把那姑娘看成別人了。」滿津意識到他無論如何不能改口，即使他證明不了那個神祕女人的存在，也要咬定是認錯了人。這是他唯一的生路。

「慢著，」伯藩突然發話了，手裡舉起那個筆錄口供的紅夾子。「那姑娘是這麼說的。」他念起來：「他抱住我說，『寶貝兒，咱們再來一次吧！』」

「那又怎麼了？」胖警察不以爲然。

「這就是說在他抱住那姑娘之前，在劇場裡確實有過啥事兒。要不他幹啥說『再來一次』呢？」

胖警察從伯藩手裡拿過紅夾子又仔細看了看。他嘴裡咬著一枝玉石菸嘴，吐出一口煙。他抬起頭說，「他得告訴我們那個女流氓是誰。要不我們怎麼向人家女孩子家裡交代啊？她是南副市長的女兒。」

這最後一句話差點把滿津嚇得昏過去。他覺著眼前一片模糊，趕緊閉上眼睛。他腦子裡暈沉沉的，不能想事情，也回答不了他們的問題。

「先讓他休息一會兒，行嗎？」伯藩建議說。

三個警察站起來，到另外一間屋裡喝茶去了。伯藩湊到滿津跟前，拍拍他的肩膀。「小沈，你一定要認識到這件事的嚴重性。即使你不進監獄，如果不能洗刷這個污點，你的政治生命也就完蛋了。算你運氣好，他們打電話找到了我。換了別人，那就不知道會出啥事兒呢。」

「常書記，我眞的不知道那女的是誰。」

「你再好好想想，在劇場裡你都碰見誰了。」

「我只看見了王婷婷。」

伯藩的眼睛立刻睜大了。「她坐你旁邊了？」

「我不知道她坐哪兒。」

「她穿的啥衣裳？」「白上衣，粉裙子。」

「行了，你就跟他們這麼說。這是一條很重要的線索。」伯藩站起來到隔壁辦公室去了。

十分鐘後那三個警察和伯藩一塊兒進來了。審問繼續進行。「你在劇場裡看見王婷婷了？」胖警察問。

「看見了，但是我不敢肯定她就是那個女的。」

伯藩對警察們說，「他瞧見她穿了一件白上衣。」

「對。我在進場前看見她的，」滿津說。

「那穿白衣服的女人跟你說過話嗎？」胖警察問。

「說了。」

「哦，她說啥？」

「她說，『對不起，謝謝了。』就這些。」

「你聽出來是王婷婷的嗓音？」

「我不敢肯定。」

「她說這話幹啥？」

「我也不知道。她臨走前還擦了擦我的手。」

「她擦了你的手？」

「嗯。」

「用啥擦的？」

「好像是塊手絹。」

「等等，」禿頂警察插進來。「你還記得是什麼樣的手絹？」

「我沒看見。」

「絲綢的？」

「不是。」

「的確良❶的？」

「也不是。肯定是棉紗的，軟乎乎皺巴巴的。」

當天晚上警察搜查了婷婷的宿舍，把她所有衣服的口袋都掏了一遍。他們發現了一條淡紫色的手絹，就連手絹帶人一塊兒帶回了鐵路公安局。她矢口否認同滿津在劇場裡幹過任何事情。她抽抽噎噎地哭著，堅持說滿津有意陷害她。她給審問的警察們詳細描述了電影的後半部分，然後質問說，「如果我在電影放到一半的時候離開，怎麼會知道後面的故事？」

「你興許早就看過一遍了，」伯藩說。「再說，你也用不著事後離開劇場啊。」

滿津驚訝地發現婷婷的眼眶深陷，眼睛似乎比以前更大了。雖然她哭訴得十分傷心，但是仍然不能讓人信服她沒有在場作案。她的話已經沒有人相信了。警察讓滿津用手摸一下那塊褶皺的手絹。他確實覺得那種手感非常熟悉。這就說明了一切問題。很顯然，王婷婷根本就沒有改邪歸正，又開始勾引男同志了。眞是個不可救藥的破鞋！

凌晨兩點鐘左右，警察命令滿津和婷婷兩天之內把寫好的交代材料交到公安局，然後就把他們放了。伯藩囑咐滿津一定要表現出認眞悔改的態度，在交代材料之外還要寫一份檢查。他是否還能夠留在局團委工作就看他自己的表現了。伯藩的話讓滿津很害怕。調到局機關之前，他在車輛鍛工車間當學徒，現在他根本就不敢想像再回去幹那種繁重可怕的活兒。

第二天，他只要一有空就琢磨怎麼寫交代材料。到了中午，別人都去吃午飯了，他打開了文件檔案櫃，想找出婷婷的那條褲衩用鼻子聞聞，想找出上面是否有那個神祕女子的氣味。令他吃驚的是婷婷的檔案袋已經被人打開過了，褲衩上也已經沒有原先的味道了。

到了晚上，人們傳言說，王婷婷喝了一瓶「ＤＤＴ」自殺了。警察搜查了她的物品，想找到她的隻言片語，但是她什麼也沒有留下。

她的死深深地震撼了滿津。他仍然不能確定那天晚上在劇場裡坐在他身邊是婷婷還是其他人或是個鬼魂。獨自一人的時候，他常常流著眼淚罵自己和他的楣運。出乎他的意外，領導們並沒有再讓他寫出詳細深刻的檢查。原先交上去的那份寫得很潦草，他以爲領導一定會要他重寫。

他已經作好了回到鍛工車間的準備，但是也沒有任何人下令將他調離。局政治部只給了他一個警告處分，讓他多少鬆了一口氣，因爲這種處分通常會根據他的表現到年底的時候從檔案裡撤掉。好像所有的領導都急於忘記這樁事情。

職工食堂裡的姑娘再也沒人向他拋眼風了。那些高個子護士見了他就像沒看見一樣。他很快轉到鐵路局招待所的食堂和其他機關幹部一起吃飯了，而且還經常在那裡喝得醉醺醺的。他晚上從不出門。如果同宿舍的室友們不在，他就早早上床睡覺，有時枕頭底下壓著那條繡著蝴蝶的褲衩。

❶Dacron，或譯「達克龍」，一種人造纖維。

06 新郎

貝娜的父親臨死的時候，我向他保證會照顧他的女兒。我倆是二十年的老夥計了。我和老伴沒孩子，他才把唯一的女兒交給我。貝娜年紀小的時候，要照顧她不是啥難事。女孩子長大了，麻煩也就來了。倒不是因爲這孩子任性不懂事，而是她個子矮，長得不漂亮，沒有哪個小夥子能看上她。她二十三歲了還沒有男朋友，我就開始著急了。可我到哪兒去給她找個丈夫呢？這丫頭靦腆又不愛說話，根本就不知道如何去接近一個男人。我發愁她會成爲一個嫁不出去的老姑娘。

後來，誰也沒有想到黃保文居然會向貝娜求婚。我實在整不明白，他倆之間根本就缺乏瞭解嘛。他難道會是眞心誠意的？我擔心他是在耍弄貝娜，因此堅持對他說，如果他眞的想娶貝娜，那就趕緊訂婚。那天他來我們家，提著兩隻老母雞、四條人參菸、兩瓶「五糧液」和一個長茶葉筒，裡面裝著烏龍茶。我對他表現出的誠意還滿意，對他帶來的禮物卻不以爲然。

兩個月後他們結了婚。廠裡的同事們恭喜我之後還不忘加一句，「老程，這可夠快的啊。」

貝娜嫁出去，我也算放心了。但是對我們縫紉機廠的許多年輕女工來說，黃保文娶了貝娜簡直就是搧了她們一個耳光。你聽聽吧，什麼「肥母雞攀上了金孔雀」，什麼「蠢丫頭揀了塊金元寶」啦，說啥話的都有。在咱廠沒結婚的小夥兒裡頭，保文的相貌是數一數二的，這個不假。誰也不會想到又矮又胖的貝娜竟會贏得他的心。更讓那些姑娘氣不忿的是：保文不僅脾氣好，喝的墨水也多——人家是中學生呢。他不抽菸，不喝酒，也不耍錢，而且舉止得體，見人經常有禮貌地微笑，露出兩排潔白整齊的牙齒。他在某些方面像個女人，五官精緻，皮膚白淨，說話細聲細氣。他甚至會打毛線活兒。但是，如果有人想要欺負他那可是瞎了眼，保文是會武功的人。在廠裡每年舉辦的運動會上，他曾經連續三次贏得武術冠軍，尤其擅長劍術和散打。他上小學的時候，常有大孩子欺負他，保文的繼父就把他送進他們家鄉當地的武術學校習武。一年以後，沒有孩子敢再惹他。

有時候，我忍不住會琢磨爲啥保文看上了貝娜。她身上究竟有啥吸引保文的地方？難道他眞的喜歡她那張像河豚似的圓臉？我和老伴只是把疑問埋在心底，從來沒有對這場婚事說過一句不好聽的話。我們其實是擔心貝娜配不上人家保文。也不知是咋的，只要我聽說誰家在鬧離婚，心裡就一陣發慌。

我在廠保衛科當科長，手裡大小也有點權力，多少可以幫助一下這小倆口兒。婚禮後不久，我就給他們搞了一套嶄新的兩室一廳的公寓房。這下可把那些排隊多年等分房的人惹火了。我並不在乎他們跳腳罵娘，我要盡一切能力使貝娜的婚姻美滿，因爲我相信：新婚夫婦只要能熬過頭兩年，就能天長地久——一旦保文當了父親，想離婚也沒那麼容易了。

但是，他們結婚都八個月了，貝娜還是沒有懷孕。我擔心保文很快會厭倦妻子，又去追別的女人。雖然他已經結了婚，廠裡有好多年輕女工還在打他的主意呢，有個不要臉的甚至說，她每天晚上都給他留著門。還有那些浪瘋了的女人三天兩頭地給他送電影票和肉票，簡直就是存心要拆散貝娜的家庭。我看見這些賤貨，心裡的火兒就不打一處來。一想到她們就堵心頭疼。幸好，保文還沒有作出什麼出格的事情。

剛入冬的一天早上，貝娜到我的辦公室來了。「叔，」她顫著聲兒說，「保文昨晚上沒回家。」

我的頭一下子就大了，但還是儘量把語氣放平穩地問：「你知道他去哪了？」

「不知道哇。我啥地方都找遍了。」她舔著乾裂的嘴唇，摘下綠色的工作帽。她的頭髮盤成了一個大髻。

「你最後一次看見他是啥時候？」

「昨天我倆一塊兒吃的晚飯。他說他要去看什麼人。他在城裡有不少朋友。」

「有這事兒？」我沒聽說過保文有許多朋友。「別著急。你先回車間去幹活兒，跟誰也別說。我打幾個電話找找看。」

她拖著腳步走出我的辦公室。結婚以後她至少長了十幾斤，藍布工作服緊綳綳的好像要爆開。從後面看上去簡直就像是一棵大蘿蔔。

我給彩虹影院、勝利公園和城裡的幾個飯館打了電話。他們都說沒看見這麼個人。市圖書館是保文週末常去的地方。我剛要給那裡打電話，電話鈴就響了。這是市公安局打來的，一個男的在電話裡說他們拘留了我們廠裡一個叫黃保文的工人。他不告訴我究竟出了什麼事，只是說，「他搞流氓活動，你們馬上來人。」

這是個大冷天。我騎著自行車往城裡趕，呼嘯的北風不停地吹開我大衣的衣角。我的膝蓋生疼，凍得直打哆嗦。很快，我的哮喘發作了，開始呻吟起來。我不停地罵保文這個王八蛋。「我就知道，我就知道會出事兒，」我對自己說。我已經感覺到早晚他會去找別的女人。現在他落入了警察的手裡，很快全廠就會拿他當話柄。貝娜怎麼能受得了啊？

在市公安局，我驚訝地發現其他幾個工廠、學校和公司的十幾個幹部已經在那裡了。這些人我差不多都認識——他們都是在單位裡負責安全保衛的幹部。一個女警察把我們引入了樓上的一間會議室，那裡的窗戶都掛著綠色的絲綢窗簾。我們圍著一張紅木長桌子坐下，等著公安局的同志來通報案情。玻璃桌面是新的，四邊還有點割手。在其他人的臉上我也看到了相同的焦慮和困惑。我估摸著保文一定是牽扯進一樁大案子裡——要麼是集體猥褻，要麼是輪姦。我再仔細一想，又否定了保文會是強姦犯這個念頭。他本性善良溫和，絕不是那種用暴力欺負女人的畜生。天吶，千萬別是什麼政治性的案子，那他可就徹底沒救了。六、七年前，一個弱智男人和一個高中生在我們這個城市裡成立了一個組織，叫什麼「中國解放黨」，還發展了九名黨員。麻雀雖小，五臟俱全——這個黨選舉了一個主席，一個總書記，甚至還有一個總理。他們在綱領中鼓吹要推翻政府。但是還沒等這份黨綱印出來，警察就把他們一鍋端了。兩個領頭的被槍斃，其餘的成員進了監牢。

我正在胡思亂想保文究竟犯的是什麼罪，一個中年男人走了進來。他繃著臉，眼睛半開半閉。他脫掉深藍色的上衣，搭在椅子背上，在桌子的一頭坐下。我認出他是市公安局調查科的苗科長。他長得圓臉高顴骨，穿著一身羊皮坎肩，不知怎地讓我想起畫上畫的成吉思汗的模樣。他的腫眼泡看上去一副睡不醒的樣子，但是兩眼放出狡詐的目光。苗科長坐下後開門見山地說，我們今天要處理的是一個同性戀的案子。一聽這話，屋子裡立刻像開了鍋。我們以前聽說過這個名詞，但是都不知道它準確的意思。苗科長看著我們驚異的表情，解釋說，「這是一種社會疾病，就像賭博，賣淫，或者梅毒。」他的屁股在椅子上扭動著，好像犯了痔瘡。

市立第五中學的一個年輕人舉起手問，「這同性戀都整些啥事兒啊？」

苗科長笑得眼睛瞇成一條縫兒。他說，「就是同性之間發生性關係。」

「雞姦！」有人喊了一嗓子。

屋子一下子靜下來，停了有十秒鐘的光景。又有人問同性戀算是什麼性質的罪行。

苗科長又開始解釋，「同性戀是西方資本主義社會腐朽的生活方式的產物。根據我國的法律，這是一種流氓罪。我們昨天拘留的人都要判刑，但是根據犯罪程度的輕重和認罪態度的不同，刑期從六個月到五年不等。」

屋外的街上，一輛卡車鳴著喇叭馳過，我聽著心裡一陣刺痛。保文如果進了監獄，貝娜就成了活寡婦，除非兩人離婚。他當初幹啥要同她結婚呢？他幹啥要這樣毀了她呢？

事情是這樣的。一些社會上的職員、搞藝術的、還有學校裡的老師組成了一個像沙龍那樣的俱樂部，名叫「男人的世界」。每個星期四的晚上，他們都在森林學院行政樓三樓的一個大房間裡聚會。公安局注意到這個俱樂部只收男性會員，懷疑它是個帶有暴力傾向的祕密組織，就派了兩個警探進去臥底。俱樂部裡有些男人的確對其他成員舉動親熱，但是絕大部分成員只是聚在一起聊聊電影、圖書和新聞。有時候他們也玩玩音樂、跳跳舞。據那兩個便衣警探報告，這些人的聚會實在是古怪肉麻。幾個男人成雙作對地出現，當著別人就勾肩搭背，摟摟抱抱，毫不羞恥。有的人還一把鼻涕一把淚地說，「我們男人終於有了一塊自己的地方。」一個戴著大耳環的中年畫家宣稱：「我現在才是個活人！只有在這裡我不用生活在虛偽中。」每個星期都有兩三張新面孔出現。等到這個俱樂部快發展到三十人的時候，公安局採取行動，把他們一網打盡了。

苗科長介紹完情況後，允許我們同這些罪犯會面十五分鐘。一個警察把我領進地下室的一個小房間。他遞給我保文的交代材料讓我先看看，然後轉身出屋去帶保文。我翻看這四頁由審問人員筆錄的保文的口供，知道他是剛剛加入這個俱樂部。他一共參加了兩次聚會，主要是對那裡人們的談話感興趣。但是，他並不否認自己是同性戀。

這個房間緊挨著廁所，屋裡有一股尿臊味。警察把保文帶了進來，命令他坐在桌子的另一頭，面對著我。保文帶著手銬，躲避著我的目光。他的臉有些浮腫，被打得青一塊紫一塊。一條被電棒抽出來的寬大傷痕有四寸多長，斜插過他的額頭。他的上衣領子也被撕破了，但是他的目光裡並沒有顯出害怕的神情。雖然我有些可憐他，但他那種平靜的態度把我激怒了。

我板著臉說，「保文，你知道你犯了罪嗎？」

「我啥也沒幹，就是去哪兒聽聽他們說話。」

「你是說你沒有跟任何男人做那事兒？」我想澄清這一點才好幫助他。

他看著我，然後垂下眼睛說，「我想過做點啥事兒，可是，說實話，我沒做。」

「你這是啥意思？」

「我——我喜歡俱樂部裡的一個男的，很喜歡。如果他提出來，我可能會同意的。」他的嘴唇向上微微翹起，好像對自己說的話很自豪。

「你他媽的犯什麼病了！」我猛地一拍桌子。

出乎我的意料，他說，「不必大驚小怪的，我是有病。你尋思我自己不知道？」

我簡直氣暈了。他接著說，「多少年以前我就想盡了辦法治我的病。我吃的中藥都能堆成山了。我吃過炸蠍子、炒壁虎和燉癩蛤蟆湯。可是都不管用，我還是喜歡男人。我也不知道我為啥不喜歡女人。只要我同女人待在一起，我的心靜得就像塊石頭。」

他的話給我心中的怒火澆了一瓢油。我問：「那你幹啥要娶我們貝娜？拿她耍著玩兒，嗯？朝我臉上扣屎盆子？」

「我咋能那麼沒良心？我們結婚前我就告訴過她，我不喜歡女的，不能和她生孩子。」

「她相信你？」

「信了。她說她不在乎。她只是想要一個丈夫，一個家。」

「她是個傻瓜！」我掏出手絹，擤了擤鼻子。我接著問：「如果你對貝娜根本沒感情，爲啥還要挑上她？」

「這還有啥區別嗎？對我來說，她跟別的女人沒啥兩樣。」

「你這個流氓！」

「如果我不娶她，誰還會要她呢？結婚對我倆都好，既掩護了我，貝娜也有了面子。另外，我們還能分到房子——有一個家庭。您看，我是想過一個正常人的生活。我從來也沒作賤過貝娜。」

「你這是假結婚！你也騙了你媽媽，是不是？」

「她老催我結婚。」

警察朝我揮了揮手，示意時間已到。我強壓下怒火，對保文說我會盡力幫助他。他應該同警察老老實實地配合，表明他悔改的決心。

我該咋辦呢？我心裡充滿了對保文的厭惡，但他是我家的成員，至少名義上是這樣。我沒有別的選擇，只有想辦法幫助他。

回家的路上，我把車子騎得很慢，被紛亂的心思壓得喘不過氣來。漸漸地我理出了點頭緒，意識到也許我能使他不進監獄。我現在必須分兩步走：第一，我要堅持他在俱樂部裡沒有做任何違法的事情，先把他同那些眞正的罪犯區別開來。第二，我必須證明他是個病人，這樣他就可以進醫院治療，而不是去蹲大獄。一旦他被當作罪犯判了刑，那他就被打了烙印，一輩子注定成為社會的敵人。什麼「改過自新，重新做人」都是鬼話。甚至將來他的孩子也會揹黑鍋。我應該救他。

幸好廠黨委的朱書記和劉廠長都願意接受保文是個病人的說法。特別是朱書記很欣賞保文的武功，曾經要保文教過他的小兒子使三截棍。朱書記指示我們力爭先把保文從公安局裡弄出來。有一天在上廁所的時候，朱書記對我說，「老程，我們一定不能讓保文落個進監獄的下場。」我很感激他能說這話。

在我們縫紉機廠，同性戀突然之間成了人們紛紛議論的話題。有幾個老工人說，舊社會北京的一些京劇男名角就是兔爺，每天晚上相互摟在一起睡覺，因為那年月婦女不能唱戲，演員都是男的，整天同男人打交道。朱書記看的書多，他說漢代的時候，皇帝就在後宮裡養著面首。劉廠長聽說末代皇帝溥儀就經常命令太監嘬他的雞巴，撫弄他的睾丸。有些人甚至聲稱，同性戀是上層社會有錢人的毛病，平民百姓玩不起。這些閒言碎語深深地刺痛了我。我爲這個所謂的「女婿」抬不起頭來。我從不參加這些議論，只是聽著，顯示我並不在乎大家說什麼。

我料想到對保文的事情廠裡會有各種謠言，果然被我猜中。特別是翻砂車間，那謠言傳得邪乎。有人說保文是陽痿，有人說他是陰陽人，否則他妻子老早就懷孕了。

爲了安慰貝娜，我一天晚上下班後去了她家。他們把小家收拾得很舒適，什麼東西都井井有條。屋子的四牆刷得雪白，窗戶兩側靠牆立著兩個書架，上面擺滿了工業技術手冊、人物傳記、小說和醫藥書籍。客廳的一個角落放著一具衣帽架，上面掛著保文在結婚前給貝娜買的紅色羽絨大衣。另一個角落裡擺著落地燈。在房間的另外一頭是一對同牆壁隔開、等距離分放的矮凳，上面擺著兩盆盛開的鮮花，一盆是仙客來，另一盆是月季。靠近內牆是一張桔黃色人造革的長沙發，旁邊是一只黃色的痰盂。靠著外牆立著一個柞木櫃子，櫃頂擺著一架黑白電視機。

這個家庭整潔得令我吃驚，特別是屋裡的磚鋪地板，整整齊齊，還塗了鮮紅的油漆。就是我老伴也不能把家收拾得這麼乾淨。貝娜是個邋遢女人，這些不用說都是保文做的。他不在家，這屋裡已經能看出貝娜沒有條理的生活習慣——一個角落裡散亂地扔著空麵袋和髒衣服。我喝著她給我沏的茶，說，「貝娜，我眞替保文難過。想不到他這麼沒出息。」
「不，他是個好人。」她的一雙圓眼睛直直地放著光，看著我。
「你咋還說這話？」
「他對我一直很好。」
「可是他不能成爲一個好丈夫，是吧？」
「您這話是啥意思？」
我只好直說了，「他不經常同你過夫妻生活，對嗎？」
「噢，他要練功，不能做那事兒。他說，要是他同一個女人睡覺，他這麼多年練的武功就全廢了。他師父從一開始就叫他避開女人。」
「那你也不惱？」我被她弄迷糊了，心裡說，眞是個傻丫頭。
「這有啥關係？」
「再怎麼說你倆也同過幾次床吧？」
「沒，我們沒有過。」
「你說什麼？一次也沒有過嗎？」
「沒有。」她的臉紅了一下，把頭扭過去，手指捻動著耳垂。

我的頭嗡地一下暈眩起來。結婚八個月了，她竟然還是個處女！而且居然毫不介意！我端起杯子，灌下一大口茶水。

一陣沉默。我們兩人都轉過身去看電視上的晚間新聞。我的腦子木木的，根本不知道女播音員在說些什麼，好像是關於中國和越南在邊境鬧衝突的事情。

過了一會兒，我說，「出了這樣的事兒我心裡也不好受。要是咱們早知道就好了。」

「叔，您也別難過。他比那些正常的男人強多了。」

「咋會呢？」

「現在的男人哪個能離開漂亮女人，可是保文只想有幾個哥們兒。這有啥不對的？這樣最好，我不用擔心咱們廠裡那些不要臉的破鞋去勾引他。他連看都懶得看她們一眼。他不會有生活作風問題。」

我差點要笑出聲來，眞不知道應該怎麼向她解釋：保文也能同男人發生性關係，他現在被公安局拘留恰恰就是因爲生活作風問題。轉念一想，還是讓她繼續這樣想吧。她現在也夠煩心的了。

接下來我們商量著幫助保文的辦法。我讓她寫份報告，強調保文如何是一個體貼她的好丈夫。她當然不能提他們倆沒有性生活。另外，從現在起，不管廠子裡的同事們說的話如何難聽，她都不要回嘴，只當沒聽見。

當天夜裡我跟老伴說了貝娜的那些可笑的想法。她笑了，說，「同一般的男人比起來，保文確實不錯。貝娜可不傻。」

我求苗科長和公安局的另外一個負責幹部對保文能夠從寬處理。我給他倆每人送了兩瓶金獎白蘭地和一張購買蝴蝶牌縫紉機的票證。他們倒是願意考慮，但是不作任何保證。這些日子我急得晚上睡不好覺，老伴怕我又犯胃潰瘍。

公安局終於在一天早上打來電話，同意我們廠的提議，把保文移送到西郊的精神病院進行治療，條件是由我們廠負責所有費用。我立即接受了這個處理意見，感到一塊石頭落了地。我後來聽說，市裡的監獄根本沒有地方容納這二十七個同性戀犯人，因爲不能把他們同其他犯人關在一起，需要單獨監禁，所以最後只有四個人被判刑進了牢房。其他人或是被送進精神病院（如果他們的工作單位同意付醫療費用），或是被送進勞改農場進行改造。這些同性戀犯人中有兩名共產黨員沒有被判刑，但是被開除黨籍。這種處罰也夠厲害的，因爲他們的政治生命永遠結束了。

我放下電話，馬上到組裝車間去找貝娜。她聽到這個好消息迸出了淚水。她立刻跑回家，裝了一旅行袋保文的衣服和生活用品，然後在我的辦公室裡和我會齊，一起去公安局。我騎著自行車，她坐在車後的架子上，懷裡像抱孩子那樣抱著旅行袋。去城裡正好是順風，自行車走得飛快，我們在保文去精神病院之前到了公安局。他正在大門口等車，身旁站著兩個警察。

他臉上的傷已經好了，看起來又很精神。他衝我們微笑著，不好意思地說，「我想請你們幫個忙。」他瞟了一眼遠處，一輛深綠色的麵包車拐過街角，朝我們開過來。

「你要說啥？」我問。

「別跟我媽媽說這事兒。她上了年紀會受不了。求求你們，別告訴她！」

「她要問起來我們說啥呢？」

「就說我有點精神分裂，是暫時性的。」

貝娜再也忍不住眼淚，大聲說，「你放心，我們不會讓她知道的。你要多注意身體，快點治好病回家來。」她把旅行袋遞給保文，他默默地接了過去。

我衝他點點頭，表示我不會洩漏這個祕密。他微笑地看著貝娜，又轉過臉對我笑笑。不知道爲什麼，他臉上的表情竟變得十分甜美——嫵媚而誘人，好像那是一張神祕的女性的臉。我眨眨眼睛，心裡一陣迷惑：他眞的是個男人？一個念頭閃過我的腦海：如果他眞的是個女的，一定是個美人——高個兒、苗條、骨肉勻稱、還帶點怠倦的神情。

麵包車「吱」地一聲停在我們面前，打斷了我的思路。保文爬上車，兩個押送的警察也跟了進去。我繞到車的另一側，握了握他從車窗裡伸出來的手，說我下星期去醫院裡看他。另外，他如果需要啥東西，就給我打電話。

我們衝著開走的麵包車揮手告別。車輪上的防滑鏈「卡卡」地碾過雪地，揚起細細的雪塊。司機按下喇叭，震人耳朵生疼。車子左拐彎，就從冰雪覆蓋的街道上消失了。我剛跨上自行車，一陣勁風吹來，差點把我從車上掀下來。貝娜跟我走了二十多米，然後跳上自行車的後架，我們朝家騎去。她可眞沉啊。老天爺，幸虧我騎了輛「大金鹿」，是那種最結實的自行車。

第二個星期，保文給我打了一次電話。他說，他現在感覺好多了，不那麼焦躁了。他的聲音確實聽起來很平靜。他讓我來的時候給他帶幾本書來，特別是他那本《百科知識全書》。這是一本五十年代從俄語翻譯過來的大部頭的、發行量很少的工具書。天知道他從哪兒搞到的。

星期四上午我去看他。他住的精神病院在木基市西南郊的一座山裡，離市區大約二十里地。我騎車穿過城區的柏油路，西邊工廠區的松林後面有幾根高大的煙囪懶洋洋地吐著白煙。馬路右邊的高壓線被積雪壓成圓弧，每當一陣風吹過，從電線上就掉下紛紛揚揚的雪塊兒。每過一會兒，我就會超過一輛裝滿麥秸的馬車，車後跟著一兩匹馬駒。我騎車穿過一座石橋，轉進一個山谷。幾座磚樓出現在斜緩的山坡上。樓房之間由筆直的水泥小路連接在一起。再往坡上去，穿過磚房，是一座牛欄。二十幾頭奶牛在欄裡啃著稀疏的乾草，另外幾頭擠在一起取暖。

這裡眞寧靜，不知道內情的人會以爲這裡是高級幹部的療養所，而不是精神病院。我走進九號樓，門衛把我攔住，然後帶我去一樓保文的房間。正巧值班的醫生早晨查房，正在屋裡給保文做檢查。醫生是個四十多歲的高個子男人，手指尖削細長。他同我握了手，說保文的情況還不錯。他姓麥，細細的落腮鬍子給他的臉上添了幾分文縐縐的神氣。當他轉過身去給一個男護士下達醫囑的時候，我注意到他耳朵上長著一個大瘊子，像助聽器一樣堵住了耳道。他看起來像個外國人，我懷疑他是不是有蒙古或西藏血統。

「我們給他做電浴療法。」麥醫生過了一會兒告訴我。

「啥療法？」我嚇了一跳。

「我們用電浴治他的病。」

我轉身問保文，「你感覺怎麼樣？」

「挺好，很有鎭靜作用。」保文微笑著，但是他眼睛裡有幾分火氣，嘴也緊閉著。

男護士準備帶他去做電浴。我從來沒聽說過這種療法，就問麥醫生，「我能去看看嗎？」

「沒問題，你可以和他們一塊兒去。」

我們三人從樓梯爬上二樓。我想去看看電浴還有另外一個意圖——想弄清保文是不是一個正常的男人。廠裡流傳的謠言讓我不安，特別是說保文沒有雞巴，所以他從來不去廠裡的公共澡堂洗澡。

在走廊裡我們脫掉鞋，換上塑膠拖鞋，然後走進一個小房間。屋裡的牆壁塗成豆綠色，地上鋪著鑲木地板。屋子中央放著一個瓷澡盆，看起來像是可怕的刑具。澡盆的內壁黏著一圈黑色的、長方形的、有孔的金屬片。金屬片底下伸出三根粗大的橡皮管子，連在靠牆立著的一架高大的機器上。機器頂端是一個佈滿按鈕、儀錶和開關的控制盤。那位年輕的男護士身材結實，長著一張國字臉。他打開水龍頭的開關，冒著蒸汽的熱水開始在澡盆裡翻滾。護士走過去操縱那架機器。這小夥子叫龍福海，一副忠厚善良的樣子。他說他家在農村，畢業於吉林護士學校。從他身上能看出農民的淳樸氣質。

保文衝我笑了笑，解開印著藍白斑馬紋的病號服的扣子。他現在看起來很正常——臉上的傷痕已經消失了，紅撲撲的臉龐很平滑。但是，那個澡盆實在令我心驚，活像是處決犯人的電刑床。哪怕我病得再厲害，我也絕不會把我的脊背靠上那些金屬溝槽上去。萬一線路漏電怎麼辦？

「疼不疼？」我問保文。

「不疼。」

他走到一扇卡其布屏風的後面脫掉衣服。澡盆裡的水已經滿了一半兒，龍護士從抽屜裡拿出一包白色的粉末，用剪子鉸開倒進水裡。這一定是鹽。他捲起袖子，彎下腰，用粗壯的雙手攪拌起來。讓我失望的是，保文穿著一條乾淨的褲衩走了出來。他利索地邁進澡盆躺下，好像跳入一個溫水浴池。

我不禁感到驚奇，問龍護士，「你給他放電了嗎？」

「放了一點兒，然後再慢慢加強電流。」他轉身又去擺弄機器上的旋鈕。「你知道嗎，你這個女婿是個非常好的病人，一向配合治療。」

「那是他應該的。」

「這就是爲啥我們給他做電浴。其他的病人有的得戴電手銬，還有的挨電棒，每次都疼得跟殺豬一樣叫喚，得把他們用皮帶捆起來。」

「他啥時候能治好啊？」

「我也不知道。」

保文躺在通了電的水裡一聲不吭，他的眼睛閉著，頭枕著澡盆一頭的黑膠皮墊子。他看上去很安祥，相當放鬆。

我拉過一張椅子坐下。保文不想說話，集中精神接受治療。我也就不開口，觀察著他。他的身體瘦長而結實，腿上沒有毛，褲衩前部鼓起一團。他看起來同正常男人沒有任何不同。過了一會兒，他發出一聲微弱的歎息。

護士加大了電流，保文開始在澡盆裡蠕動起來，好像被什麼螫了一樣。「你沒事兒吧？」我問，但是不敢碰他。

「沒事兒。」

的。

他仍舊閉著眼睛，額頭上閃閃地冒出了豆大的汗珠。他臉色蒼白，嘴唇捲起又鬆開，好像口渴似

護士再一次加強了電流，保文的身體開始在水裡扭動，發出了一點呻吟。他無疑是在受罪，這種電浴絕不會像他說的那樣有鎮靜作用。龍護士用一塊白毛巾擦去他頭上的汗水，輕聲說，「我過幾分鐘把電降下來。」

「不，再加大一點！」保文堅決地說，他的臉在扭曲。

我感覺他好像有些羞愧，也可能是我在場使得這次治療對他來說更加不舒服。他的雙手緊緊摳住澡盆的邊緣，彎曲的手腕在顫抖。足足有三分鐘，沒有人說話。屋裡靜得掉根針都能聽見。

護士逐漸減輕了電流，保文也平靜下來。他的腳趾也不再抽動。

我不想增加他的難堪，就走出屋子去找麥醫生，一方面是想感謝他對保文的照顧，另外也想瞭解他什麼時候能夠痊癒。麥醫生沒在辦公室裡，我就到樓外去透透氣。太陽高照，雪地耀眼地潔白。我不得不閉上眼睛去適應這強烈的光線。我在一條長椅上坐下，點燃一枝菸。一位年輕姑娘戴著貂皮帽子，脖子上掛著一雙軍用棉手套，手裡提著一只空奶桶，從我身邊走了過去，嘴裡哼唱著「同志哥，請喝一杯茶。」她很漂亮，清脆的聲音十分甜美。我不由得盯著她身後在風中晃動的兩條大辮子，看了好久。

我內心充滿了對保文的同情。他是一個出色的年輕人，應該能夠去愛一個女人，建立家庭，享受正常的生活。

二十分鐘後，我重新走進了他在一樓的病房。他看起來很疲倦，仍然微微發抖。他告訴我，當電流增強的時候，他的皮膚好像遭受著幾百隻蚊蟲的叮咬。這就是爲什麼他每次在澡盆裡從來不能超過三十分鐘。

我心疼地說，「我回去告訴廠裡的領導你悔改的決心很大，並且積極配合治療。」

「行啊。」他仰了仰濕漉漉的頭。「謝謝你帶書來。」

「你還需要啥不？」

「不需要了。」他的聲音中有幾分悲傷。

「保文，我希望你能回家過新年，貝娜需要你。」

「我知道。我也不想在這兒關一輩子。」

我告訴他，貝娜已經給他媽媽寫了信，說他出差去了。這時候，樓道裡響起了午飯的鈴聲。樓外面的大喇叭裡開始播放《義勇軍進行曲》的音樂。龍護士走進來，一手裡拿著一雙筷子，另一隻手端著盛著兩個窩頭的盤子。他高興地對保文說，「我一會兒給你端菜來。今天吃酸菜燉豆腐，還有豆芽湯。」

我站了起來，跟保文告了別。

回到廠裡，我向領導們彙報了保文在精神病院的情況，他們聽後很吃驚。光是「電浴療法」這個名詞就夠他們亂想一陣了。朱書記搖著頭說，「保文還得受這個罪，太遺憾了。」

我並沒有解釋電浴比起其他療法還是輕的，我也沒有向他們描述電浴療法是什麼樣子。我只是說，「他們每天都把他泡在電水兒裡。」讓他們去嚇唬自己去吧，這樣也好，等保文出院回廠的時候，他們會更同情他。

到了十二月中旬，保文在精神病院裡已經待了一個月了。貝娜成天念叨著要去看看丈夫。她急於想在新年前把他接回家。在她車間裡仍然流傳著關於保文的閒言碎語。有的說電浴療法把他渾身燙得都是泡；有的說他的雞巴被治療得都快縮沒了；還有的說他現在變成了吃素的和尚，看見肉就嘔吐。那個說夜裡給保文留著門的姑娘剛剛結婚，到處跟人說她懷孕了。人們開始對貝娜變得友善體貼了，就像是對待一個被丈夫虐待的妻子。組裝車間的領導安排她只上白班。我很高興財務科把保文算病休，仍然給他發工資。也可能是他們不想得罪我才這麼做。

星期六，我和貝娜一起去精神病院探望保文。她不會騎自行車，我騎車帶她去又太遠，我們就乘公共汽車。兩個星期前她自己去看了保文一次，給他送了幾雙襪子和一條她織的毛褲。

我們到達精神病院已經是下午了。保文很健康，精神也很好，看來電浴確實有效果。他看到貝娜很高興，甚至當著我的面摟抱了她幾下。他給她剝了兩塊奶糖，知道我不喜歡吃甜的，也就沒給我。屋裡沒有別的杯子，他給我們倆倒了一大茶缸麥乳精。我不知道同性戀是否會傳染，因此連茶缸的邊都沒敢碰。我很高興看到他能善待妻子。他認眞地聽她講廠裡同事的故事，時時發出爽朗的笑聲。如果他沒有病，該是多好的一個丈夫啊。

坐了幾分鐘之後，爲了讓小倆口說說悄悄話，我起身離開了房間。我走到樓上護士值班室，看到龍福海正在桌子上寫著什麼。值班室的門敞開著，我敲了敲門框。他嚇了一跳，忙合上褐色封面的筆記本，站了起來。

「我可沒想要嚇著你，」我說。

「沒有，大叔，我只是沒想到會有人來。」

我從包裡拿出一條牡丹牌香菸，放在桌子上說，「小夥子，我待不了一會兒。這個你收著，我的一點小意思。」我沒想要賄賂他，而是眞心感謝他照顧保文。

「別，別，大叔，您別這樣。」

「你不抽菸？」

「我抽。這麼著吧，您把這條菸送給麥大夫，比送給我有用。」

我有點糊塗了。他既然抽菸，爲什麼不想要這條貴重的香菸？他看我不知所措，就解釋說，「您送不送我菸，我照樣會對保文好。他是個好人。您應該多給大夫意思意思。」「我還有一條要送給他。」

「在這兒一條菸哪拿得出手啊。您起碼得送他兩條。」我被他的細心周到感動了，於是謝了他，說了聲再見。

麥醫生在辦公室裡。我進去的時候他正在讀一本《婦女生活》。雜誌的封底是一張江青受審的照片。她身穿黑衣，戴著手銬，站在兩名年輕的女警察中間。麥醫生放下雜誌，請我坐下。屋裡四圈靠牆都是高大的書架，擺滿了書和病歷。空氣裡有一股腐爛的水果味兒。他看見我好像挺高興。寒暄幾句之後，我拿出那兩條香菸遞給他。「新年到了，一點小意思，」我說。

他收了菸，放在桌子底下，輕聲說，「多謝。」

「麥大夫，您看保文在過年之前能治好嗎？」我問。

「你說什麼？治好？」他好像很驚訝。

「是啊。」

他慢慢地搖搖頭，然後看看門是否關好。門是關著的。他示意我湊近些。我向前拉了拉椅子，把手臂支在他那張膠木辦公桌的邊上。

「跟你說實話吧，這個病沒治，」他說。

「什麼？」

「同性戀不是病，怎麼治？你可不能告訴別人這是我說的。」

「那你們爲什麼還要讓保文受那個罪？」

「公安局把他送來我們怎麼敢不要？再說，我們也應該讓他感到對自己有信心，有盼頭。」

「這麼說，他這根本就不是病？」

「很抱歉，不是。老程，我再跟你說一遍：你女婿是沒法治的。同性戀不是一種疾病，只不過是一種性傾向。這麼說吧，就跟左撇子一樣。明白嗎？」

「可是那個電浴療法又是怎麼回事兒？」我還是沒有被說服。

「書上說是要用電療治同性戀——這是衛生部規定的標準療法，我只能照辦。你現在應該明白爲什麼我沒有給他做其他更厲害的療法吧。電浴是最輕的。你看，我可是盡力在幫助他。我再告訴你：根據統計數字，電療目前治癒同性戀的比率只有千分之一。也許吃魚肝油、巧克力，或是炸豬排能有更好的效果。好了，今天就說這麼多吧。我已經說多了。」

我終於明白麥醫生的話了，但我腦子木木的，坐在哪兒一動不動。窗外，一群麻雀在光禿禿的樹枝間飛跳，追逐著一隻嘴裡叼著一小根小米穗的同伴。另外一隻麻雀的腿上栓著一根黃線，跌跌撞撞地飛不平穩。我站起來，感謝麥醫生說了實話。他把菸頭掐死在窗檯上的一個菸灰缸裡，說，「別擔心，我會特別照顧你女婿的。」

我下樓到保文的房間裡找貝娜回去。保文情緒不錯，滿臉喜滋滋的樣子。看來他們倆在一起待得挺開心。他對我說，「如果我不能很快出院，你們也不用太費心思把我弄回去。他們不會要我在這兒待一輩子的。」

「我看看情況再說吧。」

我心裡惱火得要命。如果麥醫生的話是眞的，那我可就幫不了保文了。如果同性戀不是病，他爲什麼還會覺得自己有病，而且還想辦法治癒呢？難道他是在假裝嗎？好像不太可能。

自從這次看望了丈夫之後，貝娜就開始忙著收拾家裡的房間。她買了兩隻嫩嫩的公鴨子，準備做保文最喜歡吃的醉鴨。看到這些我心裡沉甸甸的。我很想讓他回家過年，可是他的毛病如果改不掉，我又拿不準會出什麼事兒。我不敢把這些想法告訴任何人，對我那個嘴上沒有把門的老伴更是不曾透露一星半點。因爲她那張破嘴，現在全廠都知道貝娜還是個處女，還有人給貝娜起了個外號：原裝新娘。

這陣子我心裡亂極了，也不知道該怎麼辦。大家都說同性戀是種病，只有麥醫生說那是天生的。

我又不能把麥醫生的話說給別人聽，好讓他們給我出出主意。廠領導們如果知道同性戀沒有救，還不跟我算帳？我們廠已經在保文身上花了三千多塊錢。我只有不停地問自己這樣的問題：如果同性戀是一種正常現象，那爲啥還要有男人和女人呢？爲啥不能兩個男人結婚生個孩子？爲啥老天爺不給男人身上也戳個洞呢？這些疑問讓我煩透了。我眞希望能有一個值得信任的醫生再幫我確認一下保文的情況，希望能有一個見多識廣、坦誠貼心的朋友談一談。

還沒等我決定如何處理保文的事情，苗科長從公安局打來了電話。那天正好是過年前的第五天。他告訴我，保文又重複了他的犯罪行爲。公安局的人已經把他從精神病院提出來，送往湯原縣的監獄。苗科長說，「這次他可是眞的幹了。」

「不可能！」我叫起來。

「我們有人證物證，他自己也供認不諱。」

「喔。」我不知道說啥好了。

「他必須馬上收監。」

「您肯定他不是陰陽人嗎？」我心裡還有最後一線希望。

苗科長乾笑了一聲，說，「他不是。我們已經給他做了體檢。生理上他是個男人，不但正常而且健康。很明顯這是思想問題，是一種道德敗壞的病態，就像抽大菸一樣。」

我放下電話，感到頭暈目眩，心裡罵保文徹底把自己毀了。苗科長告訴我，他和護士龍福海之間發生了不正當關係。龍福海每次給他打飯的時候都給他雙份的魚和肉。保文就把貝娜給他織的毛褲拆了，給龍護士織了一件羊毛套衫。有天晚上，他們兩人摟抱著躺在護士值班室裡，正巧一個上了年紀的清潔工在樓道裡走過咳嗽了兩聲。龍福海嚇壞了，認爲老清潔工一定是看見了他們幹的事情。一連幾天，不管保文如何勸說他不要疑神疑鬼，龍福海認定精神病院的領導已經知道了他們的事。他責罵保文把他引上邪路。他說，那個老清潔工每次見到他都不懷好意地衝他笑。龍福海終於到院領導那裡作了徹底的坦白交代。保文被判了三年半的徒刑，而龍護士只被停職反省。如果他今後工作更加賣力，能更嚴格地作自我批評，他興許還能保住現在的飯碗。

我當天晚上就去找貝娜，告訴了她保文的消息。我一邊說，她一邊哭。雖然這些日子她一直在收拾屋子，但家裡還是亂糟糟的。盆裡的鮮花半死不活，廚房的洗碗槽裡堆著骯髒的碗碟。她用一條粉紅色的毛巾擦擦臉，問我，「那我怎麼跟我婆婆講呢？」

「實話實說吧。」

她沒吱聲。我又說，「你應該考慮跟他離婚。」

「不！」她的抽泣變成了嚎啕大哭。「他——他是我丈夫，我是他妻子。我生是他的人，死是他的鬼。我們起過誓，永遠不分開。別人願意說啥就說啥，我知道他是個好人。」

「那他幹啥要和龍福海睡覺？」

「他不過是煩了要解解悶，這有啥呢？又不是通姦或者重婚，您說對不？」

「可這是犯罪，光這一條就讓他下了大獄。」雖然我內心裡知道，除了有喜歡男人的這個毛病外，無論從各方面來說，保文都是一個好人。但是我在這個問題上必須立場堅定。我在工廠裡負責安全保衛工作，如果我有一個犯了罪的女婿，在廠裡說話誰還聽啊？要那樣的話，我這個保衛科長還能幹得長麼？如果我被免了職，誰還能保護貝娜呢？她早晚得被工廠開除，因爲罪犯的老婆是不能享受同其他人一樣的就業機會的。貝娜仍然不說話。我又問了一遍，「你到底想要咋辦？」

「我等他。」

我從碗裡抓了一把辣味兒南瓜子，站起來，走到窗戶跟前。窗檯下面的暖氣管有點漏，「嘶嘶」地冒著熱氣。窗外，一個接一個的爆竹焰火在遠處深藍色的夜空中散發出簇簇火星。我轉過身說，「他不值得等，你必須同他離婚。」

「我不，」她哽咽地說。

「那好。我可不能有這樣一個進監獄的女婿。我已經受夠了。如果你要等著他，以後就別再進我的門。」我把瓜子扔回碗裡，拿起我的皮帽子，拖著沉重的步子走出屋。

07 暴發戶的故事

我以前並不明白「有錢能使鬼推磨」這個道理。我們街坊鄰居家的孩子們，從前見了我都躲著走，現在追著我的屁股後面叫「叔叔」。他們的父母每次見了我也都是噓寒問暖，親熱得不得了，還爭著問我吃早飯、吃中飯、吃晚飯了沒有。街道上那些小夥子們叫我「劉爺」，把我敬得跟神仙似的。姑娘們每次路過我的辦公室，總要往裡飛幾個媚眼。我打從心裡瞧不起他們。您沒看見他們從前把我當條喪家犬時那個樣子。

最讓人想不到的變化來自我老婆珊珊和我丈母娘。三年前，我在一個建築公司裡當砌磚的臨時工，央了一個媒人到珊珊家去提親。潘大媽（就是我現在的丈母娘）根本沒把我放在眼裡，說她寧可把閨女扔到臭水溝裡，也不能讓我娶了珊珊。她的話像刀子扎到我心上。整整一個禮拜，我沒有邁出家門一步，坐在一張馬紮上喝著釅茶，一根接一根地抽菸。我的一個哥們兒說，潘大媽不願意把女兒給我興許是嫌我沒有正式的工作。

「你還不明白？」他說，「那丫頭是列車員。只要咱國家裡跑火車，她就有飯碗。」

「你是說我配不上她？」我問。

他點點頭，我倆也沒再說下去。我幹的是臨時工，沒有固定收入，這些都不假，但是我猜潘家不答應這門親事是另有原因。她們肯定是把我看成蹲過大牢的罪犯了。

事情是這樣的。兩年前，我的哥們兒東平跟我說，「劉老弟，想不想發財？」

「當然想了，」我回答說。

「那就跟我幹。哥哥我保證你一個月就賺五百塊錢。」

「啥門道能掙這麼多錢？」

他說的發財路數其實很簡單：從南方買好菸運到木基市來賣高價。我如果入夥就要拿出十分之一的股本，外加我的勞動力，這樣賺了錢我就能拿到四成的紅利。我知道這樣做是非法的，還是同意了跟他一起幹。春節前的一個月我跑了趟上海，運回來一千條琥珀牌的香菸。這些香菸只賣出去一半就讓警察逮住了，罪名是投機倒把。我們可賠慘了——警察沒收了賣菸的錢，還扣了沒賣出去的貨。我被關了三個月，東平被判了兩年。敢情這小子幹這行已經是老手了，合夥人有好幾個。我還不知道他是「專業倒爺」❶。報紙上把我們的名字登出來了，我們幾個的照片也貼得滿大街都是。潘大媽和她女兒不把我當成流氓才怪呢。說實話，連我自己也覺著挺丟人。

我愛珊珊，但恨她媽。我不能改變自己的過去，只有改善自己的將來。文化大革命以後大學重新招生，但是我不敢去報名考試，因爲我連中學都沒畢業。我看來是沒啥指望了。不怕您笑話，我當時唯一的志向就是當一個熟練的泥瓦工。人家潘大媽咋能看上這樣的人作未來的女婿呢？

第二年夏天，我聽說珊珊報名上了夜校，業餘時間學習中國現代史。我也去了夜校的歷史班，但是沒有正式註冊，因爲害怕過不了入學考試這一關。這個班很大，有八十來個學生聚在一個教室裡上大課。老師從來也不知道我的名字，因爲我不做作業，也不參加考試，在課堂上更是從來不提問題。我跟同學們說我是在一家發電廠裡當會計，他們也都相信了，甚至珊珊也把我當成了正式的學生。

過了半個學期，我開始喜歡上了歷史課本，特別是講鴉片戰爭的那些章節。我覺著珊珊好像改變了對我的看法，因爲她在夜校裡並不怎麼討厭我。我央求老媒婆再去潘家提親，可是那個老東西竟然不願意幫我。有一天我提著一個走後門買來的四十二斤重的豬頭到她家去，她才答應再試試。那個豬頭花了我三十塊錢呢。

這一次，潘大媽說得更乾脆。「告訴劉峰那小子死了這個心。他也配？眞是癩蛤蟆想吃天鵝肉。」

我聽了這話差點氣瘋了。我發誓總有一天要報復那個老母狗。一個哥們兒給我出主意：「別總老盯著那老婆子，幹啥不直接追她閨女？」

這眞是給我提了個醒兒。我開始主動往珊珊身前湊。她在夜校裡總躲著我，我就到處跟著她。有多少次我跟蹤她到小巷子裡她家的門口，我也記不清了。她從來不單獨騎車回家，總是和鐵路局裡的三四個姑娘搭伴兒，我也沒有機會接近她。

有天晚上我終於逮到了機會。她正要走進教學樓去上課，被我攔在路上。我問她星期天能不能跟我出去。我說話的時候兩腿直發抖。她看起來嚇壞了，大片的雪花落在她的粉紅色毛圍巾上。她說，

「我太——太忙，這個禮拜天。下個禮拜行嗎？」她的臉頰紅了，出氣兒都有點不均勻。

「下個禮拜哪天呢？」我問。

「我現在還不知道。也可能要替一個同志出車。」

「那成。我再找你。」

我像頭耐心的腳驢一樣等到了下個禮拜，盤算著怎麼讓她跟我出去約會。但是，她根本就沒來上課。我先頭想她可能是病了，那幾天城裡發生流感，好多人的眼睛都是紅紅的。我擔心著她的身體。但是，我的擔心很快變成了失望——她一連三個星期都沒來夜校上課。我明白她爲了躲我退學了。我當時衝動得想到火車上去找她。可是後來一想，我改變了主意，因爲我本來沒有想要把她嚇成這樣。

我不去夜校了，也很快離開了建築公司。當泥瓦工掙錢太少，幹一天下來只有一塊五。這時候，國家的政策也變了——私營企業合法了，倒買倒賣也沒人抓了。政府鼓勵老百姓發財致富。一個農民養貂發了財，報紙上說他是勞動模範，還入了黨。我也在城裡的一個自由市場上租了個攤兒，開始倒賣衣服。每過兩三個星期我就跑趟南方，倒騰回來四大箱子的時髦服裝，大部分是女式連衣裙和牛仔褲。這些衣服都很搶手，價格翻了一倍人們買起來也好像不要錢似的。每去一次南方至少能賺九百塊錢。我做夢也想不到錢竟然這麼好掙，能掙這麼多。有時候我都懷疑這些鈔票是不是眞的。可每次我在商店的櫃檯前掏出一疊票子的時候，售貨員的眼睛都看直了。

我銀行裡的存款就像氣兒吹似的漲起來，我都不知道怎麼辦好了。我父親生前是個高級工程師，給我留下的房子很寬敞。我根本花不了這麼多錢。現在街坊四鄰都知道我有錢，而且錢越攢越多，我開始有些擔心。每個月我都往銀行裡存一千多塊錢。

我的擔心不是沒有根據的。只要國家打算改變政策了，想啥時候沒收我的存款還不是一句話的事兒？就像三十年前沒收地主老財和資本家的財產分給窮人一樣。我們這些暴發戶隨時都會遭到和他們一樣的命運。

錢這玩意兒眞他媽邪性。它可以改變你的本性。當然不是說你能夠脫胎換骨，而是你周圍的人會改變對你的態度。這樣一來，你看自己的眼光都會不一樣了，好像你眞的成了高官顯貴啥的。我雖然有兩錢兒，可是還沒忘了自己姓啥。我還是過去那個小人物，還是那個劉峰。在我們木基有個靠辦家具廠發了財的老兄，每天晚上他都騎著嶄新的Yamaha摩托車，到最高級的「八仙園」去吃飯。進去後坐下就點五十道菜。他誰也不理，一個人悶頭吃。人們都叫他敗家子、怪人、暴發戶、絕戶啥的。我倒是能理解他。他肯定是從前叫別人整慘了。現在他有錢了，對仇人們不能殺不能剮，但是可以用自己的輕蔑來羞辱他們。世上無人不愛錢，他卻可以把人們對金錢的崇拜踩在腳下。所以他揮金如土，吃頓飯的譜兒也擺得像皇上一樣。

這種感情實在難以抑制。去年夏天我去市動物園看新捉來的兩對猴子。那天又悶又熱，看著那些動物在籠子裡懶洋洋地走來走去，我自己也打不起精神來。猴子、獅子、老虎都是一副半死不活的樣子。中午我餓了，看到一些人聚在一個食品售貨亭前買餅乾、蛋糕、水果和飲料，就走過去排在隊伍後面。我開始還耐心地等著，可是後來發現那兩個女售貨員看見我就跟沒看見一樣。幾個比我後到的人都已經買到了吃的，只有我還傻站在那兒。我在她們的眼皮子底下揮舞著一張十塊錢的票子，人家都不往我這邊看一眼。我那天穿了一身八成新的工作服，洗得乾乾淨淨。也許我的外表給了她們一種窮酸寒磣的印象。

最後，她們中的一個人問我，「買啥？」

「買啥——你們這兒都有啥最貴的東西？」我說。

「你到底想買什麼東西？」

「把你們最貴的蛋糕拿出來。」

另一個女售貨員嘟囔了句，「拿出來你買得起嗎？」

我一下子就火了，掏出一疊十塊錢鈔票，叫道：「老子把你們這兒所有的點心餅乾全買了！」

兩個人傻眼了。她們的經理跑出來一個勁兒地勸我，說把存貨都給了我，這個售貨亭下午就沒東西賣了。我才不聽他那一套，告訴他我家裡還有二十幾個工人沒吃飯呢。我把售貨亭裡的東西都買光了，雇了兩個看熱鬧的男孩子幫我把大包小包搬到圈著四隻熊的熊坑邊上，在眾目睽睽之下把所有的點心餅乾全丟進了坑裡。那幾隻熊用鼻子聞聞點心又走開了。

我知道這件事兒很蠢，自己也生了幾天悶氣，而且還感到有些羞愧。火車站和江邊碼頭上有的是要飯的，我自己也知道挨餓是啥滋味。但是這件事反倒使我在全城出了名。您說這不可笑嗎？爲啥糟蹋點兒錢卻能使一個人揚名呢？花錢誰不會啊。你把錢給一個小孩子，看他會不會亂花？

我的街坊鄰居們也開始尊敬我了。看見我提著重一點兒的東西，馬上會有大人孩子跑過來幫忙。有幾個老大媽一見面就問我要不要尋對象啊。我說現在還不想考慮。還有媒人乾脆找到我家來，反覆開導我三十歲前生兒子的重要性——這麼大的家業將來總得有人繼承啊。我一口回絕她們的好意。我年輕力壯，五十歲前還死不了呢。有幾個姑娘大膽地向我拋媚眼，好像我臉上開了牡丹花。我對她們一概不感興趣，因爲我心裡有我愛的姑娘。

我的生意越做越大，用不著老往南邊跑了。我和上海郊外的丹陽縣一個服裝廠簽了合同，讓他們把時裝做好直接運到我公司來。我不零售了，只做批發。這樣幹起來輕鬆，利潤還增長了三倍。五個月前我租了辦公室和倉庫，在門前掛起了黑底金字的牌子：新新服裝公司。

有天，我原來的那個媒人來找我，問我是不是還對珊珊有興趣。我當然有興趣。這次是潘大媽主動求我的媒婆來給女兒提親。潘大媽居然說，「我心裡有數，早就知道劉峰是個能人。」我當時的那個高興勁兒就別提了，同時也有點不明白：那姑娘從前連正眼都不看我，這次咋主動送上門來了呢？

就是因爲我現在有錢了？

我們約好星期六在江邊公園裡見面。星期五的下午，我到「三春浴池」洗了個熱水澡，剃頭刮鬍子的修飾一新。那天晚上我也沒睡好，只覺得胸口緊張得喘不過氣來。我情不自禁地念叨著姑娘的名字，好像她就睡在我旁邊。好像我呼吸的空氣都是滾燙的，燒著我的五臟六腑。

星期六的上午松花江邊上滿是人。在輪渡碼頭上，一個學校的小學生們唱著校歌在等著擺渡過江。珊珊來之前我先租了一條小船。

她來了，簡直讓我認不出來了。她穿著一身黑綢時裝，燙著頭，看著比以前更漂亮了。讓我奇怪的是她並不像從前那樣見到我就害怕，而是大大方方地跟我走在一起，好像我倆好了許多年了。她微笑著小聲說，「你看著像個紳士。」

我沒想到她見面會說這些話，因爲從來沒有人這樣形容過我。我一時不知道說啥好，心裡嘀咕著是不是自己眞的變化很大。我穿著粗斜紋棉布的制服短褲，一件T恤衫，戴著太陽墨鏡。我這副打扮咋會讓她想起紳士呢？

我們把船划到江心，泊在一個小島上。太陽晃得我有點頭暈。我坐在白色的沙灘上，我看見江對岸的城市沒那麼雄偉了——高樓大廈看著像玩具房子，造紙廠的幾根煙囱吐著綠煙。我們身後的江岸上，成排的太陽傘就像冒出來的蘑菇。溫暖的微風裹著魚腥味兒。

珊珊怯生生地問，「你還恨我嗎？」

我不知道她是啥意思，不知道怎麼回答，心跳得跟兔子跑一樣。她太漂亮了，簡直像個高雅的有錢人家的小姐。一綹鬈髮爬在她光滑的前額上，高挺的鼻子很直，活像雕刻出來的。她的門牙把上唇頂得有些凸出，但是在我眼裡她的牙齒也是那麼整齊光潔。我伸出手摸摸她的臉和耳垂，懷疑身邊坐的這個姑娘眞是我無數次從夜校跟到漆黑巷子裡的那個姑娘嗎？

她用腳趾把白涼鞋扒掉，把腳埋在一小堆沙子裡。「你還恨我嗎？」她沒抬頭，又問了一遍。

「行了！」我甩了一句。不知咋的，這個問題讓我很不舒服。一陣風吹過，湧起的水波像是鋪了一層看不到頭的屋瓦。

我摟住她的肩膀，她居然沒有躲閃。她盯著我的臉，眼神如醉如癡，尖尖的下巴頦精美動人，我差點在上面咬一口。我的嘴唇湊過去尋找她的嘴唇，我的心開始狂跳，手也大膽地向下摸去。

她沒有抵抗，只是輕聲說害怕懷孕。這正是我想要的，只要她懷了我的種兒，再想離開我就不能了。於是我說，「懷孕了更好。我養活你和孩子。我喜歡孩子。別怕。」

您看，第一次約會我就把她牢牢地焊在我身邊了。但是我並沒有感到幸福。這件事兒來得太容易了，甚至比在松花江裡游趟泳還容易。我多少有點失望。珊珊過去在我心目中那種神聖的形象消失了，再也不是那個讓我覺得自慚形穢的姑娘了。

過了一個月我們就結婚了。婚後潘大媽也賣了房子，跟我們住在一起。我用最高檔的商品把我的新娘子全身打扮起來——戒指、鑽石手錶、十四雙皮鞋和靴子、「飛馬」摩托車、六對耳環、一條金項鍊等等。其實，我早就買了三十條二十四K金的項鍊，裝進一個瓷罈子裡密封好，埋在我們公寓樓房後面小公園裡的一棵菩提樹底下。我隨時都會又成爲窮光蛋，政府只要發個紅頭文件就可以沒收我的產業和存款。所以我最好留條後路。國家控制金條，不允許個人買賣，那我就買點貴重的金項鍊藏起來。其實我知道需要用錢的時候我可能一根項鍊也賣不出去。如果我成了被鬥爭的資產階級，也就是我們社會主義社會的反動分子，您想想，誰還敢從我手裡買東西？

珊珊成了我的生意合夥人。她現在調到了去上海的列車上當列車員，可以直接從那邊捎帶點貴重物品回來。走郵路一是不安全二是會有磕碰。而且這樣捎帶還可以節省時間和費用——不用花運費和保險費。只要她帶貨回來，我就把轉手賣出去的收入分給她三成。她心情一好，人也顯得更年輕，像個中學生了。但是她那張年輕的俏臉讓我覺著難受。我想讓她給我生養孩子，可是不管我怎麼努力，她的肚子還是平平的。我也不知道咋整才好，又不敢上醫院，怕查出來是我的毛病她就會離開我。在我們這座樓裡，過去住過一個大學老師，因爲精液裡精子的數目不夠，老婆懷不了孕。那娘們兒就跟了一個跑船的海員。我看她是想生孩子想瘋了。有時候我也懷疑珊珊是不是在吃避孕藥，目前還沒讓我找出證據來。

我仍然恨我的岳母。她那張老南瓜臉總讓我想起在電影上看過的舊社會上海的一個資本家的老婆。有天晚上我喝醉了，抽了她幾個嘴巴。但是她沒敢告訴她閨女。自從我成了她的女婿，她就變得出奇的好脾氣，從來不發火。有時候珊珊出車了，上午不在家，我就當著老太婆的面用鈔票引火點煤油爐。這個爐子有十二根火捻，火苗特旺，平時就用它來燒水做飯。她從來也不生氣。我覺著她看著我燒錢還能夠保持平靜是因爲她從心裡看不起我。

我有一次在《民主與法制》雜誌上看到一篇文章，說河南省有個私營企業家既睡老婆也睡丈母娘，三個人每天鑽一個被窩。他這樣做是爲了報復——他從前是殺豬的，這位丈母娘當時罵他是「流氓」。後來他開養雞場發財了，她就上趕著把女兒送給他。我眞希望那天也把我那個老母狗丈母娘給幹了，但是眼下我得再加把勁兒，讓珊珊懷上孩子。

---

❶「倒爺」本是大陸在七十年代末民間產生的新名詞，指那些從外地（尤其是廣東一帶的南方）販運貨物，然後在當地高價出售的販子。「倒」字本身具有低價買進，高價賣出的意思。

08 舊情

一封信躺在倪梅的桌子上。她不知道是誰寫來的，因為信封上沒有寄信人的地址。郵戳顯示信是從哈爾濱寄出的，可是她在哪兒沒有熟人啊。她打開信封，信紙上方方正正的字跡看起來很熟悉。她先看信尾發信人的落款，一看見「許鵬」的名字，心差點從喉嚨裡蹦出來，週身的血液立時湧上頭頂──她已經十七年沒有聽到他的音訊了。

他在信中說，他透過一個朋友知道了倪梅在中心醫院工作。找到了她的下落他太高興了。九月底，他要到木基軍分區司令部參加一個會議。「我很想見見你，」他寫道，「不知道你是否同意我到你家坐坐。」他沒有提到他的妻子，只告訴倪梅他現在有了三個孩子──倆閨女一個小子。他目前是駐紮在哈爾濱郊區的一個裝甲師的政委。在第二頁信紙左下角的地方，他寫了部隊的通信地址。

倪梅把信鎖進辦公桌中間的抽屜裡。看看屋裡沒人，她伸了個懶腰。後腰尾骨的地方又疼了起來，她忍不住哼了一聲。

現在已經是九月初了。她如果願意見許鵬，必須馬上給他回信。但是她不知道他為啥要見她。

門開了，年輕護士萬燕走進來。「倪梅，」她說，「三房的病人要見你。」

「他咋的了？」她警覺地問。

「我也不知道。他只是說想見護士長。」

第三病房的病人是地委組織部的部長，兩個禮拜前剛做了胃穿孔手術。雖然他已經不需要特別護理，但是還要吃至少一個星期的流食。倪梅站起來一邊向門口走一邊套上白大褂。出門前，她停下腳整理了一下短髮。

她走進病房的時候看見病人坐在床上，聳著肩膀正在看一本雜誌，手指間夾著一根紅藍鉛筆。

「廖部長，您今天覺得怎麼樣？」倪梅聲音爽快地問。

「不錯。」他把雜誌和鉛筆放在床頭櫃上，夾在兩個深紅色的暖瓶之間。暖瓶前面擺著四個白色茶杯，杯子上畫著黃山風景。

「午覺睡得好嗎？」她問，把一隻手搭在床頭的黃銅扶手上。

「很好，吃過午飯我睡了兩個鐘頭。」

「吃飯怎麼樣？」

「胃口倒還行，就是流食有點吃膩了。」

她微笑了。「我們這兒的大米粥和雞蛋湯的味道是不咋樣。」

「也不能說不好吃，但是天天都是這兩樣兒就吃不消了。能給我變個花樣嗎？」

「您想吃啥呢？」

「就是想吃魚，熬湯或者清燉都行。」

倪梅看了看手錶。「現在已經快四點了，今天可能不行了。我一會兒去跟伙食管理員說一聲。」

廖部長說了幾句感謝的客氣話，但是臉色不那麼好看。他的腫眼泡裡的目光閃了一下，臉上的肌肉繃緊了。倪梅注意到了但是裝作沒看見。廖部長剛住院的時候，醫院的一位領導囑咐過倪梅，讓護士們對他的護理要格外精心，但是她當時並沒怎麼往心裡去。這裡住的高幹病號太多了，哪兒能照顧得過來呀。她從第三病房直接下樓到廚房，讓伙食管理員明天給廖部長燉一條魚。她一邊說著話，心思卻老想著許鵬的信。她回到辦公室，從抽屜裡拿出信，想在下班前再讀一遍。

她走在和平大街上，腦子裡閃著許鵬的臉。街上南來北往地駛過一輛輛卡車和拖拉機，車廂裡裝著木材、水泥、番茄、南瓜和放學的小學生。卡車刺耳的喇叭和拖拉機排氣管發出的震響也打不斷她的思緒。她在想著十幾年前的往事。她和許鵬曾經是戀人，那是十七年前在她老家的村子裡發生的事情。她父親在公社採石場幹活的時候受了傷，後來死於破傷風。媒人把她家的門檻都快踢破了，都是來讓她母親把倪梅便宜地嫁出去。倪梅娘把所有的媒人都打發走了，說她閨女心上早就有人了。村裡人都知道她說的是誰，因爲他們經常看見附近部隊營房裡的一個叫江彬的年輕司務長每個禮拜天都到她家去。他來的時候胳膊下都挾著一個小包，那裡面裝的肯定是他從部隊伙房裡捎出來的好東西。從街坊四鄰那些落滿塵土的窗戶後面，幾十雙眼睛都盯著這個小個子男人，好像他是個黃昏才下界的灶王爺。

村裡人已經餓得不行了。松花江發了兩年大水，把莊稼都淹了。已經有幾十個人死於水腫，村子裡經常突然傳出一兩聲哭聲，好像大白天聽見鬼嚎似的。鄉親們都覺著倪梅有福氣，嫁給司務長將來還愁沒吃的麼？

倪梅確實已經有了心上人，但不是那個司務長。她每個星期二下午都偷偷溜到蛇口水庫的大壩頂上和許鵬約會。她是公社衛生站的衛生員，只有星期二下午能跑出來兩個小時。他當著排長，還是高中畢業——在部隊上算是知識分子了。後來，倪梅娘讓她嫁給江彬，她堅決不同意，說是彼此缺乏瞭解。她跟娘說她愛另一個人，人家也是軍官，沒想到惹得母親大怒。「啥叫愛情？你不先嫁給他咋能愛他呢？我和你爹入洞房前根本就不知道他長啥模樣。」倪梅給娘看了許鵬的照片，央求她能見見他本人。姑娘的心思是想讓娘看到許鵬熱情大方的作派和英俊的外表，也許會改變主意。沒想到娘一口回絕。與此同時，那個矬子司務長來她家更勤了，至少是一個禮拜跑兩趟，好像已經成了倪家的姑爺。每到了星期六的晚上，倪梅娘就開始盼著司務長上門，琢磨著他會帶啥好吃的東西。有時候他腋下的小包裡是兩塊燉豬蹄，有時候是一包香菇，有時候是一斤花生仁，再不濟也是二三斤小米或高粱米。村裡的大多數人家都斷了炊，鐵鍋都上了鏽，幾百號鄉親因爲吃了太多的槐樹花，臉腫得像透亮的白燈籠。倪梅和她娘的碗裡卻頓頓沒有空過。到了禮拜天的上午，她們家的煙筒裡居然還能冒出煙來，飯菜的香味能從院子裡飄出去，惹得村裡的孩子們踞在院牆外面聞了直嚥口水。

肚子裡有了救命的糧食，倪梅娘是鐵了心要把女兒給江彬。有天晚上她淚水漣漣地哀求女兒：「你就跟了咱的救命恩人吧！」倪梅是個孝順女兒，架不住娘的苦口婆心，終於答應了嫁給江彬。

到了禮拜二下午她見到許鵬的時候，告訴他自己不能傷娘的心，只好嫁給別人。許排長把嘴裡含著的一片柳樹葉子啐到地上，眼睛裡冒著火說，「我恨你！總有一天我要報復。」

她轉身跑開了，眼淚從臉頰上滴落在秋風裡。這是她聽到他說的最後的話。

倪梅同江彬結婚十六年了。他從部隊復員的時候把她從農村帶到了城市。她永遠忘不了許鵬最後說的那幾句像刀子一樣的話和他那雙被怒火燒亮的菱角眼。到了夜裡她睡不著和感到孤獨的時候，她常常想到許鵬。他現在在啥地方？在幹什麼？他的妻子漂亮嗎？對他好嗎？他還在部隊上嗎？已經原諒了她嗎？

雖然醒著的時候想念他，但是她只有兩次夢見過許鵬。在一個夢中他成了一個滿面紅光的暴發戶，養了幾百隻兔子，蓋起了一溜五間紅頂大瓦房。在另一個夢裡他又變成了一個鬍子灰白的禿頂老教師，在一所小學裡教地理課，手裡撥弄著一個巨大的地球儀。夢醒後她爲他的衰老感到難過，可是誰又能在十七年以後還是小夥子模樣呢？她自己不也是開始發胖，腿粗腰圓，像一顆大棗核兒了麼？年輕的時候村裡的姑娘們誰不羨慕她的楊柳細腰，可是現在哪兒還有一絲痕跡呢？她戴上了眼鏡，下巴也胖得疊成了雙層。唯一沒有改變的是夜深人靜時分她的歎息和喃喃自語，床的另一邊是她丈夫在輕輕地扯著呼嚕。許鵬的最後幾句話總在她耳邊回響，而且隨著時間的流逝越來越響亮。

「喝茶嗎？」江彬問倪梅。

「嗯。」她仰面躺在床上，雙手枕在腦後。兩個小時前她剛一到家，就把所有的窗戶打開透氣，但是現在屋裡還是有一股霉味兒。

「茶來了。」他把一杯熱茶放在玻璃茶几上，欠了一下身子走出屋去。他回到女兒的房間幫助她復習語文和化學的功課，準備下個禮拜的考試。去年，他們的女兒沒有考上技校，今年秋天想改考護士學校。倪梅娘和十一歲的外孫子松山在看電視上播放的香港武打片。倪梅能聽到外屋裡祖孫倆開心的笑聲和電視裡鏗鏘的音樂。房外屋檐下掛著兩個蟈蟈籠子，蟈蟈在裡面懶洋洋地叫著。夜空中彌漫著煮玉米棒子和土豆的味道。

許鵬爲啥想見她呢？倪梅想著。他不是恨我嗎？就算他現在已經不怨我了，他一定還對娘和江彬耿耿於懷。幸好他們幾個從來沒有見過面。爲啥經過了這麼多年他竟想著要來看看我和我的家庭呢？難道說他還對我有感情？存著重修舊好的念頭？可他要是看到我現在這個樣子會怎麼想呢？……

她在床上翻來覆去，琢磨著許鵬要來看她的動機，越想心裡越亂。突然，一個念頭鑽了出來：他不是在信上說他現在已經當了師政委了麼？那他就是個將軍了，一個大官兒了。他是不是想在她面前炫耀一番？還是這麼不饒人，他一點兒都沒變。

想到自己這麼寒酸的家裡要來一個大首長，她心裡直堵得慌。她想像著自己家門前停著一輛嶄新的吉普車，師政委在客廳裡坐著，他的司機和警衛員和圍在車前看熱鬧的大人孩子們大聲地聊著天。這幅畫面太難堪了。她丈夫不過是醫院總務科的一個副科長，至多相當於一個副營級幹部。如果江彬的行政級別再高一兩級該多好。窩囊廢！

反過來又一想，許鵬來她家也是一件好事。等他走了以後，她要告訴老娘剛才這個大官兒是誰。這樣的貴人駕到肯定會讓老太婆暈頭轉向，也讓她明白她當初強迫倪梅嫁給江彬是犯了一個多麼不可原諒的錯誤。應該給這個老東西一點教訓，使她以後少在女兒面前嘮叨個沒完。

第二天，倪梅誰也沒告訴就給許鵬寫了回信，說她們一家人都歡迎他的光臨。她寫了家裡的地址和詳細的路線方向，提出了一個初步的日期。她甚至在信裡寫道：「我現在常想起過去的事兒，快來看看我吧。我想念你。」她挑選了一個淡紫色的信封，在上面貼了一張為紀念五四青年節發行的郵票。郵票上一個新疆青年打著手鼓，穿著靴子的雙腿踢踏著節奏。一個跳舞的新疆姑娘在飛快旋轉，頭向後仰著，腦後的幾十根細辮子平平地飄撒開去。

中午，倪梅在門診樓三樓的廁所裡，對著鏡子端詳著自己。常年戴著近視眼鏡，眼裡都沒神了。她歎了口氣，用一塊紗布擦擦眼鏡的鏡片。一個隔間裡傳出馬桶沖水聲，嘩嘩的流水淹沒了牆上通風機嗡嗡的聲音。你得收拾收拾你這個樣子，她暗想。記住去染染頭髮，還有，腰太粗了，得減減肥了。你看著像個水桶。

年輕的護士萬燕向她彙報說，三病房的病人抱怨中午的清燉魚不好吃。小萬撅著嘴說，「他太難伺候了。他的家屬到哪兒去了，怎麼也沒人來看他？」

「他的家不在本地，」倪梅說，「他妻子大概太忙了，不能來照顧他。聽說她是天津市的幹部。」

「他要是再叨嘮起來我該咋辦呢？」

「交給我吧。我去跟他說說，看看有沒有啥別的辦法。對了，小萬，你能幫大姐個忙嗎？」

「沒問題。說吧。」

「你哥不是在磚廠嗎，跟他說說能不能賣我五百塊磚？」

「你想搭個煤棚咋的？」

「不是。我家的院子下了雨就起泥。這不國慶節快到了嗎，我想節前給鋪鋪。」

「行啊，我跟我哥說。」

「問問他能不能便宜一點？」

「你可以買窯裡那些沒燒透的磚，合算多了，才四分錢一塊。」

「太好了。跟你哥說我要五百塊。」

倪梅說完就去了三號病房，一進屋就看見廖部長正用一塊皺巴巴的手帕在擤鼻子。他見面就抱怨中午的清燉鰱魚又老又硬，根本就嚥不下去。他說除了蝦和螃蟹，別的鹹水魚他一概不吃。倪梅忙解釋說，伙食科的科長說現在市面上只有鰱魚和黃花魚。她向廖部長保證一定會盡全力給他找點淡水魚。

廖部長搖搖禿頂的腦門，鼻子裡哼了一聲，說，「我眞不相信，這木基城就在松花江邊上，竟然吃不到淡水魚。」

「廖部長您放心，我說什麼也給您找兩條江裡的活魚來，」倪梅說。

「哎，咱可不能搞啥特權啊。」

「我明白。」

當天晚上倪梅跟丈夫談起了三病房的病人。她讓江彬明天一早就去江邊買一條鯉魚回來。不要太大的，三四斤就成。江彬聽了心裡老大的不受用。現在正是鯉魚貴的時候，誰吃得起啊？一條四斤重的鯉魚就得花去他五分之一的工資。但是倪梅說他不應該考慮錢的問題，他花在魚上的錢將來一分不少都會回來的。

「聽我的沒錯，」她說。「去買條鯉魚，明天下午清燉以後送到我辦公室來。這是爲你，不是爲我。」

他不敢跟她爭競。他還記得有一次他想給丈母娘買一件貴重的皮襖，倪梅竟然把三張十塊錢的票子放在爐子上燒，幸虧他搶得快才沒全燒光。他答應明天早上去買魚。

第二天早晨倪梅早早起床，到附近中學的操場上跑步。她第一次穿上了丈夫三年前給她買的球鞋。看到她終於開始鍛鍊身體了，江彬也很高興。從前為了勸她和自己每天早上到江邊參加一些老年人組織的太極拳訓練班，他幾乎磨破了嘴皮子。她不喜歡那種慢吞吞的動作，覺著那些人的樣子像是在空氣裡摸魚，很可笑。倪梅跑步走了以後，江彬拿了個搪瓷臉盆去了江邊。他在那兒待了有一個鐘頭，先是練了幾式太極拳，又和幾個熟人朋友聊了會兒天，但是四處也找不到有賣鯉魚的。他只好買了一條三斤重的白魚帶回家，放養到一口盛滿雨水的缸裡。松山去上學之前拿了一小塊烙餅餵魚吃。

江彬中午也沒敢休息，吃過飯就回到辦公室繼續整理上午沒查完的賬本。他比平時早下班一個半小時，到家以後立刻繫上那條紫色的圍裙收拾魚。他把魚從缸裡撈出來放到案板上，牠還在不停地跳，魚尾啪啪地拍著案板，嘴一張一合，好像要把內臟都吐出來。他用菜刀背在魚頭上重重拍了三下，魚才不動了。

刮完魚鱗，清完腸子，他把魚又洗了兩遍。他點上煤油爐，坐鍋，倒了半鍋的菜籽油，把魚放進去炸了幾分鐘，一邊又把魚腮和魚腸剁碎餵雞，刷洗了菜刀和案板。

魚炸過之後去掉了草腥氣，然後他開始用清湯燉魚。鍋開了，下蔥薑料酒，加糖和味精，又拍碎了四瓣大蒜放到鍋裡。他用一條報紙在爐子上引火，點燃了一枝香菸。他坐到一條板凳上，搧著一把竹扇，看見丈母娘正鼓著雙眼看著魚鍋，就衝她咧嘴笑笑。等到湯變得像牛奶一樣白，他把調料和幾顆青菜芯沖到湯裡，又加了一勺鹽和幾滴香油，關上火，舀起一勺湯嘗了嘗。「嗯，挺鮮。」他說著咂了幾下薄嘴唇。

老太太問，「今兒個不過年不過節的，幹啥整條魚這麼費事兒？」

「娘，是工作需要。我在幫著倪梅呢。」

「她還知道自己姓啥嗎？都是我從小把她慣壞了。唉——，我這閨女也是小姐的身子丫鬟命啊。」

五點半的時候，江彬端著一個飯盒進了倪梅的辦公室。倆口子一塊兒去了三號病房。廖部長見了他們淡淡地打了個招呼，但是看到飯盒裡的魚湯眼睛立刻亮了。他嘗了兩口，點頭稱讚：「好鮮好鮮！誰做的？簡直比四海園的大師傅手藝還要好。」

「我這口子。」倪梅指了指丈夫。「他在部隊上就是司務長，做魚是他的拿手活兒。您要是喜歡吃以後就讓他給您做。」

「小江，謝謝，太謝謝了。」廖部長一邊唏哩呼嚕地喝湯，一邊伸出右手。江彬忙不迭地握了握廖部長肥厚的大拇指。

倪梅說，「廖部長，慢點兒喝。魚頭就別吃了，小心讓刺扎著。您現在還不能吃得太多，手術以後胃還需要恢復一段時間。」

「我知道——要不這條魚哪兒夠我吃的？」廖部長爽朗地笑起來。

從那天起，江彬每天一睜眼就爬起來，到江邊去買魚。有時候是一條銀鯉，有時候是狗魚，有時候是鮎魚，有一天他甚至買到一條兩斤重的鯽瓜子。他精心地做了一道紅燒鯽魚。每天他都變著花樣做魚，吃得廖處長舒舒服服。很快，江彬口袋裡的工資就花完了。他跟倪梅念叨了沒錢的事情，她讓他到銀行裡的死期存款戶頭裡取了兩百塊錢。他只好照辦，還是每天照樣用飯盒把魚端到廖部長的病房。倪梅也沒閒著，她每天早上跑步半小時，還從醫院的健身房借了一對啞鈴（健身房主任是她的好朋友）。每天她都在家裡做啞鈴操。十天下來，雖說沒有見她的體重減輕多少，肌肉倒是比以前結實了，臉也不顯得那麼胖嘟嘟的了，下顎上也有了輪廓和線條。她暗自對自己說，你早就應該開始鍛鍊，身材也會苗條有曲線。只有身體健康，心才會年輕。

廖部長有幾次也提出來要付給他們魚錢，但是倪梅沒有要。她說，「照顧好病人是我應該做的。」

廖部長和江彬倒是成了朋友。每天廖部長吃完魚後，心情一好，話就特別多。江彬就在病房裡待上一兩個小時，陪著廖部長聊天解悶。護士們都奇怪三病房的病人紅光滿面得簡直像換了一個人。她們有時候也問倪梅爲啥她丈夫每天總在吃晚飯的時候來，她說廖處長和江彬早就認識。她的話當然沒有人信，不過護士們心裡都很高興——三病房的病人終於變得不那麼討厭了，有時候見到她們甚至還會像長輩一樣和藹可親，她們也就樂得清閒。倪梅跟大家說廖部長是自己掏錢買魚吃的。

三匹蒙古馬駒拉了滿滿一車磚來到倪梅家。她付了錢，給了車把式兩盒「大生產」香菸。

倪梅倆口子花了一個禮拜天把院子裡的地面弄平整、鋪上磚。倪梅要求磚要鋪得橫平豎直，江彬就在地上楔了小木棍，綳上了白線，沿線鋪磚。這一天，秋老虎的太陽格外熱，兩人身上的衣服都被汗水泡透了。倪梅娘熬了一大鍋綠豆湯，放上白糖，在一條長凳上一溜擺了五個碗，把湯倒在碗裡涼上，讓女兒女婿喝了去去火，防止中暑。

一天下來，倪梅累得腰酸背疼，可是看到滿院平整的磚地又覺著喜孜孜的。她娘顛著一雙小腳在磚地上踩了一圈，嘟囔著，「有錢沒處花了，這麼糟踐？當年你爹都不捨得用這麼好的磚來蓋房。」

倪梅累得實在沒力氣答理她。江彬蹲在地上喝一碗綠豆湯，消瘦的肩膀顯得比以前更佝僂，一綹被汗水打濕的灰髮黏在扁平的額頭上。他穿的那件藍色工作服的後背被白花花的汗鹼漬得像一張老舊的地圖。幾粒楓樹籽像直升飛機的螺旋槳一樣在空中打轉，一對喜鵲落在院牆上嘰喳地叫著。倪梅娘還在嘮叨，「過冬的白菜也要拿錢買。不攢著點錢，等到了春節，俺看你這年咋過？」

省著點唾沫吧，老東西！倪梅在心裡罵著。

第二天倪梅買了兩大桶的野玫瑰，種在院門的兩邊。她吩咐女兒每天早晨要給花澆水。

廖部長還有兩天就要出院了。他非常感謝倪梅夫婦對他的照顧，甚至說他們對他比親人還要好。禮拜二的下午，他找人把護士長倪梅請了來，一見面就說，「倪梅，我得怎麼感謝你才好呢？」

「這是我應該做的，您不用總這麼客氣。」

「我跟你們醫院的領導講了，今年應該選你當模範護士。我還能為你們做點啥事兒？」

「不用，我啥也不需要，」她說。「江彬和我看到您這麼快就能恢復出院都很高興。」

「哦，對了，江彬怎麼樣？他有沒有要我幫忙的事兒？」

她作出思考的樣子，停了一會兒。「他，他也許吧？江彬在一個地方已經幹了快十年了，他可能想動一動。但是您千萬別告訴他是我說的，要不他會非常生氣的。」

「你放心，我沒那麼傻。你是覺得他想離開醫院？」

「不是。他其實挺喜歡在這兒幹的。把他調到另外一個部門就行了。」

「現在有啥部門需要幹部嗎？」

「有，人事科和保衛科已經有好幾個月沒有科長了。」

「好吧。我會給醫院的幾個領導寫個條子，他們對我的意見還是很尊重的。告訴江彬我還等著吃他燉的魚呢。」

兩人都笑了。

現在每件事情都在按照倪梅的計畫在進行。許鵬寫了回信，說他很高興到她家來喝茶。她知道江彬的提拔也是板上釘釘兒的事情，因爲醫院裡的頭頭們沒有一個人敢違抗廖部長的意思，要知道地委組織部的部長掌握著他們所有人升遷的權力。要是江彬當上了市中心醫院的一個科長，那也相當於副團級了。雖然比許鵬還差著好幾級，但也不至於拿不出去手了。現在對江彬的任命雖說還沒有正式下達，但是她相信已經在進行中了。還有一個好消息：吉林市的一個護士學校已經給女兒寄來了錄取通知書。倪梅稍稍放了點心，覺得終於可以沒有顧慮地同許鵬見面了。

九月二十九號的晚上，一輛北京吉普停在了倪梅家的院子門前。倪梅聽見了汽車發動機的聲音，忙站起來，撫撫剛燙好的頭髮，走出門去迎接客人。讓她吃驚的是，兩個解放軍戰士走了進來，一個人肩上扛著一只牛皮紙口袋，另外一個提著一個大號的綠色汽油桶。「這是倪梅護士長的家嗎？」扛口袋的高個戰士問。

「是啊，」她有些急切地說，左手的指尖絞著自己身上嶄新的繡花無袖襯衫的扣襻。她丈夫江彬也走出屋，同妻子並肩站在一起。

高個戰士說，「我們許政委今天晚上不能來了。他非常抱歉，臨時要陪同瀋陽軍區的陳司令員去參加一個歡迎晚會。」

「噢——」倪梅一陣心慌，竟說不出別的話來。

那戰士繼續說，「許政委命令我們給您送來一些過國慶節的魚和豆油。」他們「砰砰」兩聲把紙口袋和油桶撂在院裡的一張矮桌子上。

「他完了事兒以後還會來這兒嗎？」

「不會，我們明天一清早就坐班車回哈爾濱。」

「這個政委是誰啊？」江彬問妻子。

「我從前的一個病人，不是跟你說過了嘛，」她勉強回答道。她轉身對兩個戰士說，「告訴你們首長我們謝謝他。」

「這些東西多少錢？」江彬問兩個戰士，心裡仍是不明白。

「政委不讓我們收錢。」

兩個年輕戰士轉身走出了院子。一會兒聽到一聲長長的汽車喇叭響，夾雜著周圍看熱鬧的孩子們的尖叫聲——吉普車開走了。

江彬撕開牛皮紙口袋，裡面露出四條肥大的馬哈魚，每條都至少有十五斤重。有一條的魚吻上還穿著一個三寸來長的魚鈎，上面留著一根短短的尼龍線。「哎呦，天老爺子，這些是啥魚啊？」倪梅娘走了出來，嘴裡叼著一根長菸袋，臉上樂開了花。倪梅的兒子和女兒也湊到矮桌跟前，看著父親逐個掰開魚腮觀察裡面鮮紅的顏色。

「娘，這可是馬哈魚啊。」江彬說。過了一會兒他又興奮地說，「好傢伙，這些魚鮮得就跟剛打上來的活魚一樣！廖部長出院太可惜了，這才是最好的魚呢，可是他沒這個口福。」他問妻子，「我咋從來沒見過這個政委呢？」

「他是哈爾濱郊外一個裝甲師的政委，你上哪兒見去？我猜這些魚和豆油他一個子兒也沒花。」她感覺自己想哭。

「那還用說，你要是有了權，弄啥好東西都能不花錢。」他用手指彈飛了一個落在魚上的青蠅子。「松山，快去把咱家那個最大的澡盆拿來。」

男孩轉身跑到裝雜物的小棚裡去拿澡盆，手裡還握著一個吃了一半的桃子。

倪梅再也忍不住眼淚了。她衝進屋裡，撲倒在床上哭起來，心裡懷疑許鵬根本就沒打算要來看她。

09 荒唐玩笑

終於抓到了那兩個開玩笑的人。他們根本不知道有人要抓他們，所以大搖大擺地進城來了。他倆剛一走進日用五金店，一夥警察就撲過去，把他們摁倒在水泥地上，把他們的手扭到背後戴上了手銬。這兩個人完全嚇傻了，滿臉上黏的都是鋸末。他們尖叫著：「公安同志，冤枉啊！俺們啥也沒偷啊！」

「給我閉嘴！」

「嗚……」

警察從一個水桶裡拿出兩塊抹布，把他倆的嘴堵上，然後把他們揪起來帶向街上停著的一輛白色的麵包車。

到了公安局，幾個公安人員立刻開始對他們的審問，但是進行得並不順利。這兩個農民矢口否認從事過任何侮蔑國家領導人的反革命活動。公安局的局長是一位戴眼鏡的麻子。他提醒他們是不是開過鄧小平的玩笑。讓所有人吃驚的是，那個高個兒農民反過來問局長：「誰是鄧小平，俺從來沒見過他。」他又轉向和他一起被捕的夥計，「你聽說過啥小平麼？」

「沒。俺猜那一定是個司令，準是個大官兒。」小個子回答。

「別裝蒜了！」局長喊道。「鄧小平同志是我們黨和國家的最高領導人。」

「哎呀，我的媽啊，」高個兒農民說，「您是說他是第一號？」

「對了。」

「那毛主席呢？俺們只知道毛主席。」

「毛主席六年前就去世了。你們竟會不知道？」

「眞的啊？」小個子農民叫出聲來。「俺可不知道他老人家死了。那可是坐龍廷的皇上啊——不，他是俺的親爹娘啊。俺堂屋裡還掛著他老人家的像吶。」

屋子裡的警察使勁憋住笑，但是局長卻滿臉嚴肅。審問之前他以爲對付這兩個滿腦袋高粱花子的鄉巴佬還不是小菜一碟。現在看起來他們其實狡猾得很，一個勁兒地裝傻充愣，迴避實質問題。今天最好先到這兒——已經快吃晚飯了。他要好好琢磨個辦法，讓他們低頭認罪。他揮手讓手下把這兩個人帶走，關在一間牢房裡。

將近兩個月以前，這兩個農民曾經光臨過和平大街上的陽光百貨商場。「俺們看看這雙懶漢鞋，成不？」高個兒農民用粗糙的手指頭敲敲玻璃櫃檯。

三個年輕的女售貨員正坐在一個寬大的窗戶檯上聊天，她們的身後是街上閃閃的交通燈光。聽見聲音，她們靜了一會兒，其中的一個站起身走過來。「多大號的？」她問。

「四十二，」高個兒農民說。

她遞過一雙鞋，指了指價錢，說，「五塊五。」

「啥？」矮個兒農民叫起來，「上個月還是五塊，咋現在就變成五塊五了呢？還教不教人活了？」

「五塊五。」女孩子有點不耐煩了。她揉了揉蒜頭鼻子。

「俺老漢買不起啊，」高個兒說，其實他只有三十多歲。他把鞋子扔到櫃檯上。兩個人往外走的功夫，高個兒吐了口吐沫，對矮個兒說，「他娘的，啥都漲了，就是咱主席的個兒不長。」

矮個兒說，「沒錯，那矬把子總那樣。」

姑娘們聽了都「吃吃」笑起來。兩個農民轉身摘下頭上的藍帽子，衝她們揮了揮，黝黑的臉上掛滿了大括號。

不出一小時，百貨店裡就傳開了一個笑話：「啥都漲了，就是鄧小平的個兒不長。」一天之內，整個木基城也又上千號人聽到了這個笑話。

很快，辦公室、車間、餐廳、劇場、洗澡堂子、胡同、鄰里、火車站裡都能聽得到有人在說這句話。

這兩個農民在牢房裡睡得挺香，很高興能吃不要錢的高粱米粥和熬南瓜，只是不知道自己犯了啥罪。第二天上午九點鐘的時候，那三個商場的女售貨員也來到了公安局。警察命令其中的一個姑娘重複一遍她聽到的那兩個農民開的玩笑。她指著高個兒農民的扁臉作證說，「他說，『啥都漲錢，就是鄧小平的個兒不長。』」

「放你娘的狗屁！」高個兒氣得手拍著膝蓋大罵，眼裡閃著怒火。「俺這輩子也沒聽說過鄧小平是誰，咋會說得上來他的名字？」

矮個兒農民也插進來說，「俺們沒提鄧小平，俺們說的是『咱主席的個兒從來不長。』」

「你們的原話是咋說的？」公安局偵察科的禿頭科長問。

高個兒回答：「『啥都漲了，就是咱主席的個兒不長。』俺指的是俺那疙公社的羅書記。」

矮個兒農民補充說，「羅矮子的外號就叫『主席』。他可是個萬人恨。他給俺們定的工分每天還不到一塊五，他拿錢作啥啦？去修了個水庫，養鮎魚和胖頭魚！俺們這些草民百姓能從水庫裡得著啥？魚屎也撈不著吃。誰都知道那魚都進了幹部們的肚子裡了。您要是不信，可以去俺那塊兒打聽打聽，問問羅書記是不是個矬子？」他說完咧開嘴笑了，露出一口爛牙。

屋裡的男男女女都笑了，看見公安局長繃著的臉忙又忍了回去。局長讓幾個女售貨員再重複一下兩個農民在商場裡開玩笑的原話，讓他困惑的是她們記得高個兒農民確實說的是「咱主席的個兒從來不長。」她們幾個後來在商場裡傳這個笑話的時候，也沒有提到鄧小平的名字。但是不知道是咋回事兒，這笑話傳著傳著就走了樣。難道這起反革命案件只是因爲誤解造成的？可能是，也可能不是。

審問的公安人員此時倒不知道如何進行下去了。他們無法斷定這個笑話在何時何地被人添加了明確的含義。市委負責追查這起案子的領導也不可能接受這個反動笑話實際上是以訛傳訛的結果。現在罪行已經是事實，哪有有罪行無罪犯的道理？雖說是哪個有意破壞的犯罪份子可能永遠也查不到了，但是總得有人爲這個反動笑話負責啊。可是這個案子又該怎樣審下去呢？

公安局長再次讓人把兩個農民帶回牢房。他排出一輛吉普車去到他們公社把「羅主席」帶來。

誰也沒想到這位「羅主席」竟然是個相貌堂堂的美男子：天庭飽滿，牙齒雪白，劍眉威武，一雙大眼睛包在修長的睫毛中。他有一張多麼英俊和智慧的面孔啊！如果不是他的個子只有一米四，完全是個電影明星的材料。另外，他的舉止很有威嚴，嗓音圓潤動人，一聽就知道他的文化水平不低。要不然就他這樣一個身體半殘廢的人怎麼能夠領導一個三萬多人的大公社呢？他中午時分趕到公安局，見到局長就說，「局長同志，你得好好懲治懲治這兩個流氓，給他們一點教訓。否則我今後說話還有誰聽啊？我們在農村做基層工作的同志最要命的就是被人取笑，威信受影響。」

「您的意思我明白，」局長說。「上個禮拜省長親自給咱們市委書記打電話瞭解破案的情況。可能北京也驚動了。」

下午兩點十分，審問繼續進行。兩個農民的屁股剛挨上椅子，就忙不迭地大喊冤枉，要求公安局領導釋放他們回家。他倆聲稱自己雖然沒有積極參加政治學習，對國家大事知道得不多，但是他們都是窮苦人出身，一向對黨有深厚的感情。他們向局長保證，一定會痛改前非，絕不會再惹麻煩了。他倆說，放出去以後要做的第一件事情就是去買一架收音機，每天收聽來自北京的聲音。

局長揮揮手打斷了他們。「你倆到現在還拒不承認惡毒攻擊鄧小平同志的罪責？你們還想回家？做夢！你們現在要老老實實地低頭認罪。」

「天哪！」矮個農民大叫起來。「俺們冤枉啊。公安同志，求……」

「住口！」局長喝道。「你們想想這個道理：如果一本書裡的一句話可以正著讀，也可以反著讀。有人還能看出來裡面有反動思想，你們說，是寫書的人該負責呢，還是讀書的人該負責？」

「嗯……興許是寫書的吧？」高個兒說。

「這就對了。我們有確鑿的證據顯示你們兩個是這起反革命謠言的製造者，要承擔因此而產生的所有後果。」

「您的意思是不讓俺們回家了？」矮個兒問。

「沒錯。」

「那俺們要在這兒關多久啊？」

「難說——輕著說一個月，重的呢也許關一輩子。」

「咋著？」高個兒農民嚷起來。「俺家的屋頂過冬的草還沒苫完呢。您把俺關在這兒，俺的孩子只怕得凍死……」

「你們給我放老實點！」「羅主席」的肥手猛的一拍桌子，咆哮了一聲。「摸摸你們的腦袋是不是還在脖子上，衝這你倆就得感謝黨感謝人民。你倆知道不知道多少散佈反革命謠言的人被槍斃了？老老實實在這裡接受改造，重新作人。我會通知你們的家屬給你們送鋪蓋和衣服來。」

大家驚訝地發現這個矮子已經站在一把椅子上。他沒穿鞋，腳上是一雙紫色的毛線襪子。

局長下令：「把他倆送到木基市第一監獄，和那些反革命犯關在一起。」他摘下眼鏡，用袖子擦著鏡片，咧開嘴苦笑了一下。他心裡清楚沒法給這兩個土包子量刑定罪，因爲他們刑期的長短完全取決於省委領導對這件事情的興趣能持續多久。

「羅書記，您給說說好話吧。求求您了。」高個兒農民哀求著。

「羅主席」說，「你們是罪有應得。看你們以後還敢胡說八道。」

「羅矮子，我操你八輩兒的雞祖宗！」矮個兒農民跺著腳高聲叫罵。四個警察走上來，抓住他們的胳膊，把兩人拖了出去。

10 一封公函

致

北京人文大學

英語系黨總支書記

潘辰東教授

敬愛的潘教授：

首先請允許我對您研究西奧多・德萊塞❶小說的論文表示由衷的欽佩。我記得您的大作是三年前在上海召開的美國文學討論會上宣讀的。現在我來作個自我介紹：我叫趙寧紳，於兩年前擔任了木基市師範學院外語系的系主任。您可能還記得我：三十多歲，戴眼鏡，中等個，腰身細長，頭髮濃密，胳膊上汗毛較重。您那天在錦江飯店讀完論文之後，我們在大廳裡交談了幾分鐘，您還給了我您的名片。後來我又給您寫過一封信，還給您寄過我研究索爾・貝婁❷的小說《奧吉・瑪琪歷險記》的一篇論文。我想您一定收到了。

至於您來信詢問我系方白塵教授的情況，我不想花費太多的筆墨來形容他的性格，因爲他曾經教過我，而學生對老師總是不能做到十分客觀公正。您大概也聽說了一些關於他的傳言：說他是個傻瓜，妄自尊大，好色成性並且屢教不改，說他吹牛撒謊，欺世盜名，是個典型的機會主義者，等等。

其實，這些形容詞都不足以準確地描述這個怪人。我將在下面給您舉出一些事實，您也許會得出您自己的結論。

我是一九七七年冬天進入木基市師範學院學習的，入校第一天就見到了方先生。那時候他還是個講師，負責給新生做入學教育。我當時被分配到了英語專業。由於我對學外語沒興趣，所以對此牴觸情緒很大。我高考時報的專業是哲學和中文，滿心希望以後成爲一個古典文學方面的學者。直到今天我也不清楚命運之手當時是如何把我引入英語學習的領域的。也可能是高考的時候我居然有膽量參加了英語考試——我指的是筆試，不是口試——省招生辦公室的那些人大概就此決定我應該去學英語。我從心裡反感他們的決定，但是又無處發洩自己的怨恨。我們入校的第一天晚上，所有英語專業的新生就在一個大教室裡舉行了一次聽寫測驗。方先生朗讀了聽寫的短文。

我還記得他用渾厚的嗓音念道：「解放前，我爺爺給一個兇狠的地主扛長活。他晝夜苦幹，壓彎了腰，可是全家人還是吃不飽，穿不暖……」

他清晰的發音讓我讚歎不已，我從沒有見過有誰念英語比這個小個子男人念得更動聽。可是那次聽寫讓我痛苦極了，因爲我根本寫不成句子，幾乎交了白卷。我們英語專業的新生分成了優、良、中、差四個程度不同的班，而這次測驗的成績決定我們入哪個班，這使我更加失望。我們這年入學的新生是文化大革命以後第一次經過高考的大學生。您也知道，在文革十年中只有被推薦的工農兵學員才有上大學的資格，所以社會上積壓了很多人才。我們那屆學生中什麼樣的人都有，程度參差不齊。在我們英語專業，有三四個新生可以直接閱讀原文的《簡愛》、《牛虻》和《雙城記》。在入校後的一次英語考試中，他們的成績甚至比那些畢業班的工農兵學員還高。可是我們中還有許多像我這樣的新生只知道幾個英語單詞，主要是因爲其他科考試的成績好而被分配來學英語的。我們班上有幾個從內蒙來的新生，他們高考時的數學和物理考的分數很高，英語卻一個單詞也不懂。他們被分來學英語是因爲他們那個地區缺少英語老師。

我自然被分配到最差的班級。我反正也是破罐破摔，就開始蹺課。方先生的口語課是從上午七點半到九點半，我就經常睡懶覺不上課。他是位好老師，對學生親切認眞。我對他本人並不反感。實際上，我很喜歡他教學的方法——他要求我們每個學生在課上大聲說英語，這樣可以克服一些同學的害羞和加強對英語的感覺。他特別喜歡「蘋果」這個單詞，因爲它的開母音能夠強迫我們發音時張開嘴巴。他張嘴時就會垂下滾圓的下巴，露出整齊的牙齒，衝著我們念念有詞，「張嘴吃個大蘋果。」他用這種方法逐步建立我們說英語的自信心。我後來才知道，方先生在五七年被打成右派，下放到農村勞改了三年。我學英語的時間長了，也能分辨出他的英語發音並不像我原來想像的那般完美。他在發唇間音th的時候，舌尖總是抵不到上下牙齒之間，所以他經常把「厚」（thick）發成「屌」（dick），「三」（three）念成「樹」（tree）。另外，他的英語發音中帶著一股僵硬的口音，可能是因爲他最初學的是俄語。六十年代初中蘇關係惡化，大學裡的外語教師回應黨的號召，紛紛從俄語轉學英語。方先生自然也不例外。（我一直納悶：在我們國家的領導人中誰有這樣的遠見，當時就能夠看出歷史潮流的走向。難道他或他們預見到二十年中英語會取代俄語，成爲我國人民對外交往的最有力的語言工具？）

有天晚上，我躺在床上戴著耳機聽評劇。聽見有人敲宿舍的門，我也懶得起來。門被推開了，方先生出現在門口，這可讓我沒想到。他有點喘著粗氣，羊皮帽子夾在腋下，左手提著一台淺藍色的錄音機，至少有三十來斤重。（那時候輕便的卡式錄音機還很稀罕。）在他冒著熱氣的腦門上，一個大痦子非常顯眼，旁邊還落著一大片正在溶化的雪花。他圍著一條厚厚的灰色羊毛圍脖，顯得他好像沒脖子，身子也矮了一截。我趕忙從床上跳下來。

他在一把破椅子上坐下來，對我說，「小趙，你今天上午咋沒來上課呢？」

「我病了。」

「哪兒不舒服？」

「肚子疼。」

「你不能走路了嗎？」

「走兩三步可以。」

「那好，你現在能說能聽，我就在這兒給你上課。」

我驚呆了，一時說不出話來。他把椅子挪近了些，從上衣口袋裡掏出一份油印的教材，說，「我們從第四課學起。」

我不情願地從床頭擺著的單層書架上取下課本。

「翻到三十一頁，」他說。

我找到了第四課。他接著說，「請跟我讀：『這是一隻蜜蜂。』」他用舌尖舔了舔厚厚的上嘴唇。

課本上的這句話印在蜜蜂的圖形下面，我跟著他讀出來。那畫得哪兒像蜜蜂啊，活像一隻牛蠅子。

「這是一棵白菜。」他拉長了聲兒念道。

我又念了白菜畫下面的那句話。我們一塊兒練習了一些簡單的句型變換——把陳述句變成疑問句，然後再變回來。我一邊跟著他學，一邊琢磨著他爲啥要這麼積極主動地來給我補課。

做完了朗讀練習，他插上電源，打開錄音機要讓我聽一位英國人朗讀這些句子。方先生卡嚓卡嚓地按著按鍵，在錄音帶上翻來覆去地找著準確的位置。他對我說，「這段課文你的同學們每天要跟著錄音練習至少兩個鐘頭，而你卻一個單詞也不念。你要是繼續這樣下去，離退學就不遠了。你在浪費你的才能。」

「我沒有學英語的才能，」我說。

他揚起粗長的眉毛，平靜地說，「其實學外語並不需要才能，需要的只是堅持和勤奮。你花的時間越多越努力，你的英語就越好。這沒有什麼竅門。」

那位英國紳士的標準發音終於響起來了。每句話的後面都留有讓學生朗讀的一段空白，我只得跟著紳士鸚鵡學舌般地重複他的句子。方先生坐在一旁一根接一根地抽菸，很快宿舍裡就煙霧騰騰。我跟著錄音機把課文朗讀了好幾遍。這次補課整整持續了將近兩個鐘頭，直到我的一個室友回來睡覺他才離開。我這時候才長長鬆了口氣。我們把小氣窗開了好一陣，才把屋裡的煙散出去。

我可沒想到他第二天晚上還會來，看到他又出現在宿舍門口，我心裡很不痛快。他知道我是在裝病，可是我蹺課礙著他啥事兒了？他雖然表面不動聲色，心裡一定惱恨得要命。如果我繼續不上課，他會不會期末考試的時候讓我過不了關呢？說實話，把我分到外語系也不是他的過錯。他肯定是把我當作了頭號的搗亂分子。我腦子裡胡思亂想著，嘴裡念著英語句子，也不知道都是啥意思。

第二次的補課比上一次縮短了一小時，讓我有些歡喜。方先生臨走時把手放在門把手上說，「我知道你不喜歡英語。可是你要想想：在這個學校裡有啥專業能讓你將來分配個好工作？去年我們有兩個最好的學生考上了去非洲當翻譯的工作。他倆從非洲去歐洲就像去趟哈爾濱一樣便當，每天都吃牛肉奶酪。咱系的另一個畢業生現在在北京的《中國建設》當英語編輯。省政府的人事處每年都跟咱們要人。咱們送去的學生不是幹外貿、文化交流，就是分到外事辦。現在他們都提拔到重要崗位了。你還年輕，將來有的是機會。可是你英語不好，只能眼看著別人把好機會都撈走。現在只有學好英語才是最實用的，明白嗎？」

我沒吱聲。

「好好想想吧。明兒見。」他說完提著那個笨重的錄音機走出去，壓得他的腿都有點彎。

他的話確實有點打動我。我還眞不知道我們系的畢業生將來能跟外國人打交道，還能到外國去，這是多麼風光的工作。一想到我將來能出國開眼界，我心裡就升起了一線希望。現在我想改換專業已經是不可能了，那爲啥不把英語學好，將來還可以出人頭地。我耽誤的功課還不太多，要趕上還來得及。

方先生第三天晚上到我們宿舍來的時候，我就告訴他：我身體已經全好了，明天就去上課。

我漸漸變成了一個用功的學生。我每天早上四點半就爬起來，在宿舍的樓道和門廳裡來回走動（冬天待在樓外面太冷），大聲朗讀課文，背誦單詞、習語、短句和句型。我們班上有的同學比我起得更早，還有人嫌每天晚上回宿舍睡覺太耽誤時間，乾脆就在教室黑板下面的長台階上和衣睡三四個小時。他們只是隔一天才回宿舍睡個囫圇覺。表面看起來，我們拚命學習是珍惜上大學的寶貴機會，這是我們大多數的同齡人想都不敢想的事情。系裡幾次表揚了我們刻苦學習的精神。但是同學們心裡都清楚，大家是在較上勁兒比賽，因爲誰的分數好將來畢業時就能分配到好工作。我因爲練習英語發音太刻苦，使壞了嗓子，每天都要吃止疼片。

方先生很快就被升爲教授級。令學生失望的是他不再教課了。當時系只有兩個副教授，方先生是其中的一個。他在學生和年輕教師中很受尊重，因爲他經常教大家跳交際舞和探戈。每到星期四的下午，外語系的一些老師就舉行舞會，我們這些學生只有從鎖孔裡，或者從半掩的門縫裡向舞場裡瞥幾眼。方先生一直是我們系裡最優秀的男舞者。他本來肚子並不突出，但是在舞場上他就會挺起腹部，像一個派頭十足的富商那樣翩翩起舞，而且這樣他還可以更緊地貼住他的舞伴。我們對他的這副風度羨慕得不得了，認爲他的確是多才多藝。在系裡舉行的外國文學討論年會上，他宣讀了一篇洋洋灑灑的論文，論述的課題是《戰地鐘聲》，讓我們大開眼界。後來這篇文章還發表在《現代文學》雜誌上。在那之前，我根本就沒有聽說過海明威這個名字。

我念本科生的四年一直沒有從低級班跳出來，我的自尊受到很大傷害，心情因此十分鬱悶。我們這些低班的同學還搞了一次罷課，要求重新按照成績分班。經過兩年的學習，我們低班中的許多同學已經跟了上來，英語程度並不比一些高級班的人差。高班一直是由英國或加拿大老師來教的，但是我們低班卻從來沒有一個高鼻子的洋人教過。這樣一來，我們的口語水平當然可憐了。系裡拒絕考慮我們的請求，但是爲了防止再來一次罷課，剛升爲系副主任的方教授同意和我們對話。於是，我們集結在一間教室裡聽他解釋爲什麼這種把學生分成四等的制度應該保持下去。他的理由是：系裡只能雇一個外國專家，所以要留給最好的學生。他還講了好鋼用在刀刃上的大道理。我們並不是反對這種精英教學方法，而是抗議高級班成員的終身制。

我們和他展開了激烈的辯論，誰也說服不了誰。方先生後來耐不住性子了，臉變成豬肝色。他的聲音越來越粗重，把手一揮宣佈說：「不行，我們要保持教學的延續性。如果高班的學生三天兩頭地換，誰還能教這樣的班啊？根本行不通！」

長著水蛇腰、彎彎眼和臥蠶眉的張明辰是三班的班長。他站起來微笑著說，「方教授，您這話不是很可笑嗎？您讓我們覺著自己跟癡呆兒一樣。爲啥我們就得永遠當二等公民？爲啥我們就不能發展了？就拿您來說——您不是每年也得長點個兒，加點份量嗎？」

我們聽了哄堂大笑。方先生怒視著明辰，捶著講台吼叫：「少跟我來這套！你以爲你是馬克・吐溫哪？你別忘了你在跟誰說話？」他慢慢轉過頭來，瞪著台下的學生。

我們笑得更歡了。方教授宣佈散會，氣衝衝地走出了教室。他的黑色人字呢上衣的袖口掛著一根白色的棉線頭。我沒想到他會發這麼大的脾氣。他現在好像變了個人，再也不是那個和氣勤勉的老師了，而是彷彿當了一輩子高級幹部的官老爺。實際上，除去他這個新出爐的英語系副主任，他只有一個官方的頭銜——地區橋牌協會的會長。這個協會有大約二十來個會員，都是些上了年紀的知識分子。

第二年春天，方先生入了黨。在討論他的入黨申請的時候，我表示保留意見。可是我只是學生黨員的代表，在黨支部裡不占多數。我一直懷疑他過去幫助關心我是因爲我是少數學生黨員之一，在黨支部會上有贊成他或反對他的發言權。換句話說，他到宿舍來給我補課，就是有意要我感激他，將來討論他入黨的時候他就多了一票。這個人多麼有心計啊！但是這只是我的猜測，沒有任何證據，所以我也不可能跟別的黨員透露我的疑問。

另外一件事加深了我的疑慮，並且給了我很大的震動。第二年我們畢業的時候，方先生的眼中釘張明辰被分配到雙鴨山的煤礦裡工作。他是當年我們系裡分配得最差的一個畢業生。畢業聚餐的時候，明辰喝醉了，揚言要和方先生白刀子進紅刀子出。他掀開衣襟露出腰帶上別的一把牛骨頭把的尖刀。那是他花了十五塊從一個走街串巷的貨郎挑子上買的。我趕忙看看系領導吃飯的桌子，幸好方先生沒來參加聚餐，要不然肯定會讓明辰給放了血。明辰那天也醉得人事不省，我趕緊把那把大刀子藏下了，要是給他帶在身上非惹出漏子不可。也難怪明辰要找方先生拚命，兩天前他的女朋友已經放出話來要和他散夥。她分配在瀋陽的一座軍校裡當英語教員，明辰認爲她的變心也是方先生報復他的結果。

我自己的運氣不錯，考上了哈爾濱大學英語系的研究生。我因爲不參加畢業分配，方先生也就沒法懲罰我。要不然我也會落個像明辰一樣的下場。我肯定方先生知道了我在討論他入黨的時候投了反對票。另外，他一定以爲我策劃了兩年前的罷課。

我雖然在哈爾濱念了三年研究生，但是對於母校外語系這幾年的情況瞭如指掌，因爲我的未婚妻在這裡畢業後留校教日語。

方先生可以說是春風得意。他創辦了一份叫做《敘事技巧》的學術雜誌。我想您也許看過這本刊物，因爲在那幾年它一直保持著九萬份的發行量，在青年讀者中，特別是文學青年中很受歡迎。方先生在東北三省的許多大專院校裡都講過課，主題是西方文學中最先進的敘事技巧——意識流。他甚至自己還寫小說，其中有一個講三角戀愛悲劇的短篇小說《雨山之南》還在省裡的一個比賽中獲了獎，編選進好幾個小說集子。公平地講，他是一個有才能的小說作者。在他的短篇小說中，你常常能感到一種原始的激情和農民式的狡詐，這在學者寫的小說中是很少見的。事實上我常想，如果他專致小說創作，也許會成爲一個有成就的作家。他花了很多時間編輯這本雜誌，精力都浪費在這上面了，也就沒有乘幾個短篇的成功而趁熱打鐵地多寫一些小說。也許他缺乏藝術眼光，也許他誤以爲自己幹啥都行，只滿足於比他的同事們先行一步，沉浸在短暫的虛名之中。他沒有走那些大師們的路子——寫一本大部頭的長篇小說，一部里程碑式的傑作，一部志在創新開拓從而改寫小說史的文學名著。他沒有才力寫這樣一本書，只是埋頭於鼓搗那些小玩藝、小擺設。一句話，雖然他是老樹新花，但是從沒有結出碩果。

我定期給他辦的學報投稿，和他的關係也就逐漸改善。他待我不錯，不僅來稿必用，而且經常按最高的標準付我稿酬。同一般的外國文學刊物不同的是：《敘事技巧》不僅刊登外國文學的翻譯和評論，而且還開闢了一個發表國內作者創作的詩歌和短篇小說的園地。我對此感到迷惑不解：爲什麼一個學術刊物要發表原創的詩歌？方先生從來沒有研究過詩學，爲啥每期要用十幾頁的篇幅來刊登詩歌？他肯定是知道這樣做有多麼不協調，我估計他肯定是另有所圖。

一九八四年夏天，我完成了研究生的學業，回到了母校。我剛結婚的妻子已經升成了講師。我聽說方教授辦的雜誌停刊了，原因是一些年輕婦女指控他耍流氓。這些女人中有老師有學生，有人說他用發表文章作誘餌來勾引她們和他睡覺，還有人說他拒登她們的來稿因爲她們拒絕他的引誘。說實話，我懷疑有些女人是自己心甘情願和他勾搭，當然肯定是他主動勾引她們。他妻子多年生病在床，兩人不能有性生活。他一定是感到冷清寂寞、欲火難耐。但是在他幹的風流韻事中有一樁卻令人無法原諒：他因爲使用的避孕套品質太差，把一個學生弄懷孕了。女孩子到醫院去做人工流產，一個上了年紀的護士把這事兒傳了出來，一時間鬧得滿城風雨。我認識這個女孩，她比我低兩年級，是我一個哥們兒的妹妹，這姑娘人很好，平時喜歡寫寫詩。有一次她在禮堂朗誦她寫的一首詩歌，把我感動得差點掉下淚來。當時就有好幾個小伙子對她感興趣。我還記得那首詩的題目叫做〈我能給你的只有愛情〉。那首詩寫得非常好，學校廣播站每天播送兩遍，整整廣播了一個星期。她外表文文靜靜的，動不動就臉紅，一雙眼睛流露出羔羊一樣溫順的神情。我簡直不能想像這樣一個柔美的姑娘能跟方先生那樣一個老頭子胡來。她那麼出色，什麼樣的好小伙子都會心甘情願地供她驅遣。我後來從他哥哥哪兒知道，方教授用「美人魚」的筆名發表了她的許多詩歌，還保證說給她爭取到獎學金，把她推薦到美國印地安那大學布魯明頓分校的比較文學系去深造。方先生說那裡的系主任和院長他都認識。唉，年輕女孩子多麼容易上當啊！

方先生受到了黨內警告處分，外語系副主任的職位也給擼掉了。他見人都抬不起頭來，但是我並沒有疏遠他。有一天，我請他到我家來喝啤酒。那幾天我妻子不在家，到齊齊哈爾南邊的一個油田上去教日語暑期班。我剛好因爲翻譯尤金・奧尼爾❸的一個劇本得了點稿費，就買了一隻燒雞、兩斤牛肉腸、五斤番茄、一包白糖和十個鹹鴨蛋。又到街邊的酒鋪裡要了十升乾啤酒。我也沒請其他人，因爲那時候系裡的人都躲著方先生，不想和他攪和在一起。我倆邊吃邊喝，他的話就開始多起來了。他告訴我他妻子心臟有病，兒子剛從南京大學畢業，很快就要去中國和德國合資的上海大衆汽車廠工作。他妻子對兒子要到離家那麼遠的地方去很傷心，雖然這是一個收入豐厚的工作。她指望兒子能回到木基來，找一個當地的姑娘結婚，在父母身邊成家立業。

我注意到方先生看起來一點也不老。他的頭髮仍然濃黑茂密，臉上的肉還很有彈性。他穿一身白色的短袖襯衫，肚子仍然結實扁平。人們很容易會認爲他只有四十出頭。我半開玩笑地問他怎麼會保養得這麼好，他抬起一隻手摸摸胸膛，很誠懇地說，「首先你得心胸開闊，遇到啥事兒也不能悲觀。吃好睡好。另外，你每天早上都要鍛鍊身體，不管酷暑嚴寒不能間斷。」他微笑著，眼裡閃著狡黠的光亮。我沒想到他能給我這麼實在的回答。他知道我是個夜貓子，每天要到深夜以後才睡覺，早晨從不鍛鍊身體。我只得又稱讚他懂得養生之道。

幾杯啤酒下肚，他就有點醉了，嘴上開始沒有把門的了。他歎了口氣說，「我已經五十三了，我這輩子算是完了。」

「別那麼悲觀嘛。」我說。

「我活不了多久了。唉，兩鬢斑白一事無成啊！太可悲了。」

「得了，得了，您不是剛說過要心胸開闊嗎？」

他眼淚汪汪的一副可憐相。我勸他說，他現在是一位受人尊敬的學者，正是年富力強的時候，前途無可限量。但是我越勸他越傷心。「我大學畢業以後，一心夢想去蘇聯學習美學。」他拉開了演說的架式，好像一屋子都是聽眾。「後來蘇聯成了咱們的敵人，領導又讓我改行學他娘的什麼英語。我是直到能看懂D. H.勞倫斯的原文小說以後才開始喜歡英文的。現在咱們國家總算是開——開放了，可我也太老了，不能去國外留——留學了。我比不了你們年輕人啊，太老了。」他說完已經是淚流滿面，不住用短粗的手背擦腮幫子。「唉，我應該拿一個博士學位，至少也應該像你那樣是個碩士。」他拍拍我的胳膊。

這簡直是扯淡。他現在已經是副教授了，還嫌不滿足。我趕忙轉移話題，故作輕鬆地說，「您快別哭了，行嗎？有那麼多女孩子圍著您轉，您是越老越吃香。誰像您那麼有豔福啊？」我的話中帶著幾分諷刺，他卻當成好話聽了，這正中了他想要吹噓自己豔遇的下懷。他得意地笑了，又給自己倒了一杯啤酒。

他開始如數家珍地說起這幾年中和他有過關係的年輕婦女。令我吃驚的是：我的一個大學同學居然也在其中。這個女孩子一直是我們學校羽毛球比賽的冠軍，曾經被列爲全省第二號種子選手。她後來嫁給了一個專門馴犬的軍官，丈夫經常出差不在家。方先生這樣一個小老頭在床上怎麼對付得了那個人高馬大的娘們兒？我想到這一點就頭疼。他滿嘴的下流語言讓我有點尷尬，可是我心裡興奮得要命，巴望著他多說一點。最讓我不能相信的是一個姑娘居然提出來：只要他和老婆離婚，她就要嫁給他。方先生是不會拋棄自己妻子的。他解釋說，「小趙，我可不是沒有良心的人。我老婆有病啊，咱咋能那樣幹呢？當年我下放到農村的時候，她每兩個月就來看我一次。換了別的女人早就把我蹬了。她跟著我吃了不少苦，可是從來沒有埋怨過一個字。現在我們的兒子就要遠走高飛，我就是她唯一的親人了。」他說完盯著我，眼裡閃著淚光。

我一直琢磨不透究竟什麼原因使得他在那些女人眼中的形象如此高大神祕。是他的學識？他的權勢？他超人的床上功夫？他的如花妙筆？他勾引女孩子的手段？他的樂觀幽默？他到底施展什麼魔法把那些年輕婦女迷得神魂顛倒？我想起了我朋友的妹妹，那個丹鳳眼的女孩子。她做了人工流產以後，被發配到一個邊遠的鄉鎮去當中學老師。在去那個學校報到之前，她傷心絕望得差點跳樓自殺，是她父母硬生生把她從陽台上拉了回來。難道方先生對毀了人家女孩子的一生不感到羞愧嗎？

「唉，那些寫詩的姑娘實在是太可愛了！」他揉著他寬闊的鼻子，說了實話。

「您爲啥喜歡寫詩的姑娘？」我問。

「你不知道那些寫詩的姑娘有多溫柔，多天眞。她們的心、心腸都很軟。給她們幾句甜言蜜語，你、你就能讓她們如醉如癡，心裡像駕了雲一樣飄——飄起來。」他嘎嘎笑著。

「這麼說一定要是寫詩的女孩子，寫小說的不行。對嗎？」

他又咧開嘴笑了。「沒錯。老天爺要是能讓人托生，下輩子我眞想做個詩人。小趙啊，你哪天也應該認識一個女詩人。」

「不，我想要個少女。」我說。他使我想起了納巴科夫❹筆下那個好色的杭伯特。

「好吧，那就給你一個少女詩人。」他哈哈大笑起來。

您看看，潘教授，這就是他給自己教過的學生提出的忠告。我這輩子也不想認識什麼寫詩的姑娘。我老婆雖然不是什麼美人，但是配我還是綽綽有餘。再說，我身體不好，還要攢著點精力和時間完成我那本研究尤金·奧尼爾戲劇當中東方神話的專著。自從那次在我家喝啤酒之後，方先生見到我總躲躲閃閃的，好像我身上帶著肝炎病菌似的。那年夏天我們木基市爆發了流行性肝炎，又凶又猛。顯然他很後悔跟我說了那麼多他的祕密。但是我並沒有把那次談話當作整治他的把柄。甚至三年後我當了外語系的系主任，也沒想過要把他的醜事透露出去。我還是很感謝他當年幫我補課的熱心，他的隱私也沒有改變我對他的感情。

《敘事技巧》停刊以後，我們系接到了幾千封訂戶寫來的抗議信——人家要求退錢。那些錢老早以前已經當作過節的獎金發給系裡的教師了，我們只好向訂戶保證馬上復刊。但是除了方先生，誰也沒有編輯這份學報的能力。到了秋天開學的時候，《敘事技巧》又重新與讀者見面了，方先生還是總編。這一次他被迫在雜誌裡去掉了發表文學作品的園地。新的《敘事技巧》變得更專注外國文學的學術研究，發表的文章也更有份量。每期雜誌的封面都是光紙印刷，封底上都有一位現代文學大師的照片。方先生的聲譽又慢慢開始恢復。他比以前更加勤奮了，在繁忙的編輯工作之餘還出版了一本短篇小說集《在鮮花盛開的橋上》。他在扉頁上把此書獻給海明威，好像這位美國的作家還活著，經常和他通信交流創作心得似的。他可能是想表明海明威是他文學靈感的源泉。這本書在文學界獲得了不少好評，方先生還作爲當代傑出作家風光了一陣子。第二年他就被評爲正教授，是外語系裡的第一個。他好像命裡注定要在文學上幹一番成就，但是在接二連三的成功面前沒有幾個人能保持清醒的頭腦。

方先生在我們去美國訪問的時候又栽了跟頭。那是一九八七年剛開始放暑假不久。他和我都被挑選參加省裡的文化代表團訪問四個美國城市。我被選中是因爲我的英語口語講得不錯，多少又瞭解一些美國文學的情況。方先生是作爲一個作家和文學專家加入進來的。贊助我們這次訪美的東道主之一是康奈迪克州的威靈頓大學，那時候正熱切地想和我們木基師範學院結成姐妹學校，所以代表團裡的一半成員都來自我們學校。

在美國的時候，我又發現了方先生身上另一個我以前沒有注意到的性格特點：吝嗇。我們在一起吃飯的時候，他總是盡可能地在大家付錢的時候上廁所。有兩次是我替他付的帳。雖說他妻子常年臥病在床，但是他一點都不窮。他兒子每個月都給家裡寄不少錢。和我們這些眞正的窮教師不一樣，他在銀行裡甚至有一個外匯帳戶。他如果只是占我們這些中國人的便宜也就算了，最讓我無法容忍的是他居然在人家美國人的身上也要這一套。他有好幾次喝完了咖啡、茶或是其他飲料後等著美國人幫他付錢，好像全世界的人都該他似的。我眞不明白他幹啥要像個要飯的那樣丟人現眼。我們出國的時候，國家每天給我們二十二塊美元的零花錢。這點錢雖然不多，但是一個人總要有點尊嚴吧。我不明白像方先生這樣一個小氣鬼怎麼會是勾引女人的高手。有一次他在餐廳裡點了一客果餡奶酪卷以後居然要一個美國女作家替他付錢。他漫不經心地說，「我沒錢了。」那位高個子的美國女作家頭髮是紅色的，爲了見我們還刻意打扮了一番：她穿了一件天藍色的對襟小襖，耳朵上戴的耳環是一對中國明朝的銅錢。她有一個很討厭的習慣——每句話說完以後還要加上一句：「懂我的話了嗎？」她聽了方先生的話簡直不敢相信自己的耳朵，本來微笑著的臉變成了鼻眼扭結的苦瓜。她朝我轉過身來，一雙深陷的綠眼睛好像在發問：他是不是神經不正常？我憤怒地從口袋裡掏出一張十美元的鈔票，用中國話對他說，「拿著。明天早上還我。」那一次他倒是自己掏了腰包。

他這樣做也可能是誤解了資本主義文化和所謂的美國精神，搞不懂自我意識和自私自利是兩個不同的概念。臨出國的幾個月前，我們邀請了一個名叫阿倫・雷德斯通的教授到我們學校來講解福克納。這個肯塔基州來的紅臉漢子花裡狐哨的名堂眞不少。他留著馬尾巴頭，穿著紅紅綠綠的花汗衫，還從美國拎來一把班卓琴在我們的課堂上又彈又唱。他跟我們的學生說，在美國，個人是最重要的，每個人都要盡一切努力來強調自我意識的存在。還說什麼自我中心的本能是任何個人成功最本質的因素，等等等等。他甚至還宣佈：個人利益是美國文化和經濟發展的動力，如果你是一個美國人，你自己生活的中心就一定是你自己。我起誓：如果他是個中國人，我會不等他說完就派人把他從教室裡拖出去。但是方先生聽了他的講課後對我說，他很欣賞雷德斯通的理論。很顯然，這個美國佬的一通歪理已經弄得他暈頭轉向了。眼下在哈特福德，他在這位美國女士面前毫不羞恥地要證明他自我的存在，中國人的臉面都讓他丟盡了。他好像根本就不知道天下還有羞恥二字。像他這樣一個有知識的人怎麼會連一個沒有文化的人都不如呢？我到今天也搞不懂。

我們的美國東道主通知我們說，星期六大學裡有一個作家會議，組織者願意搞一個中國主題的座談會，請幾位中國作家參加發言。當然，這是指我們代表團裡的作家。我們很爲這一友好的邀請所感動，答應到時候一定參加。代表團領導指定由我來介紹當今中國的美國文學研究情況，其他的六位作家不用講話發言，但是要準備回答聽衆提出來的關於他們的創作活動和經歷的問題。我們都非常興奮，準備要在那天穿上最正式的服裝與會。爲了強化一下我的英語口語，我在出發去會場之前整整朗讀了一個小時《紐約書評》的文章。

威靈頓大學位於一個青翠山谷裡的小鎮上。校園裡到處都十分整潔，而且出奇地安靜，也可能是學校裡正在放暑假的原因。校園的道路兩旁都栽著高大的落葉松和楓樹。一輛奶白色的麵包車載著我們來到一座不高的兩層紅磚樓房前面，作家會議就在這裡舉行。這次會議共有好幾個分會場，同時進行不同主題的座談。因爲我們中國作家的座談會沒有像其他主題的座談會那樣事先宣傳過，所以大多數參加會議的人不知道我們來的消息，都朝別的會場走去。我很緊張，跟我們代表團的同志們小聲說，「哪怕只來十幾個人就滿不錯了。」

我們大家都很擔心。女劇作家甘蘭絞著手指說，我們眞不應該同意來參加什麼座談會。

突然，方先生用結結巴巴的英語大聲向走廊裡的人群吼叫起來：「請注意了，女士們先生們，我是方白塵教授，我是中國當代一個偉大的小說家，快來聽我的講座！」他用一隻手指著我們的會場，另一隻手招呼著周圍的美國人。

人們一下子愣住了，然後就聽見有些人哈哈大笑起來。我們幾個中國人也被驚呆了，不知道他到底要幹什麼。我想他可能是在作最後的努力招徠觀眾。只見方先生振臂高喊：「十一號房間，快來啊，來聽一個偉大作家講話。」

當時我眞恨不得找個地縫鑽進去。我們幾個趕緊閃到一旁躲他遠點。方先生的這番表演還眞引來了一些好奇的參加者——大約三十多個人走進我們的會場。我竭力使自己平靜下來，好一會兒能夠開口說話。

更讓我們目瞪口呆的是：當座談會的女主持人把我們引見給觀眾之後，方先生從我手中一把奪過麥克風，掏出預先寫好的稿紙，大聲念開了他的演講。他的聲音鏗鏘頓挫，語調十分專橫，活像一個大幹部在給台下作報告。我的頭皮震得直發麻，口裡木木的好像失去了知覺。

「他這是要幹啥啊？」甘蘭悄聲對我說。

另外一個作家說，「這簡直是搞突然襲擊嘛。」

「學術歇斯底里，」我補充了一句。

那個主持人爲啥不制止他呢？我懷疑地向她望去，只見她那張褐色瓜子臉正衝我理解地微笑著，她一定以爲方先生和我商量好了，讓他替我發言。

方先生正在大談他如何在小說創作中成功地運用了最新的寫作技巧（其實這些技巧在西方都過時了），他的小說如何啓發了一整代中國作家學習和掌握意識流。起初，觀衆似乎被他的大嗓門鎮住了，接著有幾個人開始竊笑，有些人甚至笑出聲來。更多人臉上是覺得好玩的神情，就像在看馬戲團裡的猴子。我們覺著眞丟人啊，他把我們中國人的臉都丟盡了！我在心裡把他的祖宗三代都罵了。

他足足講了半個多鐘頭才結束。當他終於閉上了嘴，觀衆席裡響起了笑聲和調侃聲。方先生居然站起來向稀稀拉拉鼓掌的觀衆鞠躬致意，幾個學生模樣的年輕人衝他吹起了口哨。他難道聽不出來那掌聲是在諷刺他嗎？

我沒有把事先準備好的講稿拿出來在會上宣讀，因爲我心神已亂，哪有講話的胃口？我們這些中國人坐在兩張折疊桌子邊上直發呆，方先生這時候還一個勁兒地衝他的同胞們微笑。他那張扁臉因爲出汗顯得油亮亮的，眼睛得意地閃著光。從一座高大的窗戶裡射進一片長方形的陽光，方先生舒服地沈浸其中。我注意到他時時轉過頭來看著我們的眼神裡有一絲輕蔑，好像在對我們挑戰：「你們在座的有誰能用英語作這樣的演講？」我當時要是能伸手搆著他，非得掐他的腿讓他清醒清醒。

觀衆問了幾個沉悶的問題，我們三言兩語回答了他們。我們這些中國人都還沒有從剛才的震驚中緩過勁兒來。我打起精神把觀衆的提問和我們的回答翻譯成英文，但是我的英文前言不搭後語，淨是語法錯誤。實際上，我嘴唇哆嗦，結結巴巴，因爲我正拚命壓抑著滿腔怒火。我當時的心跳起碼每分鐘一百二十下。

座談會終於開完了，我們大家都鬆了一口氣。謝天謝地，我們總算活下來了！

經過這次事件之後，您可以想像我們對方先生有多麼厭惡。沒有人跟他說話，更沒有人願意跟他有任何瓜葛。讓他自己頂著那個「偉大作家」的高帽子去吧。甘蘭甚至提議我們悄悄去舊金山，把他一個人扔在這兒。他既沒有錢也沒有回程機票那才解恨呢。我們當然不會這麼做。即使他死在這兒，我們也得把他的骨灰帶回中國去，因爲如果他留在美國，國內的領導就會以爲他是叛逃了，我們也會落個失察之罪。

回國以後，我們告了他一狀。學院黨委對他進行了嚴肅的批評，讓他作出深刻的檢查。他乖乖照辦了。省作家協會開除了他的會員資格。他又一次成了灰溜溜的過街老鼠。《敘事技巧》也不讓他辦了，這回是永遠靠邊了。他回到外語系教基礎課，系裡規定不准他參加任何學術會議和發表演講。

潘教授，您可不要以爲他就此一蹶不振了。不，他活得有滋有味的。這個人有一種非凡的素質，那就是壓不垮打不爛。他渾身充滿了活力和韌勁兒。最近他剛剛把已故彭德懷元帥的傳記翻譯成了英文，即將由友聯出版社出版。他拿了不少翻譯稿費，發了一筆財。有傳言說，他聲稱自己是咱們國家最優秀的英語翻譯家。這也可能是眞的，您想想看，北京上海的那些翻譯大師不是已經去世，就是老得不能動彈了。看起來方先生又要重新崛起，很快就能翻過身來了。這些日子他到處吹噓他在北京有許多關係，明年要調到您的系上去教翻譯和英國現代小說。他還要擔任貴校英語學報的編輯。

潘教授，請原諒我這封回函篇幅過長。跟您說實話，我也沒想到能拉拉雜雜地寫了這麼多。實際上這是我第一次在電腦上寫文章。用機器寫作的感覺很特別：它無疑加強了我的表達能力，或許還使我有點夸夸其談。我覺著電腦好像能夠自己組詞造句似的。您看，寫著寫著又離題了。在這封信結束之前讓我總結一下我對方先生的看法，我對他不作道德上的判斷：他是一個生命力旺盛的人，一個有學問並且工於心計的人。雖然他已經快六十歲了，但是仍然精力充沛，還可以幹很多年的工作。只要您有辦法能夠讓他做事不出格，他會對您很有用，會對您領導的英語系出很大的力。換句話說，對他只可用，不可信。他就像大多數知識分子一樣，是個得志便猖狂的小人。

致以崇高的敬禮！

木基市師範學院

外語系系主任

趙寧紳

三月二十九號

❶Theodore Dreiser（一八七一—一九四五），美國小說家。代表作《嘉麗妹妹》、《美國的悲劇》都敘述主角墮落的故事，但德萊塞旨在指控造成這樣結果的物質社會，而不是行爲本身的主角。

❷Saul Bellow，美國作家，一九七六年獲諾貝爾文學獎。

❸Engene O'Neill（一八八八—一九五三），美國最傑出的劇作家，於一九三六年獲諾貝爾文學獎、亦曾先後獲四次普立茲獎。代表作之一是《長夜漫漫路迢迢》。

❹Vladimir Vladimirovich Nabokov(一八九九—一九七七），俄籍美裔作家。代表作《羅麗泰》（Lolita）因其書中充滿性暗示而喧騰一時，故事描寫一中年歐洲紳士對一名少女的情愛。

11 紐約來的女人

我們街道上的人誰也沒想到陳金莉會回國。四年前她準備去美國的時候，我們大家都勸她打消這個念頭。她還有啥不知足的？她在我們木基市的師範學院裡當數學老師，有個體貼的丈夫，女兒非常可愛，也快進幼兒園了。她家剛分到了一套三居室的房子，還是理想的樓層：新公寓的一樓。我們都整不明白她爲啥鐵了心的要出國。有些人說她是想出去賺錢，可是大部分人不這樣看。雖然人人都說在美國遍地都是美元，就像樹上的葉子一樣揀不完。誰會相信這樣的鬼話？如果她是個年輕姑娘，那倒不難猜：或是去那邊上大學，或是嫁給老外——不是華僑，就是洋人。但是她已經三十多歲了，在這裡已經有了家。儘管我們苦口婆心地勸說，她還是在那年的初夏去了美國。她的公公婆婆都是市政府裡的高級幹部。她走後不久，他們就跟同事和親戚朋友們說金莉不會回來了。上了年紀的人們聽了以後都搖頭說，「這女人的良心教狗吃了。她就這樣撇了家啦？美國到底有啥好的？」

現在她回來了，看上去像是換了個人：戴著金項鍊，抹著紅嘴唇，畫著藍色的眼影，甚至腳趾甲蓋都塗了紅顏色。我們整不明白她的鞋後跟爲啥非要四吋高呢？她穿著高跟鞋活像踩高蹺，根本走不了路。她和別人走在一起的時候，經常伸手要人家扶她一把。人們在私下傳言，說她是紐約的一個華僑闊老的第十五房姨太太。看了她的化妝和作派就不由得你不相信了。

陳金莉剛出國那陣子，她丈夫遲淦跟大家說她在一個語言學校裡學英語，不然就沒辦法進研究生院攻讀數學。後來我們又聽說她病得不輕，不能下床走路。一年以後，又有人說看見她在紐約的唐人街開了家珠寶店。有些人就說那商店肯定是那個闊老頭子送給她的禮物。

她給遲淦寫的最後一封信上說，她決定回國同他和孩子廝守一輩子。但是看了她回國後的打扮，街坊四鄰們誰也不相信。可是你如果問她是否還要回紐約去，她總是說，「不回去了。我在那兒沒了工作，珠寶店也倒閉了。」她的幾個親戚出於好奇，想打聽她掙了多少錢。她總是回答：「我沒錢。在餐館打工能掙幾個錢？在美國，你掙的錢一半都交了稅。你掙得多，花得也多。」

有些年輕人特別想知道那個花旗國裡的事情，經常纏著要她講講紐約啥樣。她總是搖搖頭說，「那是有錢人的天地。」

「哎呀，金莉你有啥就說啥唄。那紐約人是不是個個都是百萬富翁？」

「沒的事兒。百萬富翁能有幾個？不過人家美國人幹活比咱們賣力氣倒是眞的。美國還有人連住的地方都沒有，就睡在大街上。」

那些年輕人原先以爲華爾街是用金磚鋪成的，聽了她的話沒有不掃興的。

她回來的不是時候。現在夏天已經過了一半，正是東北地區最好的季節。天氣不涼不熱，市場上堆滿了新鮮的瓜果蔬菜。但是她的女兒丹丹放暑假不上學，住在爺爺奶奶家。金莉回國前的一個禮拜，爺爺奶奶就把丹丹接去住了，爲的是讓孩子避開她媽媽。實際上，那孩子把媽媽差不多也忘光了。我們每次問她想不想媽媽，她都說，「不想」。

金莉回來見不到孩子非常傷心，自然把氣出在丈夫遲淦身上。他只好安慰她說，丹丹在爺爺奶奶那兒住幾天就會回來。

金莉花了一個星期的時間打掃房子。她不在這幾年，家裡讓遲淦弄得像豬窩一樣。雖然遲淦在船舶設計院當機械維修工，但他不是個勤快利落的男人。他從小讓爹媽慣得油瓶兒倒了都不扶，要多邋遢有多邋遢。金莉在床底下掃出了雞蛋殼，風琴、五斗櫥、大衣櫃上都落滿了塵土。天棚的四個角都拉著蜘蛛網。屋裡有一股發霉的味道，她只好成天敞著窗戶。所有的被褥上都漬了一層油垢，亮光光的。有幾床被子上還有菸灰燒的窟窿。她回家後才知道，兩年前她捎錢回來買的洗衣機是公公婆婆在用。最讓她難過的是：她種的茉莉和牡丹都乾死了，只剩下幾株枯枝立在花盆裡，像骷髏一樣。花盆裡蓋了一層菸頭和火柴棍兒。不出三天，鄰居們在樓道裡又聽見了熟悉的摔門和砸鍋碎碗的聲音——這倆口子又幹架了。

「把你的臭襪子和褲衩收起來，到你媽哪兒去洗，」她命令丈夫。

他一聲兒不言語地把襪子和褲衩收集到一個紙盒子裡。她又開始抱怨廚房和廁所裡到處都是菸灰。「這家裡都快趕上火葬場了，」她不住聲地嘮叨著。

他用手指扶了扶金絲邊的眼鏡架，忍不住說了句：「你要不喜歡這個家，幹啥還要回來啊？」

「你尋思我是衝著你回來的？」她咬著嘴唇，露出了整齊潔白的牙齒。這是她身上的另一個奇蹟：去美國之前，她有點暴突牙，現在所有的牙齒都排列得規規矩矩，像珍珠子一樣閃亮。她的上嘴唇也不像從前那樣突出了。看來，人家美國的牙醫手藝就是高超。

她確實不是衝著遲淦才回國的。她想念女兒，所以她公婆才不讓她見丹丹。他們瞧不起金莉，聲稱沒有這樣一個兒媳婦，甚至當著別人說她「不要臉」。有天晚上金莉站在公婆家的門前，哀求他們讓她和丹丹說句話，她婆婆堵著門不讓她進去，說，「丹丹不想見你，她沒你這麼個媽。別再讓我看見你那描眉畫眼的臭臉。」

遲淦的父親站在客廳裡，手裡拿著個蒼蠅拍，搖晃著滿頭白髮的腦袋。他脊背衝著門，裝著沒有看見兒媳婦。

「丹丹，她啥時——啥時候才能回家啊？」金莉問。

「這兒就是她的家，」婆婆說。

「求求您了，讓我看她一眼吧。」她的眼眶裡滿是淚水，但是拚命忍著不讓眼淚掉下來。

「不行。她看見你就生氣。」

「媽，您就饒了我這次吧。求求您了！」

「妳別叫我媽，我沒有妳這個兒媳婦。」

門被猛地關上了。金莉知道他們絕不會讓她再見到女兒。她想盡了辦法，但還是連丹丹的影子也見不著。公公婆婆住的是俄羅斯式的洋房，根本就不讓那孩子邁出大門一步。她沒有讓遲淦去求情，知道他不會有膽量反抗父母的意志。也許他也願意把她們母女隔開。

當我們聽說了她見不到女兒的消息後，有些人認爲她活該。她拋棄孩子在先，早知如此何必當初？但也有人可憐她，說她既然見不到女兒，乾脆和遲淦散夥算了。他根本不配有這樣的妻子。大家伙兒都很想知道她下一步怎麼做。

她去美國兩年後，師範學院就把她除名了。現在她沒有工作單位，是等待安置的無業人員。我們都納悶：她沒有工作靠什麼生活呢？這裡是社會主義的中國，可不是紐約，在那兒她只要把一個老頭子哄得高興就一切都有了。她不知道師範學院已經把她解職，還滿心以爲回國後就能到原單位上班呢。學院領導告訴她說，她在美國的生活方式已經使她不適合擔任教師的職務，她聽了非常吃驚。

後來她不知怎麼弄清楚是范玲教授在散佈她在美國給人家當小老婆的故事。有幾個人慫恿她去當面搧范玲的耳刮子。這個范教授是個人見人嫌、專門算計別人的母老虎。她五十年代初從莫斯科大學拿到了一個教育學碩士。據金莉講，范教授有個侄子想到美國留學，求過金莉作經濟擔保人，但是她沒有答應。范玲就因爲這個才到處敗壞她的名聲。「你們看看，」金莉一邊跟衆人說，一邊伸出細長的雙手，讓大家看看她中指上戴的刻著花紋的金戒指。「我不是美國公民，這樣作是非法的。」她也許說的是眞話，但我們並不完全相信。

有人告訴她說，范玲要參加星期二下午的全院教職工大會。如果她要當衆讓姓范的出醜，這可是個好機會。我們都很想看看她兩人到底會怎麼幹仗，同時也準備好一旦她把范教授打得太厲害就出來干涉。范玲是個老太太，有血壓高和腎病。

令我們失望的是，金莉那天根本沒有去開會的大禮堂。范教授坐在會場的後面打瞌睡。院長在台上佈置任務，要全院師生準備歡迎中越自衛反擊戰老山前線的英雄來校作報告。

後來金莉跟我們說，她要以誹謗罪「起訴」范玲，讓那個老太太「賠償」她的損失。這可是新鮮事兒。有誰聽說過法院還會管這種雞毛蒜皮的小事？再說，哪兒有律師打這種個人糾紛的官司，她倆之間的矛盾應該通過學校領導解決，或是私下裡和解。有些人覺得金莉是心虛，更加證明了她在國外的生活多麼糜爛。還有，她爲啥會想到用「經濟賠償」來解決問題？這是一個人的名聲和榮譽啊，多少錢也買不來的。她應該用行動來洗刷自己的名譽，也就是以毒攻毒地和范玲幹一場。

有天上午她到木基市外事辦公室去找工作。她聽說那裡缺英語翻譯。我們這個城市剛剛對外國人開放，市政府決定在松花江心的一個小島上興建遊樂園來吸引旅遊者。金莉一共塡了六份表，但是外辦負責人事的幹部根本沒有見她。一個祕書模樣的姑娘讓她下個星期四再來一趟，因爲人家要花點時間研究她的檔案。金莉在她填好的表格上附了一張美國語言學校的證書，證明她在這家學校學習過英語，並且通過了畢業考試。她的口語成績是「A」。她跟那個祕書講她想當個導遊。

「我聽說要招九個翻譯呢，」那個年輕的女祕書悄聲說。她兩眼盯著金莉的嘴唇——口紅抹得太重，都成了紫色。

金莉以爲當翻譯得考英語。她每天至少聽三個鐘頭的BBC和美國之音的英語廣播，又複習一本厚厚的「托福」英語試題。即使在洗衣服的時候她也開著收音機。第二個星期四的下午她準時去了市外辦。接待她的是旅遊科的科長。這位科長是個五十多歲的大塊頭男人，頭頂已經禿了一大塊。他認眞地聽了金莉的自我介紹以及她同外國人打交道的豐富經驗。她說著說著就激動起來，似乎有點急不可奈。「我在紐約住了四年，到過美國許多地方。跟您說實話，我在美國還有許多關係，對咱們市和外面建立聯繫會有幫助。我還有一張國際駕照呢。」

科長清了清嗓子說，「陳小姐，我們很感謝你來申請我們的工作。」聽到他沒有叫她「同志」，她有點吃驚，好像人家把她當作外國人或港台同胞。他接著說，「我們前天仔細研究了您的檔案，恐怕得令您失望了。我們不能錄用您。」

「爲啥？」她一下子懵了。誰都知道：這九個翻譯的招聘名額不可能招滿，也不會有九個人來報名。

「我不想把話說得太難聽。要是您一定想知道原因，那我就得說：我們只能錄用我們信得過的人。」

「您這是啥意思？難道我不是中國人？」

「您在美國拿到了綠卡，對吧？」

「沒錯，但我還是中國公民。」

「這跟國籍沒有關係。我們不瞭解您在紐約都做了些什麼，還有您過去這幾年是怎麼生活的。我們咋能輕易相信您呢？我們有責任維護國家的榮譽。」

她心裡全明白了，沒有再爭論下去。他們一定是從師範學院調來了她的檔案，肯定有人告訴了他們她在紐約的生活情況。她的臉因憤怒漲得通紅。

「陳小姐，您也別太激動。我並不是想要傷害您的感情。我只不過是把外辦的決定通知您。」他的辦公桌上一隻閃亮的螞蟻正匆匆向墨水瓶爬過去。他用拇指捻死了螞蟻，把它從褲子上抖掉。

「我明白。」她站起來向門口走去，連再見也沒有說。

在市政府大樓外面等公共汽車的時候，她的眼淚止不住地流下來，不停地用粉紅色的紙巾擦著臉。她從手包裡摸出化妝盒，對著小鏡子把臉上被淚水衝開的粉擦掉。她手上的人造革化妝盒吸引了街上一個小姑娘的注意，她的目光在金莉脖子上的項鍊和化妝盒之間不住地打量。

工作沒找到，她又開始實行一個讓我們大家都吃驚的計畫：動員遲淦和她一道去美國。這個主意可把他嚇壞了。他除了會說幾句「早上好」，「中國萬歲」和「友誼」之外，對英語可以說是一竅不通。三十多年來，我們這個城市裡除了有幾個人去過香港和日本以外，還沒有人能出門走那麼遠——好傢伙，穿越整個太平洋。我們聽說有個年輕婦女和她丈夫一道去了香港，一下飛機就被她男人賣到妓院裡。可以想像遲淦對妻子的提議有多害怕。他怕一到紐約就會被妻子賣去當勞工或作男妓。他看起來倒是不缺胳膊不缺腿，扁平臉、肩膀滾圓，雖然個子矮點但是還很結實。但是他要眞的幹了那種營生，沒幾天就會死在美國。所以他堅決不同她一起出國。他說，「我是中國人，不當洋鬼子！」

「你聽我說，」她還是耐心勸解，「紐約有一個很大的中國城，你在那兒用不著說英語。那裡到處都是中國人。書、報紙、電視節目，甚至電影都是中文的。你根本不會變成美國鬼子。」

「我不去！」他瞪起金魚眼，鼻翅一張一張的。

「別死心眼了，咱們在那兒會掙很多錢的。那兒的日子比這兒強多了。你天天都能吃肉吃魚。」

「那你幹啥還要回來呢？」

「我回來是帶你跟我一塊兒走。」她眨了眨一雙杏仁眼，長長的睫毛忽閃了兩下。「我出國光是爲了我自己嗎？四年前我走的時候，不是說過我是去給咱們家尋找新生活？」

「你是說過。」

「你看，我現在就是回來帶你和孩子去美國。要是咱們在那邊幹得好，咱們還會發財，買個大房子和兩輛汽車。你不是想要開一輛嶄新的福特汽車嗎？」

「我不想，我也不會開車。」

「不會可以學嘛。我教你，比騎自行車容易多了。」她的雙手抓著想像中的方向盤，左右轉動，頭向後斜過去，眼睛半閉著。

他噓了口吐沫，說，「不，你就是給我座金山我也不去。」

「你知道嗎，遲淦，咱們在那邊還可以多生幾個孩子。」她的眼睛又眨開了，笑起來的時候左腮上還露出個酒窩。

這句話好像觸動了他。遲淦一直想要有個兒子，但是國家的政策不允許有第二胎。他沉默了一會兒，說，「丹丹一個就夠了，我不想再要孩子。」

「你咋那麼死腦筋呢，你就甘心在那個破船場修一輩子機器？」

「知足者常樂。」

「那好，你要是不願意去美國，就讓我把丹丹帶走。她在那裡會更有前途。她將來能上哈佛。」

「啥？哈佛是啥玩意兒？」

「全世界最好的大學。」

「不會吧，聽說牛津是最好的。」

「求求你了，讓孩子跟我走吧。」她想再把那個酒窩露出來，但是怎麼也笑不出來了。

他當然不會把孩子交給她。她實在受不了，嚎啕大哭起來，求他讓她見丹丹一面。她的眼淚把他的心泡軟了，於是同意跟女兒談談，看看孩子是啥想法。

第二天下午，他騎車去了父母家。在他的「飛鴿」自行車上捆著一個長紙盒子，裡面裝著金莉給女兒從美國帶回來的禮物——電子琴。

遲淦的父親把兒子臭罵一頓，說他是豬腦子。如果讓金莉見到孩子，她會輕而易舉地讓丹丹跟她去美國。「這麼簡單的把戲難道你就看不出來？」老頭揮舞著手裡吃了一半的番茄，氣忿地質問兒子。

遲淦的父母把電子琴收了起來，準備在適當的時候給丹丹。這孩子正在樓上看電視裡的《兒童科技》節目，爺爺奶奶讓她給媽媽寫封信。天黑之前遲淦回來了，交給金莉女兒寫給她的一張字條。金莉看完以後傷心極了，把自己鎖在屋裡哭了一場。字條上寫著：「壞女人，你滾開。我不要你這樣的媽媽。」

金莉這下死心了，不再想把丈夫孩子弄到美國去了。她下一步想幹啥呢？也許她會很快回紐約去。但是當我們問她的時候，她卻說，既然丈夫和女兒不想走，她也不走了。

令人納悶兒的是，一個星期以後遲淦竟然向法院提出離婚。誰能想到這麼個不中用的男人會走出這一步？這一定是他父母出的主意，利用他們在法院裡的熟人爲這個案子開綠燈，因爲法院很快批准了他們離婚。金莉好像根本不在乎失去丈夫，但她在法庭上不顧一切地要爭奪女兒的監護權。法官說她是個不負責任的母親，對她宣讀了法庭的決定：「爲了孩子的身心健康，本庭拒絕你的監護請求。」法院判她每個月付給孩子三十元的贍養費，奇怪的是，她非堅持每個月付一百元。大家都給整糊塗了。人們開始懷疑她到底有多少錢。也許她是一位富婆哩。

很快就有傳言說金莉手裡有很多錢。有人說她心胸狹窄而且小氣。要是她眞的那麼有錢，爲啥不給她公公婆婆買一個二十吋的大彩電——新立或者三陽牌的都行。她公婆看上了彩電，肯定會讓她把孩子帶走。也有人說她其實並不富裕。事實很快就證明了這種說法是錯誤的。

有天下午風颳得很大，金莉來到五洲房產公司要買一套公寓。最近，我們木基市在松花江邊上修建了幾座公寓大樓，要吸引外國顧客，特別是東南亞一帶的華僑和台灣的商人。金莉看起來還打著留在木基市的主意，或者至少每年在這裡待幾個月。

「請出示您的護照。」接待她的是一個身材瘦高的年輕人，好像是這個房產公司的經理。

她把護照遞給他，感覺著有什麼地方不對，在椅子上微微扭動著身體。

年輕人仔細地看著醬紫色封皮的護照，頭也沒抬地問：「這是中華人民共和國的護照。你是中國公民？」

「是。」

「那對不起，我們不能賣房子給你。這些公寓房是專門出售給外國顧客的。我們需要外匯支付。」

「我有美元。」她臉紅了一下，雙手交叉在一起。她絞動的手指遮蓋住了金戒指。

他的目光閃爍了一下，很快又搖頭說，「不行。公司只允許我同外國人作生意。」

「我按同樣的價錢付給你外匯，這有啥區別呢？」

「對不起，同志。我要是不按照規定辦事，領導就會開除我。」他用手指梳理著鬆軟的頭髮。

金莉只得放棄買房子的念頭。她要買的公寓是超豪華型，要兩萬美金一套——按照當時的外匯黑市價格，相當於二十五萬人民幣。我們這些人做夢也不敢想會有這麼多錢！就連木基市的一所中型企業也很難有這麼多的現金。我們終於意識到，在我們這條街上住著一個百萬富婆。有些人開始和她套近乎，說能幫她找到工作或住的地方，但是她好像並不感興趣了。每當有人在她面前罵遲淦和他父母，她總是乾巴巴地說，「我當初走的時候還以爲隨時能回來呢。」後來，她開始躲避衆人了。

誰也不知道她是什麼時候從木基消失的。有人說她去深圳或香港了。那個范玲教授卻說她回紐約又去找那個老頭子了，還把自己的名字改了。向遲淦打聽他前妻的下落，他總是一聲不吭。興許他也不清楚她到啥地方去了。

離婚後的第二個月他又結婚了。新娘是個拖油瓶的小寡婦，有個四歲大的男孩子，和遲淦在一個單位工作。她是個賢妻良母，對新丈夫知疼知熱，把家裡也料理得井井有條。我們經常在晚上看見這倆口子手拉著手在外面散步。遲淦看上去好像從沒有像現在這樣開心健康，連將軍肚也開始挺出來了。

更令人驚訝的是丹丹非常喜歡新來的小弟弟。她跟別人說，她就是想要一個弟弟，現在終於如願以償。那個男孩子也像姐姐的尾巴一樣走到哪兒跟到哪兒。每天放學以後兩個人就在一塊看小人書，背誦兒歌。有人問她後媽對她好不好，她說，「我爸爸給我找了一個好媽媽。」有時候，丹丹會和別的孩子在公寓樓前面的空地上玩跳房子遊戲。她的辮子梢上繫著一對黃絲帶做的大蝴蝶結。每當她在地上蹦跳的時候，蝴蝶結就跟著她飛舞。她那羚羊似的眼睛越笑越大。

12 牛仔炸雞進城來

「把錢退給我！」顧客邊說邊把盛雞的盤子丟在櫃檯上，然後把收據遞給我。他大約五十多歲，腰像水牛一樣粗。油呼呼的嘴角還黏著一片炸雞屑。他買了四塊炸雞，現在盤子裡只剩下一個雞腿和一個翅膀。

「雞胸脯和雞大腿哪兒去了？」我問他。

「你們不能這麼坑害人。」他鼓暴的眼睛因爲惱怒格外閃亮。我認出來他是附近電機廠的一個工人。

「我們咋坑害你了？」高個頭的白莎不客氣地問，手裡揮動著一對夾雞肉的長夾子。她狠狠地瞪著那個男人，那人的頭頂剛好夠到她的鼻子。

他說，「你們這牛仔炸雞聽著好聽，看著好看。實際上就是個名字——根本沒有肉。我吃了兩塊，肚子裡啥感覺也沒有。」他拍拍肥胖的肚囊。「我不要再吃你們這坑人的玩意兒，你們把錢退我。」

「沒門兒。」白莎說著晃了晃湯得像喜鵲窩一樣蓬鬆的頭髮。「你要是沒碰這雞，我們可以退你錢。可是——」

「對不起，出了什麼事兒？」焦彼德插進一句。他和夏皮洛先生剛好從廚房裡走出來。

我們向他解釋了顧客的要求，焦彼德一句一句翻譯給我們的美國老闆聽。我們都不做聲了，倒要看看我們這位彼德經理如何處理這件事。

焦彼德和夏皮洛先生用英語簡單說了幾句，然後用中文對那個顧客說，「您已經吃了兩塊雞了，我們只能退您一半的錢。咱們下不為例。您只要碰了您買的炸雞，就不能退錢了。」

那個男人一臉不情願的樣子，但還是接過了錢。他嘴裡嘟囔著，「媽的假洋鬼子。」他這是說我們這些在牛仔炸雞店工作的中國人。

這下可把我們惹火了。我們同焦彼德和夏皮洛先生爭論說，不應該讓這個顧客就這樣白佔便宜，否則全城的人都可以來免費品嘗我們的炸雞。我們不需要這樣一個小氣鬼似的顧客，把他轟出去就完了。夏皮洛先生解釋說，我們應該遵照美國做生意的規矩——一定要讓顧客滿意。當初他雇用我們這些人的時候就說過這樣一句話：「顧客永遠是對的。」但那是美國的生意經，他不知道這是在和中國人打交道——你給他鼻子，他就會上臉。如果夏皮洛先生想當大慈大悲的菩薩，這個地方很快就會亂套。我們已經聽到不少城裡流傳的有關我們炸雞店的閒言碎語。有人說，「牛仔炸雞是專餵敗家子的。」沒錯，我們的炸雞是比木基當地的燒雞賣得貴，也更油膩。木基的燒雞講究火候大，爛得連骨頭都可以吃下去。

我拿了塊海綿去擦洗那個顧客弄髒的桌子。猩紅色塑膠貼膜的桌面油汪汪地扔著雞骨頭，聞起來有股蓖麻油的味道。我每次聞到這種味道都想吐。我擦完了桌子，正要去收拾另外一桌，看見桌旁的椅子上有一個香菸燙出來的黃豆大疤痕。這肯定是那個傢伙幹的。我們根本不應該退他錢，而應該把他扣起來讓他賠償損失。

我討厭夏皮洛先生這套虛僞。他任何時候都裝出心慈面善、體貼顧客的樣子，可是對我們這些雇員卻狠得要命。上個月他從我的工資中扣除了四十元，簡直像抽了我的肋骨一樣心疼，就因爲我給了我哥哥所在供電局的一個姑娘八塊雞胸脯。她上次來店裡買炸雞，按照老闆的規定，我應該賣給她兩個雞腿、兩個雞大腿、兩個翅膀和兩個雞胸脯。她央求我說，「宏文，大方點兒，多給點肉。」不知咋的，她衝我飛了一個笑眼我就答應了。老闆當時看見我正在往紙盒子裡塡最大塊的雞胸脯，但是他啥也沒說，等到那姑娘出了店才把我臭罵一頓。他說，「我要是看見你再這麼做，你就給我滾蛋。」我當時眞嚇得半死！後來他罰了我四十元，純粹是給另外七個中國雇員看的。

夏皮洛先生是個嘴甜心苦的老狐狸。有一次我們問他爲啥要在我們木基市做生意，他說他想幫助中國人民。三十年代末的時候，他的父母從蘇俄逃出來，曾經在木基住過三年，然後去了澳大利亞。雖然他們是猶太人，但是在木基沒有人歧視他們。夏皮洛先生的圓臉上長著落腮鬍子，他表情誠懇地解釋說，「猶太人和中國人有相同的命運，所以我感覺和你們很親近。我們都是黑頭髮。」他說這話的時候嘿嘿笑了，好像說了句笑話。這些都是資本家的屁話。我們根本就不需要吃什麼牛仔炸雞，也不想欣賞他那個粗大的紅鼻頭和禿腦門，更受不了他那滿胳膊濃黑的汗毛。他的牛仔炸雞公司不僅剝削我們這些城裡人，而且還壓榨成千上萬的中國農民。河北省的幾個村子專門給牛仔炸雞店種土豆❶，因爲據說那裡的土壤和氣候同美國生產土豆的愛達荷州很相似。這個公司還在安徽省開辦了幾個養雞場，專門爲全中國的牛仔炸雞連鎖店提供雞肉。這些美國鬼子利用我們中國的產品和勞工從中國消費者身上賺錢，然後把賺來的錢運回美國。夏皮洛先生居然還有臉說他是來幫助我們？我們不需要他這樣一個救世主。至於五十年前他父母曾經在木基住過這件事，我們這裡的人確實沒有歧視猶太人，那是因爲在我們看來猶太人也是外國人，和那些白皮膚的洋鬼子沒啥兩樣。咱們中國人哪兒分得清呢？

我們背地裡管夏皮洛先生叫「黨支書」，因爲他就像各單位的黨支書一樣啥也不幹。唯一的區別就是他不組織政治學習，不要求我們向他彙報思想。焦彼德是店裡的經理，日常的事情都是他管。我上中學的時候就認識他了，那時候他還叫焦霈海，是個臉色蒼白、學習用功的、孤獨的男孩子。他腦袋上有四個旋，經常成爲別的孩子取笑的對象。他的父親在朝鮮戰爭的時候擔任志願軍的一個排長，後來被美國人俘虜過。有許多志願軍戰俘在戰後選擇去了加拿大或者台灣，霈海的父親出於愛國熱情又回到了祖國。但是他回來以後卻被強迫從部隊裡復員，發配到了我們這個城市北郊的一個農場。當時所有歸國的志願軍戰俘都被定爲可疑的叛徒，有許多人重新進了監獄。霈海的父親在農場裡被監督勞動，但是人們並沒有虐待他。他在農場附近的一個村裡安了家。我記得他平時不怎麼說話，他妻子也是個沒嘴葫蘆。這個女人從來不知道自己的父親是誰，好像是個侵華日軍的軍官。這倆口子唯一的兒子霈海每天要從家裡走十多里地去城裡上學，我們就給他起了個「鄉巴佬」的外號。

他和我們這些人不一樣，學習成績一直很好。一九七七年，當大學重新招生的時候，他考進了天津外語學院的英語系。我們當時都去參加了大學入學考試，但是由於報考的人多，考取非常困難。我們高中的三百多個考生中只有兩人通過錄取分數線。大學畢業後，霈海去了美國留學，在愛荷華大學學歷史。後來他改了專業，在同一所大學中拿到了一個商學管理的學位。再後來他就回國了，完全成了另外一個人，身體強壯而且有錢，頭髮鬈鬈的，還起了個外國名兒。他看上去充滿了活力，開朗樂觀，比他的實際年齡要年輕。上班的時候他永遠是穿著很正式，一身西裝配上色彩鮮豔的領帶。他有一次開玩笑地說，他身上長了五十多斤美國肉。說實話，比起過去的那個焦霈海，我更喜歡現在的這個焦彼德。我經常納悶兒美國有什麼東西能使他變化這麼大——短短六年的功夫從過去那個笨拙孤獨的少年變成一個能幹自信的男人。是美國的水？美國的牛奶和牛肉？美國的氣候？美國的生活方式？我眞是整不明白。更讓人佩服的是，彼德講一口流利標準的英語，比那些木基大學的英語教授們強多了。這些教授們從來沒出過國，當年學英語靠的是俄國人寫的英語教科書。彼德雇我來炸雞店工作可能是因爲我過去在學校裡從沒有欺負過他，再加上我的腿有點瘸。我對他心存感激，從來沒有在同事們面前談起過他的過去。

當初我們這個牛仔炸雞店開業的時候，市政府裡的五十多個官員前來致賀。開業典禮上一個副市長用一把兩尺來長的剪子鉸開了紅綢帶。然後，他贈給了夏皮洛先生一個像火鉗子那麼長的黃銅鑰匙。這是幹啥使的？我們誰也不知道。我們這個城市的城牆早都拆了，根本沒有城門，哪兒有這麼大的鎖用鑰匙去開呢？慶賀的來賓們品嘗了我們的炸雞、薯條、涼拌捲心菜、沙拉、熱鬆餅。可口可樂、薑汁啤酒和橘子水全都免費喝，簡直就像水那樣敞開了流。來賓們摸摸我們的聚酯座椅、塑膠貼膜的桌面、洗碗機、微波爐、收銀機、廚房裡的防水地氈，有人甚至探頭看看我們的冷庫和嶄新的廁所。他們對這一整套從美國運來的速食店設施讚不絕口。一個白鬍子老幹部說，「我們要向美國人學習，學習他們如何滿足顧客的要求，學習他們不僅照顧到入口吃的，還照顧到拉出來的。人家每件事情都事先考慮到了。」有些來賓觀看了我們在不銹鋼油槽裡炸牛仔雞。這種廚具安全衛生，不像中國廚房裡用的那些鍋底滿是油垢的大鍋和哧啦作響又放不平穩的炒鍋。副市長和我們每個員工都握了手，囑咐我們要努力工作，同我們的美國老闆好好合作。第二天，《木基日報》刊登了一篇報導牛仔炸雞店的長篇文章，把牛仔炸雞落戶木基說成是市領導積極引進外資的成功樣板。

剛開張的幾個星期，我們吸引了大量的顧客，特別是那些急於嘗嘗美國風味的年輕人更是成群結隊地來。因爲我們的生意太好了，街上賣小吃的攤子都躲得離我們炸雞店遠遠的。有時候我們從那些小吃攤前走過，小販們往地上吐唾沫，眼睛不看著我們罵：「狗漢奸！」

我們也不示弱地罵回去，「我每天都吃牛仔炸雞，又香又脆又好吃！」

開始的時候，夏皮洛先生也很賣力氣，經常工作到十點半關門爲止。但是隨著生意越來越好，他就越來越閒起來，經常躲在辦公室裡看報紙，有時候還嚼一種玻璃紙包的瘦肉香腸。他白天養足了精神，沒有事情幹，就開始和手下的姑娘們約會。我們店裡一共有四個女孩子，兩個全工兩個半工，都是二十多歲，健康活潑，長得不算特別漂亮。您想想看，每到星期四晚上，一個五十多歲的老頭子和一個年輕姑娘出去約會，而且去哪兒都沒問題。這使我們這三個夏皮洛先生雇來的男工感到自己就像個太監一樣沒用。特別是我已經快三十歲了，還沒有女朋友，就更覺得自己窩囊。大多數女孩子對我都不錯，但是在她們看來我不過是個心腸好的小夥子，對我只有同情沒有愛情，好像我的瘸腿使我不夠資格成爲男人。照我看，夏皮洛先生只是個下流的糟老頭子，但是那些姑娘們也好不到哪兒去，隨時都可以把自己賣出去——不管賣的是笑、是甜言蜜語，還是肉體。

夏皮洛先生帶白莎出去後的第二天，我問她和老頭子約會是啥感覺，心裡想知道那個胖豬除了有錢以外究竟有啥吸引女孩子的地方。我更想知道他請她們吃飯以後是不是帶她們去了他的公寓和他睡覺。這可是非法的事兒。如果他眞睡了她們，我們就給他記著帳，以後有必要就去告發這個老混蛋。

我一邊把盤子從洗碗機裡拿出來摞在桌子上，一邊裝得輕鬆地問，「他家有幾個房間？」

「我怎麼知道？」她懷疑地瞪了我一眼。這個丫頭鬼得很，腦筋轉得飛快。

「昨晚上你們不是在一起嗎？」

「是啊。我們吃了個飯，就完了。」

「飯吃得咋樣？」我聽說他帶姑娘們吃飯都是去農貿市場附近的好運餐廳，那家飯館可是不咋樣。

「一般吧。」

「你們都吃了些啥？」

「炒麵和乾煸牛肉絲。」

「哪天有誰能請我吃頓這樣的飯就好了。」

「你咋知道是他請客？」

「你說啥？他沒請你？」我把最後一個盤子擺好。

「我們分開付帳。我再也不和他出去了，小氣鬼。」

「如果不是他請客，幹啥要約你出去？」

「他說這是美國的做法。他給了那個女招待不少小費，十塊錢哪。可是人家沒要。」

「吃完飯你就回家了？」

「是啊。我尋思他會請我去看電影或是去唱卡拉ＯＫ。可他只說這個晚上過得不錯，然後一抬屁股走人。我們出來走到街上，他還打著哈欠說他想念在美國的老婆孩子。」

「這可是夠怪的。」

我同店裡的另外兩個男工滿友和京林在一塊兒議論夏皮洛先生和姑娘約會的怪法子。我們想不出來他到底要幹啥。和一個姑娘吃頓飯就算是一個晚上沒白過？眞讓人整不明白。我們又去問彼德，是不是美國男人都這麼摳門兒。彼德說美國男人和中國男人一樣，請女士吃飯也都是男的付錢。他解釋說，「也許夏皮洛先生是想讓她們明白，這不是約會，只是個工作晚餐。」

這話誰會相信呢？他爲啥不找一個咱們老爺們共進工作晚餐？我們猜他是在利用這幾個中國姑娘，因爲如果他帶她們去那些高級餐館，像四海園或者北星宮，那裡有專門供應外賓的功能表，他要付比中國顧客高五倍的價錢。我們後來又問了其他幾個姑娘，她們承認夏皮洛先生每次都是讓她們點菜。他的確付的是中國價錢。怪不得他這一晚上沒白過呢？眞他媽的是個老狐狸。可是，爲啥他不把這幾個姑娘領回他的公寓呢？雖說她們不是美人，但是她們年輕肉體的新鮮氣味起碼可以激起這個老頭子的情欲？特別是那兩個做半工的大學生，身材苗條，又有文化，他爲啥也不動心呢？這兩個姑娘每個禮拜只在店裡幹二十個鐘頭，平時也懶得和我們這些人說上幾句話。也可能夏皮洛先生在床上不行，是個眞正的太監。

我們的生意沒有興隆多久。有幾輛手推車每天到我們炸雞店附近的和平大街上賣辣味雞。每輛車上還插個牌子：「請吃愛國雞——酥脆、鮮嫩、味道好。比牛仔雞便宜三成。」說實話，牌子上的話倒不都是王婆賣瓜。我們每次看到這些推車，都禁不住氣得罵娘。城裡的大多數居民，特別是那些老人都願意買價廉物美的愛國雞，自然就冷落了我們的生意。有的人也到我們店裡吃炸雞，吃完又在外面罵我們，「眞他媽的坑人！這麼貴，這牛仔雞根本就不是給中國人吃的。」這些人再也不會光顧炸雞店了。這樣一來，我們店裡的顧客主要是那些追求時髦的年輕人。

有一天，夏皮洛先生突然想出一個開設自助餐的主意。我們從來沒聽說過「自助餐」這個詞兒，就問老闆：「那是啥玩意兒啊？」

焦彼德解釋說，「你付一點錢就能隨便吃，吃個夠。」

太棒了，這主意眞是天大的好事！我們都伸長了耳朵仔細聽著。我們老闆建議自助餐的價格定在十九元九毛五，顧客可以吃到所有種類的牛仔炸雞、土豆泥、薯條、沙拉和罐頭水果。我們還納悶兒：他爲啥不把價格定爲二十元，湊成個整數呢？那樣聽起來實實在在，我們算帳找零錢也容易。彼德解釋說這也是美國市場的定價方法。「這就是市場心理學，不能用幾分錢讓顧客感覺是二十塊錢的高價位。」他解釋了半天，我們還是似懂非懂。總之，夏皮洛先生對開設自助餐簡直著了迷，他說即使這樣不能吸引到更多的顧客，光是自助餐這個名詞就能幫助牛仔炸雞店揚名，等於做了廣告。

彼德倒是不怎麼起勁，但是架不住我們都說自助餐是好主意，肯定能使我們炸雞店出大名。我們當然知道這肯定是賠本生意，我們說它好是因爲我們想吃牛仔雞。夏皮洛先生小氣得要命，我們如果自己買炸雞他從來不給一分錢的折扣。他說公司的規定就是不給員工打折。但是，我們的親戚朋友來店裡買炸雞的時候，不是要我們給他們大塊的雞胸脯，就是讓我們在價錢上打折。我們不敢破壞店裡的規矩，不免讓親友覺得沒面子。現在可好了，機會來了。我們一分鐘也沒耽擱，立刻在全城各處貼條子、散佈下個星期自助餐開張的消息。整整一個週末，我們利用自己的休息時間騎車跑遍了木基市的大街小巷，就是要讓我們的每一個親戚朋友和熟人都知道這件事。

星期天晚上下了兩尺多深的大雪。第二天早晨全城交通陷於癱瘓，但是我們全都準時來上班。夏皮洛先生擔心這麼大的雪會把顧客困在家裡。我們安慰他說，木基人可不是貓冬的熊瞎子❷，他們一定會來的。他還是不放心，把帽子的護耳放下來包住下顎，走到門外一邊抽菸一邊看街上的人掃雪。雪片和白色的呵氣在他的帽子周圍飄動。這麼冷的天我們都穿了狗皮褲子或者棉褲，他只是在牛仔褲裡穿了一條毛褲。外面的雪地反著寒光，北風吹得電話線上下翻動，像瘋鬼一樣發出嗚嗚的呼嘯。

滿友朝夏皮洛先生的方向嘮嘮嘴，跟我們說，「看見了吧。在美國當個老闆也夠受罪的。你得成天操心你的生意。」

「我看他是害怕了，」我說。

「他今天總算幹點兒事情了。」說話的是個叫費蘭的胖乎乎的姑娘，圓圓的臉上長了兩個討人喜歡的酒窩。她和我們還不一樣，連高中都沒念過，因爲考了兩年都沒考上。

自助餐的台子設在店裡的一個角落裡。每個不銹鋼方盆裡都堆滿了炸雞。慢慢有顧客進門了。看到有十幾個客人坐下吃起來，夏皮洛先生的臉色放鬆了。他不停地用手搓著腮幫和耳朵，一定是剛才在外面凍得夠嗆。他躲進辦公室裡喝咖啡去了，根本沒有想到這十幾個人只不過是高潮前的序幕而已。雪後的太陽漸漸升高了，人們來得也越來越多，我們做的炸雞和薯條根本供應不上了。店裡的人聲越來越吵，也越來越擁擠，顧客人數已經超過店面能容納的限量。我們的老闆卻很開心，他被這熱熱鬧鬧的場面感染，在辦公室裡吹起了口哨。他戴著雙光眼鏡❸在看英文的《中國日報》。

我爸爸和叔叔就在第一撥進來的顧客裡面。他們倆吃完的時候已經快走不動了。他們走了以後，我那個在供電局工作的哥哥帶了他的六個小夥子同事一塊來了。他們在衣兜裡都掖著汽水和白酒，這樣就不必買我們店裡的飲料。他們進來以後二話不說就朝自助餐的台子撲過去。你看他們吃的那個狼虎啊，就好像這輩子沒吃過飯一樣。我給他們記了數——平均每個人吃了至少十二塊炸雞。走的時候，每個人手裡還拎了一根雞腿或雞翅膀。白莎的家人也來了，包括她父親、叔叔和嬸子。滿友、京林和費蘭的親友也都來了。那兩個做半工的大學生在木基沒有家，但是她們倆的同學倒來了十幾個。

在後面角落的一張桌子上坐了五個人，從他們一個模子裡倒出來的扁臉上看得出來是彼德家裡的人。其中還有一個懷孕至少七個月的年輕女人。她是彼德的姐姐，看來她肚子裡的孩子也需要營養。

誰都看得出這自助餐是賠本的買賣，但是我們並不在乎，仍舊把雞肉一塊一塊地炸出來，把盛沙拉和土豆泥的圓盆裝滿。我們隔一會兒也到自助餐臺子揀一塊炸雞拿回到廚房吃，因爲今天不會有人登記炸雞的數量。我們終於自己也能吃個夠了。我喜歡炸雞蘸醬油，就在雞塊上淋了不少醬油。我們幾個員工在櫃檯下面藏了一個醬油碟子。

到了中午的時候，附近農貿市場的小販也聽說了炸雞店今天有敞開肚皮吃的好事。他們蜂擁進來，個個吃起來像餓狼一樣。這些人都是從郊區來做買賣的農民，做夢也想不到城裡的飯館會幹這樣的傻事兒。

彼德在店裡沒怎麼露面，他早上到稅務局區去了，下午又到銀行去取我們的工資。到了四點鐘他回來的時候，看到自助餐消耗了這麼多的材料，臉色立刻陰沉下來。我們一共炸了二十箱雞肉和十八袋薯條——這是我們平時三天的消耗。夏皮洛先生這時候剛好從辦公室裡出來，彼德向他報告了這個情況，洋老闆好像也慌了神兒。彼德建議立即停止自助餐服務，夏皮洛先生的臉紅了，喉結上下蠕動著好像在大口嚥什麼東西。他說，「我們可以再看一看，現在還不知道是否出現了虧損。」

那天晚上爲了結算當天的收入，我們提前二十分鐘關門。算出來的結果讓每個人都吃了一驚：不算我們的工資，我們仍舊虧損了七百多元。

夏皮洛先生的臉都氣歪了，但還是堅持把自助餐再延長一天。可能他是要表明這個店裡是他說了算，不願意承認自助餐是個餿主意。我們倒是正中下懷，因爲大家都還有一些親友沒能來。

第二天，夏皮洛先生坐在他辦公室外面的一把椅子上看著顧客吃自助餐。他就像一條肥壯的惡狗，滿臉怒氣地盯著顧客。一會兒搖搖頭，一會兒發出幾聲乾笑，一會兒又臉色陰沉得眼皮都直哆嗦。我爸爸工廠的幾個熟人進店裡來了，有兩個人甚至想當著我們老闆的面跟我聊天。這可把我嚇壞了，三言兩語打發了他們，生怕夏皮洛先生看出來他們認識我。幸好他聽不懂中文，啥也沒覺察出來。

我父親的同事走了以後，一個身穿米黃色夾克的男人走了進來。這個人高個子，約莫有三十多歲。他交完了錢，把皮帽子放在桌子上，就走到自助餐台子前裝了一盤子的雞大腿和雞胸脯。他正要回到自己的座位，夏皮洛先生攔住他問，「你爲什麼又來了？」

那人剛好懂一點英語，他友好地對夏皮洛先生笑笑說，「我是第一次來這兒吃飯。」

「你剛才吃了足有幾十塊炸雞和土豆泥，怎麼這麼快就又餓了？」

「你這是什麼意思？」那人的臉色變了。

彼德走過來，但是他也不敢確定這個男人是否曾經來過。他轉身問我們，「你們知道他是第二次來嗎？」

還沒等我們回答，那個人火了。「我他媽的來了一百次了，怎麼樣呢？老子掏錢了。」

滿友笑了，告訴彼德說，「剛才是有個人和他穿差不多的衣服，不過那不是他。」

「沒錯。」我也插話說。我認識剛才來的那個人——他是我父親單位的一個會計。現在發火的這個人確實是第一次來，因爲他腰裡還別著一個傳呼機。他很可能是個計程車司機，要不就是做生意的。

彼德向那個人道了歉，讓人家安心吃飯。他向夏皮洛先生解釋了事情的原委。我們這位洋老闆已經有點心神錯亂了，他看著哪個顧客都長得差不多。「我怎麼能分得清呢？」老闆說，「我看他們都是一個模樣——都是中國人，每個人都能把一頭牛吃下去。」他像個小夥子一樣開懷地笑起來。

彼德把他的話翻譯給我們聽，大家都笑出了聲。

這一天算下來，我們又損失了六百多塊錢，自助餐終於徹底失敗了。還好，夏皮洛先生沒有拖欠工錢，第二天就發給我們了。這就是在牛仔炸雞店做工的好處——工資從來都是按時發給。這可比在中國人的公司裡強多了，特別是那些國營企業有時根本就開不出工資來。我媽媽在氣象局工作，那裡是清水衙門，客戶就那麼多，也不能開夜校培訓學生賺錢，也沒有像電力局那樣令人畏懼的權力，所以經常是開百分之六十的工資。媽媽常歎氣說，「我的活兒幹得越多，就越吃虧啊。」

我爸爸看到我拿回家的四六八元工資心裡感慨萬千。那天晚上他喝多了，一個勁兒地唉聲歎氣，揚著手裡抽了一半的香菸對我說，「宏文吶，我參加革命快四十年了，每個月才掙三百塊錢。你剛開始工作就能掙這麼多錢。爸爸覺得自己眞沒用啊，這就是我給共產黨幹了一輩子的下場。」

我弟弟插了一句，「爸，您現在要退黨也不晚呢。」

「住嘴！」我吼了一聲。他眞是個白癡，看不出來老頭子心裡難受。我對父親說，「您想開點吧。您的工資是少了點，但是您端的是鐵飯碗。每天您不就是喝茶看報紙聊天嗎？每到月底工資一個子兒也不少拿。可我得給資本家幹得累斷了腰，人家的工錢是按小時付的。」

「你拿錢這麼多，每頓飯都能吃高蛋白食品，你還不知足？」

我沒言聲，但是在心裡說：我想有個穩定的工作，想和別人一樣每天到班上歇八小時。我父親還在嘮叨：「你們哪個牛仔炸雞眞好吃。我要是天天都能吃上牛仔炸雞，喝上可樂，老子用不著什麼社會主義。」

我懶得跟父親爭論。他那天晚上是發神經了。不錯，我在炸雞店是能經常吃上口好吃的，也就是炸薯條和餅乾。這樣我回家來就不用吃晚飯。我這樣做是爲了要給家裡省點糧食，可是我父親卻以爲我每天吃飽了炸雞，肚子不餓。

自從那次自助餐虧本以後，夏皮洛先生就更依賴彼德了，大小事兒實際上都由彼德說了算。公平地講，彼德是個能幹的經理，對店裡的事情也盡心。他開始在城裡四處拉關係，說服那些工廠企業的領導在炸雞店舉行工作午餐。這樣做的效果很快就顯出來了。因爲是用公款請客，那些廠長經理們大方得很，經常是要上滿桌子的炸雞和點心，讓他們的客人品嘗地道的美國風味。東西吃不完就帶回家去給老婆孩子們。我們炸雞店逐漸在工商企業中出了名，也有了穩定的客源。夏皮洛先生又可以每天早上躲在辦公室裡喝咖啡、看雜誌，甚至聽錄音帶學中文。

有天下午，木基師範學院院長的二兒子給彼德打電話，說想在炸雞店裡舉辦結婚的喜宴。我認識這個小子，花花公子一個。去年剛離婚，休掉了老實肯幹的原配。現在要娶的這個娘們兒是個小寡婦，四年前放著在劇場當經理的正經工作不幹，非要辭職去俄羅斯作生意。現在這兩人終於決定結婚了。新郎想要把婚禮弄點外國風情，於是選中了牛仔炸雞店。

夏皮洛先生聽了有點不自在。他對彼德說，「我們只是一個速食店，不具備擺結婚宴席的條件。」

「機會難得啊，」彼德說，「中國男人攢一輩子的錢就是要花在結婚上的。」他那雙貓頭鷹一樣的圓眼睛一閃一閃的。

「那我們就得在店裡賣酒了，對吧？我們可沒有酒執照啊。」

「什麼執照不執照的。這是中國，從來沒聽說過這一套。」彼德有點不耐煩了。

滿友能講幾句英文，這時候也插進來說，「夏皮洛先生，彼德是對的。中國男人結婚就要把錢花光，花多多的錢。」他對自己的英語口音有點不好意思，退到一邊咬著指甲。

洋老闆讓步了。第二天我們就開始佈置店面，準備開辦婚宴酒席。夏皮洛先生給北京打電話，要總店用特快專遞運來奶酪餅、霜淇淋和加州紅酒。彼德雇了兩個臨時工，在店裡掛上彩帶和彩燈。現在已經是十二月中旬了，他指揮人們在一個角落裡擺上了一尊愛神小像，周圍還佈滿了蠟燭。我們在店門口吊起一對大大的兔子燈籠，象徵著即將到來的兔年。彼德要我們在婚禮這天著裝整潔——一律是紅秋衣❹、黑褲子、絳紅色的圍裙。

喜筵安排在星期四的晚上。一切都很順利，來賓都是大學裡的知識分子，有教養又不瘋鬧。新娘是個三十多歲的小個子女人，穿了一件天藍色的絲綢旗袍，頭髮燙成大捲花，嘴唇抹得猩紅，一刻不停地咧嘴笑著。只怪她爹媽沒給她生副好看的眼睛，雙眼皮又緊又厚，肯定是到醫院動手術拉的。白莎說這個女人在莫斯科開著兩家禮品店。怪不得她在手上戴了六個閃亮的金戒指，腕子上的那塊心形的女錶肯定也是花大價錢買來的。她手上戴了那麼多的鑽石金銀，肯定做不了多少家務活兒，是個懶貨。但是她的作派倒是落落大方，一看就知道是個見過世面的女人。相比之下，她那位個子高高的新郎官卻像個繡花枕頭——他穿了一件深藍色的名貴西服，繫著一條印著小喜鵲的黃領帶，腳上人造革的靴子閃著亮光，綴著黃銅色的扣襻兒。他的嗓音沙啞，笑起來喉嚨裡好像有氣泡冒出來的聲音。他要是衝你一笑，臉上只看得見那張像鱷魚一樣的大嘴了。他的父母坐在兒子的對面。他們頭髮花白，文靜寡言，都是高級知識分子幹部。

主婚人站起來，簡單地講了一些祝福這對新人白頭到老的吉祥話。接著，他稱讚了簡單樸素的婚禮。來賓鼓掌之後，主婚人轉向我們的洋老闆說，「我們感謝我們的美國朋友肯・夏皮洛先生。感謝他爲我們提供了這麼潔淨美好的地方和如此可口的飯菜。這就是洋爲中用的一個完美的典範。」

人們鼓起掌來。我們這位洋老闆會說的中國話只有「謝謝」兩個字。他似乎有點害羞，臉頰發紅，眼睛水汪汪的，看得出他開心得要命。

新郎新娘該給客人敬酒了，我們也開始把店裡的各式炸雞往桌上端——有酥脆的、辣味兒的、燒烤式的、美國南方卡眞式的，當然了，還有正宗風味的牛仔炸雞。一個老太太打開一張折疊好的大紙巾，上面有整齊的鮮花圖案。她湊近了研究好半天，捨不得用它擦手擦嘴，好像那是一塊精紮細繡的淡紫色綢布。有人「砰」的一聲打開了一瓶香檳酒，把新娘的女儐相嚇得尖叫起來，引起了一陣哄堂大笑。

「媽耶，辣死我了！」新郎嚼著一塊卡眞雞翅，響亮地吸溜著舌頭。

所有的來賓都喜歡吃我們的炸雞，但是沒有多少人品嘗加州紅酒，嫌它不夠勁兒。絕大多數女賓不喝紅酒，她們想要啤酒、可口可樂或其他清涼飲料。幸虧彼德在店裡存了一些竹葉青和青島啤酒，這時候正好排上用場。我們還燒了一盆熱水，爲客人們燙酒。夏皮洛先生衝彼德直豎大拇指，「彼德，幹得太漂亮了！」他朝每個人都咧開嘴笑，露出兩排雪白的牙齒。他甚至贊許地拍拍我們的後背。

我倒喜歡美國紅酒，偷偷地給自己斟了一杯，逮著機會就抿上幾口。但是我不敢喝得太多，怕臉紅了讓老闆發現。客人吃完了炸雞、薯條和沙拉，我們就開始上奶酪餅和霜淇淋，沒想到這成了整個喜筵上的一個小高潮。每個人都喜歡這種美國式的飯後甜點。一個老學究模樣的教授大聲說，「這才是最好的美國玩意兒！」聽他的口氣好像他去過美國似的。他用叉子叉起一塊奶酪餅送進嘴裡，使勁地叭唧那兩片薄嘴唇。他好像是唯一可以熟練使用刀叉的客人，其他人都是用筷子和勺子。

這是我們頭一次在店裡出售奶酪餅和霜淇淋，所以我們這些雇員都趁機吃上一口。我有生以來第一回知道世界上有奶酪餅，太好吃了，我一口氣吃下兩大塊。我把盛紅酒的杯子和盛奶酪餅的盤子藏在一個櫃櫥裡，怕讓洋老闆看見。彼德對我們偷吃偷喝是睜一隻眼閉一隻眼，只要我們把活兒幹好就行。

這次喜筵最讓我高興的是來賓都很有節制，不僅平和而且時間短暫，只持續了兩個鐘頭。也可能因爲新郎和新娘以前都結過婚。在我們木基，一般的婚禮都要拖上七八個小時，吵鬧混亂，客人們喝了酒還經常動手打架。參加我們店裡這次婚禮的來賓都是受過教育的文化人，沒有誰喝得醉倒。唯一讓人看不順眼的是那個新郎倌兒，好像有點缺心眼似的。我眞不明白爲啥這個有錢的寡婦要嫁給這個沒良心的王八羔子。他離婚後把兩個小女兒扔給前妻，根本不管不問。可能是他爹媽是有權勢的幹部，也可能他別的方面傻，勾引女人卻有一套。他肯定是想跑到莫斯科待一陣子，再生個孩子，最好是男孩。費蘭看著他搖頭說，「眞讓人噁心！」

客人走了之後，夏皮洛先生和彼德興奮得滿臉放光。他們知道這是牛仔炸雞店的一個創舉。我們的洋老闆說他要把我們今天的成功報告給設在達拉斯的牛仔炸雞連鎖店的總部。我們又累又睏，但是心情也很愉快。夏皮洛先生說了，如果生意好的話，到了明年夏天他給我們每個人加工資。

當天晚上我沒有睡好，一個勁兒地往廁所跑。我估計可能是我的肚子還吃不慣美國食品。我儘管每天都吃薯條和餅乾，但是從來沒有嘗過奶酪餅和霜淇淋，更沒有喝過紅酒和香檳。我的肚子肯定是消化不了這麼多好東西。我感覺非常虛弱，不知道明天早上能不能去上班。

爲了不掃大家的興，到了早上九點鐘，我還是掙扎著去了炸雞店，但比平日晚了半個鐘頭。開門前的準備工作就是切菜和往雞塊上塗辣味炸粉。大家忙著的時候，我問他們昨天夜裡睡得怎麼樣。

「什麼怎麼樣？」白莎那雙不大的眼珠盯著我，就像兩把鋒利的小匕首。

「我昨天晚上鬧肚子。」

「那是因爲你小子偷吃得太多了，活該！」她那張繃著的臉長著粉刺，看上去好像有點腫。

「你就沒鬧肚子？」

「別臭美了，你當別人都像你那樣沒出息？」

滿友說昨天他睡得像頭死豬，可能是香檳酒喝得太多了。京林和費蘭倒是承認昨晚上也拉痢疾，多少使我心裡得到點安慰。費蘭說，「昨天夜裡我覺著快死了。我媽讓我喝了兩暖壺的開水，要不我今天非脫水不成。」她兩手捂著肚子，好像隨時要往女廁所跑。

京林說，「我覺著我都要把腸子拉出來了。」可不，他那胖乎乎的圓臉今天好像有了尖下巴頦。

我們說話的功夫，電話響了，彼德抓起聽筒。聽著聽著，他的臉緊張得失去了血色，短粗的鼻子上冒出了豆大的汗珠。來電話的是個女的，她說昨天喜筵上的食物有毒，吃完了一直不舒服。彼德不住地道歉，保證說我們是非常講究食品衛生的，但是一定要對此事進行徹底調查。

他剛放下電話，另一個電話又打了進來，從上午十點鐘開始電話鈴聲就沒有停過。打電話的人都是罵我們的食物不乾淨。夏皮洛先生嚇壞了，一迭聲地念叨：「天啊，人家要告我們呢！」

我們不明白他是什麼意思，讓他解釋一下那些人到法院去告會有什麼好處呢？他說，牛仔炸雞公司可能要給他們很多錢才能了結這個官司。「在美國，有很多人就是靠著告狀活著的。」我們不禁也擔心起來。

到了中午的時候，木基師範學院校方打來電話，正式通知彼德有三分之一參加婚禮的客人發生食物中毒，十幾個老師無法上課。新郎的母親現在還在木基市中心醫院裡躺著接受輸液。師範學院的人懷疑是食物不乾淨，或是已經過了保鮮期，也可能是霜淇淋和奶酪餅太涼了。夏皮洛先生就像熱鍋上的螞蟻一樣急得直打轉，彼德倒是還能保持鎮靜，他的兩道濃眉緊緊地皺著。

「我跟你說過咱們辦不了宴席的。」洋老闆氣得鼻孔生煙。

彼德嘟囔著，「肯定是那些奶酪餅和霜淇淋讓他們吃壞了肚子。我敢保證我們的食物是乾淨新鮮的。」

「也許我不應該多此一舉，把這些東西從北京弄來。現在我們該怎麼辦呢？」

「別擔心，我來跟他們解釋。」

從現在起，只要一有電話打進來都是彼德去接。他說我們店裡的食品絕對是新鮮乾淨的，只是中國人的胃承受不了美國的奶製品。這就是爲什麼那天晚上來吃喜筵的客人中有三分之二沒有感到任何不適應。

他那套中國胃的理論純粹是胡說八道。我們以前都喝過牛奶，怎麼沒有食物中毒呢？三天以後，在《木基日報》上刊登了彼德寫的一篇一千兩百字的文章。他在文章裡說好多中國人對奶製品中一種叫做乳糖的東西過敏，因爲中國的傳統飲食當中很少有奶製品。他不知從哪兒找來一篇科學雜誌上的文章，引經據典地證明中國人的胃口和西洋人不一樣。他要求讀者在購買牛仔炸雞店的奶製品之前一定要確認自己對乳糖不起反應。他並且還說，我們的炸雞店從現在起會繼續出售霜淇淋，同時也會賣一些不含乳糖的甜點，像果凍、蘋果餅、核桃仁餅和水果罐頭。

我不喜歡彼德的文章，我們是吃了店裡的霜淇淋後拉肚子的，難道不應該得到賠償嗎？哪怕幾塊錢也好啊。現在彼德這小子把這點希望也攪黃了。我忍不住跟同事們抱怨，卻讓費蘭一頓數落：「宏文啊宏文，你咋跟個娘們兒一樣見識短呢？只要炸雞店能開下去，咱們不就能多賺錢嗎？」

死丫頭！我心裡罵著。可是想想她的話，也不是沒有道理。炸雞店現在已經快成我們的工作單位了。店裡虧損我們也跟著倒楣。再說，要想拿到店裡的賠償，我必須首先承認偷吃喜筵的霜淇淋和奶酪餅，這只能招來罰款和嘲笑。

彼德在店裡很快就大權獨攬了。我們對此倒樂於接受，因爲他會比夏皮洛先生管理得更好。我們給他也起了外號：副支書。他那篇文章在報紙上登出來以後，再也沒有人打電話來抱怨了，反而招徠了越來越多的顧客，有人就是爲了吃甜點來的。姑娘們喜歡果凍和水果罐頭，孩子們吃霜淇淋簡直不要命。我們又開始承辦結婚酒席，這逐漸成了店裡一項主要的收入來源。人們還會經常打電話來問我們辦不辦「白宴」——也就是喪禮後的宴席。彼德拒絕了所有這些請求，因爲和喜筵比起來，白宴沒有多少錢賺。另外，整這事兒多喪氣啊，要倒運的。

街上的冰雪開始溶化了，樹枝抽出了鵝黃。夏皮洛先生也不再經常帶店裡的女孩子出去吃飯了。現在木基城裡的大多數飯館已經把他當成一般的顧客，只要他付中國人的價錢了。有一天，店裡打半工的大學生菊菊跟我們說，洋老闆頭天晚上帶她去八仙園吃飯，喝醉了酒以後就開始對她動手動腳，還叫她「寶貝兒」什麼的。她說以後決不跟他出去了。我們這些男士趁機警告店裡的姑娘們：如果這個臭老頭子對她們不規矩，她們應該立即報告警察，或者去法院告他。

到了四月下旬，夏皮洛先生回德克薩斯一個星期，去參加他繼女的婚禮。從美國回來以後，他不再跟任何店裡的姑娘出去吃飯了。老小子可能是害怕了，這說明他還是聰明人，因爲和姑娘們在一起他不可能永遠控制住自己。如果他再有什麼越軌的行爲，讓人家女孩子告到公安局，他可就有好瞧的了，最輕的處罰也得是罰款。夏皮洛先生這樣做的另外一個原因可能是他認識了一個美國女人。她叫蘇珊娜，從北卡羅萊納州的首府羅利來到木基市，在師範學院教英語。這個黑女人可眞不一般：她三十歲出頭，將近一米八的個子，粗胳膊粗腿，屁股像口小鍋。她留著短頭髮，戴著手鐲那麼大的耳環。我們常常琢磨她那對金光閃閃的大耳環的成色，是十四K，十八K，還是二十K？甭管多少K，那兩個像籃球筐一樣的玩意兒肯定值不少錢。去年夏天她參加木基市的馬拉松比賽，專業的長跑運動員差點跑不過她。她贏得了一個「友誼杯」，抱在懷裡像個黃銅做的鍍金的小水桶。蘇珊娜有一副像男人一樣的渾厚嗓子，是個非常出色的歌手。她每個星期都帶四五個學生來到炸雞店，教他們用刀叉吃美國飯。他們在店裡還經常唱她教的美國歌曲，什麼〈漂亮的信紙〉、〈冬日仙境〉和〈聖誕夜〉等。他們的歌聲會吸引來行人的注意，對店裡的生意很有好處，所以我們很高興看到她來。夏皮洛先生給他們打八折的優惠，我們看了卻很氣忿。洋老闆這明明是看人下菜嘛！我們店裡有規定禁止給顧客打折，但這只是給中國雇員制定的，對老闆是例外。不過，我們都認爲蘇珊娜人很好，在所有的顧客當中只有她給我們小費，而且她的學生吃的飯菜都是她自己付錢。

五月底的一個下午，蘇珊娜又帶了四個學生來店裡吃飯。這時候外面走進來一個尖嘴猴腮的男人。他的頭髮花白，兩頰像刀削一樣瘦薄。他的臉抽搐著，手裡攥著一個紙團，逕直走到彼德面前，用公鴨一樣的嗓音說，「我要去告你們，你們得陪我一萬塊錢。」

我這是第一次聽到中國人要爲錢打官司。我們圍上來，看著他展開手裡的紙團，露出一隻肥大的綠豆蠅。「我從你們店買的炸雞裡發現了這個。」他的語氣很肯定，右手揉著腰。

「你什麼時候買的炸雞？」彼德問。

「上個禮拜。」

「有收據嗎？」

那個男的從褲兜裡掏出一張紙條遞給彼德。

這時候，周圍已經圍了差不多有二十多個人。那個傢伙和彼德爭論的時候，夏皮洛先生和蘇珊娜從老闆辦公室裡走出來。他看見兩個美國人立刻來了精神，衝著彼德又哭又叫，「你們想耍賴啊？我這輩子最恨的就是蒼蠅。我看見炸雞裡有這個，栽到地上就昏過去了。我尋思著過幾天就沒事兒了，可是不行，第二天晚上又吐得死去活來。我現在頭疼得要裂開，肚子也疼。耳朵裡也嗡嗡響，吃啥東西也沒胃口。從上禮拜三開始我就上不了班，每天晚上都睡不著覺。」他又轉身對圍觀的人說，「同志們，我就是他們這資本主義牛仔雞的眞正犧牲品。你們看我多瘦啊。」

「是啊，像隻柴禾雞[5]。」我說了句，逗得彼德也樂了。

「行了，您別在這兒詐唬了，」彼德說。「把您看病的病歷拿給我們看看。」

「病歷在醫院呢，怎麼會在我手裡？你們要是不賠償我的損失，我就天天來，什麼時候我拿到錢咱們才算完。」

我們聽了都氣得不行。費蘭指著他的鼻子說，「眞不要臉，你還是不是中國人？」

白莎也說，「一萬塊錢買一隻蒼蠅，虧你想得出來。你的命都不值一萬塊錢。」

蘇珊娜的一個學生把這個人的要求翻譯給夏皮洛先生和蘇珊娜聽，我們的洋老闆臉都嚇白了。他湊近了那傢伙，臉上擠出微笑說，「先生，如果您有確實的證據，我們願意考慮您的要求。」

那個學生把這話翻譯過去，那人的臉上浮起一絲壞笑。我們對夏皮洛先生非常惱火，他又在這裡充當好心的菩薩。你如果遇到像這樣的惡人，根本就不能那麼客氣。我們洋老闆這套虛偽只能給這個混蛋長臉。

「來了，來了。」滿友端著一碗熱水走過來，把水放在櫃檯上，對那個人說，「我要給你這隻蒼蠅洗個熱水澡，看看它是不是從我們店裡飛出去的。」他用筷子夾起蒼蠅丟到碗裡。我們都不知道他在搞什麼名堂。

幾秒鐘過後，滿友對大家說，「這隻蒼蠅不是炸雞裡的。你們看，水面上根本沒有油。你們都知道我們賣的是炸雞。」

幾個圍觀的顧客開始哄笑起來，但是那傢伙並不買賬。他把蒼蠅撈出來，又用紙團包好，說，「我不跟你們廢話，咱們法院上見。你們不賠錢咱們沒完。」

京林乾笑了兩聲對他說，「大叔，咱們都是一家人，有話好好說嘛。走，咱們找個僻靜的地方把這事兒嘮清楚，行不？咱們犯不著當著這麼多人談條件啊？」

那傢伙愣住了，眨巴著圓眼睛。京林用粗壯的胳膊勾住了他的脖子，衝我眨眨眼。這個騙子幾乎是被京林拖了出去。

我跟著他們走出店門。外面冷嗖嗖的，街上的自行車鈴聲、小販的吆喝、汽車的喇叭響成了一片。大街的北頭有幾只霓虹燈在閃亮。我們挾著那人走了大約五十步遠，拐進了一條小胡同。我們停住腳，京林又乾笑起來，露出了一口爛牙齒。他掏出一把小刀和一張十塊錢的鈔票，在那人面前晃了晃，說，「我現在賠償你的損失。你可以自己挑。」

「你拿我打哈哈是咋的，我要的是一萬塊！」

「那你就他媽的嘗嘗刀子吧。」

那人並沒有被一把水果刀嚇住。他咧開嘴笑笑說，「兄弟，你咋幫著美國鬼子呢？」

「牛仔炸雞店可是我們的飯碗，砸了它我們上哪兒吃飯去？」我回答。

京林說，「你是他媽的中國人的敗類！快著，是死是活由你挑。」

看那傢伙還是不動彈，京林又說，「我知道你心裡打啥主意。你尋思著我用這麼小的玩意捅不了你，對吧？我告訴你——我知道你孫子在第二小學念書，我能找著他，用這把小刀挑了他的小雞巴兒。你們家可就絕戶了。老子說到做到，決不含糊。來吧，挑一樣。」

這個老騙子像被棒子打了一樣愣在那裡，看看我，又看看京林。京林的胖臉這時候繃得像塊石頭。老騙子手顫抖著，抓起了錢，嘟囔了一句「漢奸」，然後轉身快步走開，不一會兒就消失在路邊的人群裡。

我們倆一路笑著朝店裡走回去。馬路對面，三個衣衫不整的俄羅斯乞丐在街邊演奏小提琴和班多拉琴。這些外國音樂家不像中國要飯的那樣裝出可憐相糾纏行人，而是不言不語地在地上放一個捲邊平頂的氈帽來收錢。看他們演奏的專注神情，好像並不在乎你給不給錢。

我們沒有向洋老闆彙報剛才做了什麼，只是說那傢伙很滿意我們給了他十元錢，再也不會來了。蘇珊娜和她的學生們聽了鼓起掌來。彼德當場就拿出十元錢給了京林。夏皮洛先生仍然半信半疑，生怕那人再找回來。

「他不會再來找麻煩了，」彼德笑著說。

「你怎麼那麼肯定？」老闆問。

「我有這個。」彼德從上衣口袋裡用手指夾出那個騙子的收據。

所有人都笑起來。實際上那人即使有收據也絕對不敢再來了。他並不是怕京林，而是怕他那四個兄弟。他們都是江邊碼頭上的裝卸工人，都是打架不要命，出手就是棒子、匕首和橇棍。所以京林才能輕易打發了那人，而不用像我們那樣擔心遭到報復。

後來我們跟彼德說了我們在小胡同裡那一幕。他微笑著說絕不會跟夏皮洛先生吐露一個字。

炸雞店的生意穩步增長，彼德在當地似乎也成了個有權勢的人物。這幾個月他一直忙著在鄉下給自己蓋房子。我們整不明白他爲啥要把家安在離城裡有十幾裡地的郊外。他每天騎摩托車上下班一定很費油錢。我和白莎、費蘭、滿友、京林幾個人約好在一個星期天的上午去看彼德的新房子。我們哼著電影插曲，說著笑話，在松花江寬敞的大堤上並排騎著自行車。堤下的柳樹林裡，鳥兒嘰嘰喳喳地飛竄。遠處的碼頭上，一隊裝卸工人喊著號子，從一條駁船上卸木材。他們的聲音飄過來斷斷續續，震盪著活力。已經幾個星期沒有下雨了，江心的河道變得狹窄，露出了白花花的河床。幾個釣魚的孩子躺在江邊的沙灘上，周圍埋插著一些短粗的竹竿，連著拋在江心的魚線。如果有魚咬鈎，竹竿頂上的小銅鈴鐺就會響起來。江對岸，四五個風車像扯滿了風的船帆在轉動。風帆上空，灰雲懶懶地浮動，像是一群蠢動的烏龜。

我們都知道彼德在銀行裡存著幾個美元，但是想不出來他到底有多少錢。等我們找到他那幢還沒完工的房子，都驚訝得大眼瞪小眼。這是一座三層的小樓，房後還有車庫。房子周圍的占地足有十多畝，正好位於一處臨河灣的淺坡上，居高遠望，河下的風景盡收眼底，可以看到松花江中的兩個小島和對岸遼闊的田野。

彼德不在那兒，有六七個工人在工地上忙活著，房子裡時時響起有節奏的敲打聲。我們問一個年歲大的、像個監工的人，這房子造價要多少。

「至少二十五萬吧，」他說。

「這麼貴？」滿友好像喘不過氣來。他那沒有睫毛的大眼睛直眨巴。

「說實話，我看還不止這個數呢。我蓋了一輩子房子，從來沒見過誰家這麼排場。」

「這房子是啥式樣的？」費蘭問。

「這叫維多利亞式。焦先生和他太太自己設計的圖樣。屋裡有兩個大理石的壁爐，都是從香港進口的。」

「媽的，他從哪兒弄這麼多錢？」白莎說著用白皮涼鞋的後跟把一個啤酒瓶子踢得遠遠的。

這正是我們大家都在想的問題。每個人的心裡都沉甸甸的。我們沒敢久待，生怕彼德回來撞見我們幾個人。回家的路上大家都沒有說話，腦子裡只想著彼德的那棟大房子。他肯定掙得比我們多，要不哪兒蓋得起那座比市長家還要寬敞的大廈。去之前我們說好了要在一個啤酒館吃早飯，現在誰也沒這個胃口了。過了碼頭以後大家就分手了。

打那天以後，我注意到其他幾個員工都用一種懷疑的目光打量彼德，好像他是個天外來的雜種。他們的目光裡充滿嫉妒和憤恨。大家都開始拚命地學英語：滿友報名上了一個夜校英語班，學的教材是《今日英語》；白莎和費蘭每天很早起來收聽電台的英語廣播講座，背誦英語單詞和片語；京林想學地道的美式英語，說聽起來更自然，於是他就整天捧著本《英語九百句》。我也在學英語，但是我比他們年歲都大，記憶力也不行了，學半天也記不住幾句。

在店裡工作的時候，他們對夏皮洛先生更友善了，經常給他倒咖啡。有一次，白莎甚至請他嘗嘗她從家裡帶來的蔥油餅。

一天上午，店裡不是很忙，我無意中聽到白莎在用英語和夏皮洛先生對話。「你有房子在美國？」她問。

「有，是一幢磚砌的平房，不算很大。」他感冒了，鼻音很重，啞啞的。

「有幾個小人在房裡？」

「你是說孩子？」

「對。」

「我有兩個，我太太和她前夫生了三個。」

「哦，那你有五個孩子？」

「可以這麼說吧。」

夏皮洛先生說完轉身繼續用原子筆塡寫一張表格。白莎斜著眼睛瞄著他那鬆弛的面頰，又看看他手腕上的黑毛。她眞是個賤貨。但是我還是有點佩服她。她居然有膽量用英語和洋老闆說話，而我在他面前根本張不開嘴。

因爲我們已經見識了彼德的大房子，所以我們的眼睛一天到晚盯著他，急切地想找他的茬子好幹一仗。可是這小子比猴子都精，知道怎麼對付我們，也知道怎麼維護洋老闆對他的信任。他避免和我們吵架，如果我們不聽他的，他就走進夏皮洛先生的辦公室，和洋老闆躲在裡面半天不出來。我們這時候會很緊張，因爲不知道他是不是在裡邊告我們的狀。所以我們也不敢太過分。彼德每天晚上都是最後一個離開店裡。他關上護窗板，鎖上收銀機，把沒有賣出去的炸雞包起來，放到他那輛本田摩托車的後挎箱裡，騎車回家去。

自從炸雞店開張，如何處理每天晚上剩下的炸雞就成了我們和夏皮洛先生之間的一個重要矛盾。我們曾經要求他允許我們把剩雞帶回家，但是他不幹，說公司規定不許雇員這樣做。我們甚至提出花一半的價錢把這些剩雞買下來，他仍然毫不通融。他指定彼德來處理每天的剩雞。

在我們看來，彼德一定是把剩雞拿回去給那些蓋房子的建築工人吃。他如果不把人家餵好了，他們會偷工減料。這個王八蛋，不僅錢拿得比我們多，而且所有的好處都歸他。我們越想越不忿。有天晚上，等他關了店門，騎著摩托車離去之後，我們從附近的一條小胡同裡拐出來，騎著自行車跟著他。滿友要去夜校上課，京林要在醫院照顧因爲小腸疝氣住院開刀的弟弟，所以只有費蘭、白莎和我參加了這次行動。彼德騎的電驢子當然比我們走得快，但是我們知道他的回家路線，所以也不著急，時時地聊著天，開開玩笑。

遠處，彼德的摩托車在江堤上像一團鬼火一樣輕輕掠過。夜裡很涼，從江裡泊著的一條船上傳出來幾個人唱的民歌小調。我們急於證明彼德把剩雞拿回家去了，第二天早上我們就可以向夏皮洛先生告發他。

有好一陣，彼德摩托車的車燈不見了。我們也停下來，不知道該怎麼辦好。他很顯然是拐下了江堤，但是去哪兒了呢？我們應該繼續跟蹤他回家呢，還是就此打住？

我們幾個人正在商量怎麼辦，突然在北邊離我們大約兩百米遠的江沿上竄出一股火苗。我們下了江堤，把自行車鎖在柳樹林子裡，躡手躡腳地向火光走過去。

走近了一看，彼德正在用一根樹枝在火堆裡攪拌著什麼東西。那是一堆炸雞，約莫有二十多塊兒。空氣中充滿了汽油和燒焦的雞肉的味道。火堆的前方，江水輕輕地拍打著沙灘，閃動著粼粼波光。江風送來陣陣魚腥味兒。對岸漆黑一團，什麼也看不見，只有三四簇燈光偶爾閃爍，但是在沒有雲彩的夜空裡幾乎分辨不清楚哪是星光，哪是燈光。我們一聲不吭地看著彼德的動作。如果滿友或京林在這兒，他們一定會跳出來把彼德揍一頓，但我不是打架的料，只會一動不動地蹲在沒膝的蒿草裡，在心裡把彼德的祖宗八代都罵到了。

「我要是有槍非斃了這小子！」白莎從牙縫裡擠出一句。

彼德倒是心情愉快。火光把他的臉映得通紅，他居然唱起歌來，唱的好像是海外華人譜寫的歌曲：

我不是你想像的那樣，

是個無情無意的情郎。
你被不應該愛的男人遮蔽了眼睛，
看不見我對你的愛情
就像清澈的陽光。

啊，我的心跟隨你的身影，
帶你去一個寧靜的地方。
我們在那裡永不分離，
你會實現你的夢想。

這首歌不知怎麼地感動了我。我從來不知道他有這麼動聽的男中音嗓子。渾厚的歌聲好像是從對岸傳過來的。一群野鴨在黑影裡嘎嘎叫起來，振動翅膀拍擊著江水。一隻潛鳥發出一聲狂笑。然後，所有的水鳥都安靜下來，只有彼德的歌聲在夜晚冰涼的空氣中顫動。

費蘭悄聲說，「這個狗雜種倒挺自在。」

「他一定是想念他在美國的相好了，」白莎說。

費蘭搖搖頭說，「不可能，他哪兒有那麼浪漫。」

「你沒聽他整天說美國姑娘比中國姑娘好？」

「噓——」我止住了她們。

火堆裡的火已經快熄滅了。彼德拉開褲鏈，掏出雞巴衝著餘燼撒起尿來，澆得火堆「嘶嘶」冒著白汽。他的尿水沖出一條閃亮的弧形，幾秒鐘後消失了。他打了個哈欠，踢了點砂土埋住灰燼。

「眞噁心！」費蘭罵道。

彼德跨上摩托車一溜煙地跑了，排氣管劈劈啪啪震人耳朵。我悟出來——原來彼德每天騎摩托車跑這麼老遠上下班用的是老闆給他燒剩雞的免費汽油。

「我眞恨不得能抓這個王八蛋幾下，咬兩口！」費蘭氣得好像喘不上氣來。

「那就要看他身上哪塊兒地方啦，」我說。

白莎笑起來。費蘭瞪了我一眼，說，「你咋那麼不要臉？」

第二天，我們把在江邊的發現告訴了其他幾個人。每個人都義憤塡膺，就連那兩個做半工的大學生也罵起資本主義。街上有要飯的，火車站和碼頭有無家可歸的，餓貓餓狗到處都是，爲什麼夏皮洛先生要讓彼德把這麼好的炸雞當垃圾燒掉？滿友說他幾年前在一本內部參考上看到過一篇文章，說美國的資本家寧可把牛奶倒進河裡，也不給窮人喝。但那是在美國，這裡是中國。在我們這兒，浪費糧食是極其不道德的行爲。我跟同事們說，我要寫一篇文章揭露肯・夏皮洛和焦彼德的無恥行經。

那天下午我們質問了彼德。「你爲啥每天晚上要把剩雞燒掉？」滿友死死地盯著他的眼睛問。

彼德吃了一驚，回答說，「這是我的工作。」

「這太不道德了。」我劈頭就是一句。「你不僅燒掉這些食物，而且還在上面撒尿。」我的胃突然咕嚕咕嚕地響起來。

費蘭咯咯地笑了。白莎指著彼德的鼻子毫不客氣地說，「焦彼德，別忘了你是中國人。在咱們這兒還有人連棒子麵餅子都吃不飽，可你卻天天晚上把這麼好的炸雞燒掉。我看你不僅忘了你的祖宗，連你自己姓啥都不知道了。」

彼德狼狽透了，嘴裡還不服氣：「你們當我願意幹這號事兒？但是總得有人去幹。老闆付我工錢讓我燒這些雞，正像老闆出錢讓你們炸雞一樣。」

「你他媽的少廢話！」京林插了一句。「你是資本家的走狗。」

彼德反唇相譏：「你們也一樣。你們不也在資本家開的公司裡幹活嗎？」

「行了，都少說兩句，」滿友說。「我們是想讓你覺悟過來，今後別再幹這缺德事兒了。燒掉這些剩雞太可惜了。你就不會分給窮人點兒？」

「你們當我燒這些雞心裡好受？如果我分給了別人，公司就會開除我。這就是美國的經營管理方式。」

「可你是中國人，是在社會主義的中國管理企業，」京林說。

我們正在爭論著，夏皮洛先生從辦公室裡走出來，嘴唇上還沾著咖啡的浮水印。彼德給他解釋了事情的經過，沒想到我們這位洋老闆只是揮揮手讓我們幹活去，好像這事兒根本就不值一提。他說了句：「這是公司的規定，我們誰也沒有辦法。你們要是眞的不想浪費，那就每天不要炸那麼多的雞塊，炸了就要都賣掉。」他說完走到門外抽菸去了。

彼德說，「這是實話。他也改變不了公司的規定。你們最好從現在起賣多少炸多少吧。」

我餘怒未消，說，「我要給《木基日報》投稿揭露這件事。」

「宏文，你那麼激動有啥用？」彼德得意地笑笑，稍稍揚起那張國字臉。「關於這件事兒報上已經有好幾篇文章了。上個禮拜《北京晚報》登了一篇寫咱們公司的長篇通訊，人家那位記者讚揚了咱們公司處理剩雞的做法，說這樣做最終會減少浪費。他說我們中國人就應該採取美國企業管理的先進經驗。你去揭露有啥用？大家已經知道了咱公司有這條規定。」

我們聽了都不做聲了。我們原先的計畫是：如果夏皮洛先生繼續燒掉剩雞，我們就罷幾天工給他看看。可是，彼德的話使大家都洩了氣。

京林還是要跟彼德較勁兒。天黑後，他在彼德那輛停在院子裡的本田摩托車的後軲轆上按進一個圖釘。彼德給家裡打了個電話，他老婆開了一輛白色的豐田小卡車來把他和摩托車一起拉回家。我們看到後更喪氣了，誰也想不到他會有一輛嶄新的小卡車。在我們木基還沒見過有誰能夠闊氣到買卡車的地步。我們不禁自問：「天吶，彼德這小子到底有多少錢啊？」

我們都想知道他每月的工資是多少。發工資的那天，夏皮洛先生不知爲啥把彼德的工資和我們的混在一起了。平時我們都是收到裝著鈔票的信封，但彼德的信封永遠是癟的。菊菊說，彼德的信封裡只有一張紙條，那叫支票。他可以用這張紙在銀行裡換錢，彼德在銀行裡有個支票戶頭。在我們這裡一般只有公司企業才可以開這樣的戶頭。菊菊說，「咱們的老闆每個月在那張紙上給彼德寫好多錢。」我們非常好奇——他從夏皮洛先生那裡到底拿到多少錢？自從我們開始在炸雞店工作以來，這個問題就像謎一樣誘惑著我們。現在，這小子的工資信封到了我們手裡，我們終於可以揭開謎底了。

滿友把信封放在一杯熱茶上焐了一會兒，輕易就打開了信封。支票上的數目令我們目瞪口呆：一千六百八十三塊七毛五美金。過了好一陣都沒有人說話，大家誰也沒想到彼德領美國的工資，拿的是美元，不是人民幣。也就是說，他的工資要比我們高二十倍！怪不得他幹活那麼賣力氣，照料牛仔炸雞店就像照料自己家一樣，平時想盡辦法來討好夏皮洛先生。

那天晚上下班以後，我們在白莎家裡舉行了緊急會議。白莎的母親是醫生，所以她家的房子很寬敞，白莎有自己的房間。她拿出五香瓜子招待我們。大家喝著茶，說著話。

「媽的，想起彼德每個月耬進那麼多票子，我這心就堵得慌。」京林一邊說，一邊用手揪著自己像刷子一樣堅硬的頭髮，不住地歎氣。他看上去很喪氣，好像比昨天老了十歲，胖呼呼的圓臉也失去了光澤。

我說，「彼德那小子可以天天吃館子，而且是最好的館子。那麼多錢他怎麼花啊。」

費蘭把瓜子皮吐在手心裡，瞪起一對三角眼說，「我們一定要抗議。這不公平。」

白莎歎了口氣，也說，「我現在才知道被剝削是啥滋味了。」

「憑良心講，彼德是給店裡出了不少力，」滿友說，「可是他掙那麼多錢實在是說不過去，太過分了。」他似乎還沒有從最初的驚愕中醒過來，一個勁兒地搓著越來越瘦的腮幫子。

「咱們不能就這樣算了，一定要想出個辦法來，」京林說。

我提議：「這事兒咱們可能得跟老闆談談。」

「你尋思他會給咱們每個人一萬美元？」白莎的話裡充滿了怨怒。

「我沒那麼想，」我說。

「那跟他談什麼？」

滿友說，「我也不知道談啥。白莎，那你說咱們該咋辦？」

滿友是我們這些人中的小諸葛，他也沒轍了讓我多少有點吃驚。白莎說，「咱們現在要團結，要齊心。咱們要求老闆開除彼德。」

大伙兒聽了一下子安靜下來。屋子裡有一張鋪著粉紅色床單的雙人床。兩個鴨絨枕頭擺在一條疊著的花毯子上。白莎一個人要這麼大的床幹啥？她一定是經常和她的男朋友在上面睡覺。這個小婊子。

「這主意倒是不錯，咱們一塊兒把彼德這小子擠走，」滿友說，語氣裡對白莎崇拜得不行。

我仍舊整不明白這個建議對我們有什麼好處，就問：「如果夏皮洛先生解雇了彼德，然後咋辦呢？」

「從我們這些人中找人頂替他，」滿友說。

費蘭插進來問，「你就那麼肯定老闆會讓彼德走人？」

白莎的話讓我們吃了一驚：「他一定會，這樣他每月可以節省一千五百美元。」

「我還是不明白，」京林說。「這樣有啥用呢？就是他把彼德開除了，他也不會給我們多加一分錢，對不？」

「沒了彼德，老闆就得依靠我們了，那他還能不給咱們長工資？」白莎回答說。

我並沒有被說服。「要是新經理拿更多的錢，不管咱們的死活咋辦？」

滿友皺起了眉頭，因爲他知道當經理得會講英語，在座的人中只有白莎和他有希望繼承彼德的職位。費蘭、京林和我英語根本說不成句子。

「那咱們起個誓，」費蘭說，「咱們中誰要是當了新經理，必須要和大家平分工資。」

我們都同意這個提議，並且在一份短短的誓言上簽了名。我們發誓：要是新經理不和大家平分工資，就會斷子絕孫，大家可以採用任何手段加以報復。起誓完了，白莎代表我們給夏皮洛先生寫了一封信。她會的英語單詞太少，就從她父母的書房裡搬來一本像磚頭一樣的英語字典。信是用炭水筆寫的，她一邊寫一邊不停地查字典。她已經睏得不行，一個勁兒地打哈欠，用手去捂嘴，露出了濃黑的腋毛。其他人就在一邊嗑瓜子聊天。

這封信不長，但是切中要害。滿友看了以後也說不錯。信是這樣寫的：

我們尊敬的肯尼斯・夏皮洛先生：

我們給您寫這封信是要求您立刻解雇焦彼德。這是我們共同的意願。您一定要尊重我們的意願。我們不要他這樣的領導。就這些。

您誠摯的全體員工

我們都在上面簽了名，感覺到這是我們第一次站出來和資本家作鬥爭。我回家路過炸雞店，因此承擔了送信的任務。我們離開白莎家之前，她拿出一瓶李子酒，大家碰了杯，一飲而盡。

我把信丟進牛仔炸雞店大門上的信報箱裡。回家以後，我感覺輕飄飄的，不停地想像著夏皮洛先生讀了信以後那張胖臉上的震驚的表情。我也想著彼德，他被老闆開除以後，看他那幢大房子怎麼完工。可是很快我又擔心起來，害怕白莎會成爲新經理。和彼德相比，白莎有些喜怒無常，而且更自私。另外，她也不可能維持住彼德花心血建立起來的關係和客戶，更不用說把生意做得更大了。滿友連彼德的一半兒都趕不上。有時候他會耍點小聰明，但是辦事很不牢靠。他看起來著三不著兩的，顧客怎麼能夠信任他呢？說心裡話，牛仔炸雞店離不開彼德，要是夏皮洛先生把他的工錢定得不那麼高，只是我的五倍，我倒不會介意。

第二天早上八點半的時候，我們都準時上班。讓我們吃驚的是，夏皮洛先生和彼德根本就沒有表現出任何異常的樣子。他們對待我們和昨天一樣，好像什麼事兒也沒發生。我們有些迷惑，不知道他們要怎樣收拾我們。彼德好像有點躲著我們幾個，但還是很有禮貌，不多言不多語。很顯然他已經看過我們的信。

我們以爲洋老闆會找我們個別談話，即使他不開除彼德，起碼也得做點讓步。但是整整一個上午他都待在辦公室裡，好像把我們都忘了。他正在讀一本講猶太人在中國的幾百年歷史的書。他那副滿不在乎的樣子更讓我們不安。要是能知道他在耍啥花招就好了。

終於等到下班的時候了，我們幾個在店外的一個街角碰了個頭。我們有點不知所措，但是一致決定再等等看。費蘭歎氣說，「我覺著咱們像在跟他們拔河。」

「對了，這就叫精神戰。咱們取得勝利的關鍵在於意志堅定，還要有耐心。」滿友告誡大家。

我在回家的路上胃又疼起來。那天晚上我爸爸又喝醉了，他大唱革命歌曲，又嘮叨說我每天都能吃美國炸雞，多麼有福氣之類的廢話。我在床上翻來覆去地睡不著。

第二天還是老樣子。彼德給我們分派活兒，夏皮洛先生還是躲在辦公室裡，除了工作以外的話一句也不跟我們說。我覺著這位洋老闆就像是一隻蝸牛，縮進殼裡不出來。我們該怎麼辦呢？他們一定是下好了套子等著我們鑽進去。那是啥套子呢？我們總得做點什麼，不能傻等，否則他們會把我們各個擊破的。

那天晚上我們又在白莎家裡開會。討論了半天，終於決定舉行罷工。白莎給老闆寫了這樣一張紙條：

夏皮洛先生：

您既然不考慮我們的要求，我們決定在牛仔炸雞店採取行動。從明天開始。

我們沒有在紙條上簽名，反正他已經知道我們是誰，知道我們要求的內容。我不太明白「在牛仔炸雞店採取行動」這句話，但是我也沒問。我猜白莎的意思是罷工。我又承擔了送信的差事。第二天上午我們誰也沒去上班。我們想讓店裡丟點生意，對老闆有所觸動，使他願意同工人們合作。我們商定當天下午一點鐘在炸雞店附近的日用五金店門前集合，然後去炸雞店裡和夏皮洛先生開始談判。也就是說，我們只罷半天工。

吃過午飯我們都來到集合地點。我們吃驚地發現在牛仔炸雞店門前站了一排警察。看那架式，好像店裡著了火，或是發生了暴亂。每個進店的顧客都要經過搜身。出了什麼事情？夏皮洛先生幹啥要叫警察來呢？我們有些心慌。我們裝成沒事兒的樣子向店裡走去，好像是剛在外面吃了午飯回來。警察在炸雞店前面拉起一條警戒線，有三個警察把守大門。一個高個兒警察伸手把我們攔住。白莎大聲問：「嘿，萬大個兒，不認識我了？」她臉上堆著媚笑。

「咋會不認識呢，」萬大個兒笑著說。

「我們都是在這兒的員工。讓我們進去好嗎？裡面還有好多活兒沒幹完呢。」

「搜身以後就可以進去。」

「我身上啥也沒有，你咋搜啊？」她伸開胳膊，用一隻手提了提長裙的下角，以顯示她的裙子上根本就沒有口袋。

「你們都站直了，不要動，」萬大個兒說。一個女警察拿著一根黑色的棒子在白莎身上揮來掃去，這玩意活像一根小號的羽毛球拍子，只是沒有網線。

「這東西是不是探雷器啊？」京林問女警察。

「這叫金屬探測器，」她說。

「萬大個兒，出了啥事兒？」白莎問姓萬的警察。

「有人要炸這家店。」

我們都嚇壞了，希望這事兒跟我們沒啥牽連。

警察放我們進去，一進門就看見一對老年夫婦站在櫃檯後面照應顧客。天啊，彼德竟然把他的爹媽弄來幹活了！他難道就不怕炸彈把他們炸死嗎？在一個角落裡，我們還看見蘇珊娜帶著兩個學生模樣的女孩子在擦桌子、擺食具。他們一邊幹一邊哼著〈勝利屬於我們〉，看見我們幾個突然停住不唱了。兩個做半工的大學生正在廚房裡炸雞。我們一下子懵住了，對這個場面不知道如何反應。

夏皮洛先生走過來。他怒氣沖沖，臉膛發紫。他衝我們說話的時候，吐沫星子亂濺。「你們以為可以威脅我，讓我聽你們的擺佈？告訴你們說，你們都被terminated了！」

我沒聽懂他最後一個字的意思，但是知道那不是啥好話。滿友好像聽明白了，他的嘴唇開始哆嗦，好像要哭出來。他拚命忍住眼淚，一句話也說不出來。

彼德也走過來對我們說，「我們不能再用你們幾個了，你們被解雇了。」

「你沒權利這樣做，」白莎站出來對夏皮洛先生說。「我們是這個店的創始人。」

夏皮洛先生哈哈大笑起來。「你在說什麼呀？你持有本公司多少股份？」

他這話是啥意思？我們面面相覷說不出話來。他說，「回家去吧，別再來了。公司會把這個月的工資寄給你們。」他轉身去上廁所，搖著頭嘟囔著，「我可不要恐怖分子。」

彼德對我們輕蔑地笑笑，說，「怎麼樣，沒了你們五個人地球兒不照樣轉？」

我一時覺得天旋地轉，沒想到這麼容易就讓人家開除了：夏皮洛先生一句話我的飯碗就砸了。去年秋天我辭去了在一家運煤站的差事來這裡工作，現在我成了一個徹底的窮光蛋了。別人不知道要怎麼笑話我呢。

我們五個人垂頭喪氣，也不知道是怎麼走出炸雞店的。在街上臨分手之前，我讓滿友把夏皮洛先生說的那個字拼寫給我看。他用鋼筆在我的胳膊上寫了「Terminated!」其實他用不著加個驚歎號。

回到家，我在袖珍英語字典上找到這個字，它的意思是「結束」。我的火「噌」地竄上來了。這個狗娘養的資本家以爲他可以結束我們，那他可就錯了。我們離結束還早著呢——鬥爭才剛剛開始。我要讓我在供電局工作的大哥明天一早就把炸雞店的電斷了。白莎說要讓她的一個男朋友把牛仔炸雞店的郵件遞送搞亂。滿友要去找在垃圾站工作的哥們兒，讓他們不要去運炸雞店的垃圾。京林宣稱：

「我要把彼德的那座維多利亞的房子炸平了！」費蘭還沒有想好要幹什麼。

這場鬥爭才剛剛開始。

---

❶即馬鈴薯。

❷「貓冬的熊瞎子」指躲起來冬眠的熊。貓，此處即躲、窩的意思。

❸遠視、近視兩用的眼鏡。

❹一種比較厚的棉織品，可以外穿，也可以內穿。

❺柴禾在中國北方的口語中經常被用來形容很瘦、沒有肉的意思。說一個人長得像柴禾，也就是骨瘦如柴。柴禾雞就是指沒有什麼肉的雞。

新郎

作者—哈金
譯者—金亮
審稿—哈金
主編—葉美瑤
編輯—邱淑鈴
董事長
總經理—趙政岷
總編輯—余宜芳
出版者—時報文化出版企業股份有限公司
10803台北市和平西路三段二四〇號三樓
發行專線—(〇二)二三〇六—六八四二
讀者服務專線—〇八〇〇—二三一—七〇五・(〇二)二三〇四—七一〇三
讀者服務傳真—(〇二)二三〇四—六八五八
郵撥—〇一〇三八五四〇時報出版公司
信箱—台北郵政七九~九九信箱
時報悅讀網—http://www.readingtimes.com.tw
電子郵件信箱—liter@readingtimes.com.tw
校對—卞麗莎、黃嬿羽
企畫—黎家齊
印刷—盈昌印刷有限公司
初版一刷—二〇〇一年八月十三日
初版六刷—二〇一五年二月九日
定價—新台幣二五〇元
⊙行政院新聞局局版北市業字第八〇號
版權所有 翻印必究
(缺頁或破損的書，請寄回更換)

THE BRIDEGROOM by Ha Jin
Chinese (Complex Characters only) Trade Paperback copyright © 2001
by China Times Publishing Company
This translation published by arrangement with PANTHEON BOOKS,
a division of Random House, Inc.
through Arts & Licensing International, Inc., USA
ALL RIGHTS RESERVED

ISBN 978-957-13-3453-7
Printed in Taiwan

國家圖書館出版品預行編目資料

新郎／哈金著；金亮譯．--初版．-- 臺北市
：時報文化，2001〔民90〕
面：　公分．--（大師名作坊；66）
譯自：The bridegroom
ISBN 978-957-13-3453-7（平裝）

874.57　　90012815